嫡女難嫁

2

文創風 178

蘇小涼 著

目錄

第二十一章

從望江樓裡出來，接近傍晚的時刻，陽光斜照著集市，屋簷下灑著慵懶的光，偶爾有趕集的牛車經過，街上的人少了許多。

看到對面的鋪子，楚亦瑤走進去買了一罐子蜜餞，出來的時候替楚應竹買了一串糖葫蘆，剛付好銅錢，抬頭眼前經過了一個身影，穿著一件大袍子裹住了全身，唯獨那鬍子讓她熟悉得很，那不就是關城神秘鋪子裡的掌櫃嘛！

楚亦瑤想要出聲卻不知道喊什麼，一轉眼人就進了巷子裡，等她跑過去看，早已經不見了。

「寶笙，妳剛剛也看到一個滿臉鬍子的人經過吧！」楚亦瑤怕自己是看走眼了，回頭問寶笙。

寶笙點點頭。「小姐沒有看錯，他是進了巷子裡。」

穿得還真是怪異，楚亦瑤聽秦滿秋提起過這掌櫃的怪異，也就沒往心裡去，上馬車回了楚家。

幾天後，去大同的商船回來了，楚亦瑤親自去碼頭接了楚暮遠，年初楚暮遠跟著跑鴻都，如今又去大同，幾番歷練倒是讓他成熟了不少。

「妳要的東西都帶來了，第一天到的時候就趕過去了，生怕被別人搶了先。」楚暮遠身上還帶著一股海水氣息，捏了捏楚亦瑤的鼻子。

「多謝二哥，有沒有人也去找過這個？」楚亦瑤問道。

楚暮遠點點頭。「打聽的人不少，我們去的時候那家的孩子都替妳摘了留著，山上的沒剩下多少了，我給了他們一些銀子。」

「那趕緊讓人抬去我鋪子裡。」當初這麼明顯地從商船中卸下來，肯定會有人去大同找，楚亦瑤也料想到了這個，早早就請那家人幫忙，成熟了就替自己摘下來，到時候會有人去拿。

楚暮遠又捏了捏她的臉頰。

楚亦瑤小氣地回瞪了他一眼。「二哥你再捏，腫了就嫁不出去了。」

「妳這麼快想著嫁人了？」楚暮遠失笑了一聲，過了一年人倒是長高了一些，就是這脾氣，絲毫沒見收斂，反倒是跟著年紀越來越長了。

「我不急著嫁，我是覺得應竹一個人悶得很，若是能有二嫂再生個小弟弟、小妹妹陪應竹就好了。」楚亦瑤眼底閃著一抹狡黠。

楚暮遠哭笑不得地看著她，什麼話題她都能繞到他成親的事上來。

「妳啊，這裡頭裝的都是什麼？」楚暮遠笑著指了指她的頭，搖了搖頭後，轉身朝著楚忠走去。

楚亦瑤看著他的背影，這還是第一次她提起此事他沒生氣，二哥這是放下了？

商船回來之後，楚亦瑤又開始忙碌了起來，這些運到的黑川在甲板上已經曬過一段日子了，運到鋪子裡曬了些天就要研磨成粉，按照她自己調製出來的兩個方子，各自調配了一部分讓舅舅先給要的酒樓送過去，留了一部分儲藏起來，其餘的都放到了鋪子裡。

十二月初，天已經很冷了，因臨近過年大街小巷熱鬧得很，這段日子各家鋪子補貨都很多，楚亦瑤沒空去看新鋪子，忙陪著喬從安採買年禮，今年要送出去的，比去年要多好幾家。

「大嫂，怎麼還有張家的？」楚亦瑤點著送禮的單子，這張家僅僅是在關城見過一回，生意上也沒什麼往來。

「前幾天張家的人送年禮來了，當初在關城張夫人也說要多走動一下，怎麼說也得回是不是？」喬從安回道。

楚亦瑤微怔，竟還是張家主動往楚家送東西的?!

「他們送了什麼過來？」楚亦瑤放下了送禮的單子癟了癟嘴。

「也不多，張家不是開布坊的，送了幾疋上好的布過來，還有一些乾貨。」喬從安笑著拍了拍她的背。「妳不是和張家少爺一起出去過，覺得如何？」

「說了沒幾句話能看出什麼，就是個讀書人唄！」

「這讀書人可去了洛陽書院。」喬從安看她一臉不屑，調侃道：「說不定這讀書人將來會有出息。」

「那我先恭喜他以後仕途得意，妻妾成群，人生得意。」楚亦瑤吐了一下舌回道。

喬從安笑出了聲。

「少奶奶，大小姐，喬家老夫人來了。」喬從安的貼身丫鬟青兒走進來通報。

喬從安一愣。「祖母過來了?!快請進來！」

青兒很快把喬老夫人請到了喬從安的院子裡，喬老夫人六十幾歲的人了，身子骨還尚且硬朗，身旁是一個隨身的嬤嬤攙扶著走進來，喬從安迎了上去扶著她坐下。

「老夫人，好久不見您了，您近來身子可好？」楚亦瑤坐到了喬老夫人身邊笑著問候道。

喬老夫人伸手摸了摸她的手，連聲說著好。

「大嫂您陪著老夫人，我那兒還有些事，過會兒再來。」喬老夫人從大嫂嫁入楚家這麼些年也就來過一回，這一次突然過來，肯定是有事，楚亦瑤打完招呼就留她們獨處，自己帶著孔雀回了怡風院。

不只是楚亦瑤這麼想，喬從安同樣也奇怪，命青兒到外面去，喬從安坐到了喬老夫人身旁。「祖母，是不是娘身子不好，家裡有事？」

「她能有什麼事，安兒啊，到祖母懷裡來。」喬老夫人忽然要抱她，喬從安壓下心底的疑問，環抱住了喬老夫人，沒有看到喬老夫人眼底的一抹濕潤。

「我的好安兒。」喬老夫人拍著喬從安的背，就像當年喬從安生病的時候喬老夫人抱著她哄時說的話一樣。

「祖母，是不是發生什麼事了？」喬從安未見過喬老夫人如此，心中隱隱有些不安，從喬老夫人懷裡出來，瞥見她微紅的眼眶，拉住她的手問得焦急。「祖母，家裡出了什麼事了，您告訴我。」

「安兒，妳可還記得妳五歲之前的事情？」喬老夫人笑著摸摸她的臉。

喬從安搖了搖頭。「記不清了。」

她五歲那年發了一次高燒，醒來的時候五歲以前的事就都不記得了，這些年來也沒能想起之前的回憶。

「從安，妳可知道妳娘為什麼不喜歡妳？」

喬從安臉上閃過一抹難過，輕輕搖了搖頭。「因為娘覺得是我剋死了弟弟。」

「好孩子，從寧的死和妳沒有任何關係，是妳娘還沒想明白。」喬老夫人摸摸索索地從懷裡拿出一個布包，顫抖著手打開了那個布包，裡面是一條繡著奇怪花紋的帶子，帶子很舊，帶子旁邊還有一個銀耳墜。

「妳爹發現妳的時候，妳暈倒在草垛堆裡，手裡握著這耳墜，身上繫著這帶子，衣服都扯爛了，臉上還滿是泥灰。」

爹發現她是什麼意思？喬從安猛地抬頭看喬老夫人。

「這耳墜的釘子都扎破了妳的手心，妳爹費了好大的力氣才掰開來給妳拿下來。」喬老夫人拉過她的右手，粗糙的手劃過她的手心，那裡細看之下還有個小疤痕。

喬從安右手輕顫了一下，她聽見自己的喉嚨顫抖地出聲。「祖母，您不是說這是我貪玩，扎到了針弄傷的。」

「妳醒過來的時候什麼都不記得了，我就作主讓妳留在喬家了，什麼爹娘這麼狠心讓妳暈倒在草垛子裡。」喬老夫人嘆了一口氣。

喬從安不由得握緊了拳頭，難以置信，她不是娘親生的，她是撿來的，所以小的時候娘和她就不親近，只有爹和祖母對她好，後來弟弟意外出事死了，娘就更不喜歡她了，爹去世後，娘更是恨上了她似的，常常會哭著打她說是她剋死了弟弟，沒有她弟弟就不會死，即便是她後來嫁人了，娘一次都沒有來過楚家，這幾年娘身體越發不好，每次她回去看，娘總是會渾渾噩噩地看著她說都是她的錯——這一切，只因為她本來就不是喬家人，是撿來的。

「那為什麼現在告訴我這些？」良久，喬從安帶著哭腔出聲，一輩子瞞著不就好了，都過去這麼多年了。

「孩子，有人來找妳了。」喬老夫人看著她微微聳動的肩膀，嘆了一口氣，她也不想說，帶著這秘密進棺材裡就好了，只要孩子過得好就什麼都好，是不是親生的，都這麼多年的情分了又有什麼關係。

喬從安看著喬老夫人，這突如其來的消息令她難以接受，做了喬家二十五年的女兒，忽然說她不是喬家的孩子，她只是爹當年在外面撿來的。

「他問我們二十年前是不是撿到一個五歲左右的女娃，穿著的衣服和別人的都不一樣，身上戴著些銀鐲子、銀項圈，腰上還繫著勾勒花紋的帶子。」喬老夫人拿起那帶子，起初她也不信，可那人拿出來和這個花紋一模一樣的帶子，她就相信了，二十年前的東西，如今哪裡還找得到一樣的。

「妳爹遇到妳的時候，妳身上沒有什麼銀鐲子、銀項圈，只有這耳墜子，怕是妳走丟了之後，別人眼紅了妳身上的東西，給搶了去。」

喬從安盯著那帶子，良久，語帶著偏執地說：「我姓喬，只是喬家的女兒。」她抬頭深吸了一口氣，看著喬老夫人。「祖母，其餘的我都不想知道。」

喬老夫人嘆息一聲，她輕輕地摸了摸喬從安的頭。「不知道就不知道吧，妳是喬家的孩子，誰都不會否認的，但是從安啊，妳也是孩子的娘了，不管妳認不認，祖母都得把這件事告訴妳，都二十年了還有人來找妳，這說明這二十年來，妳的親人一直在找妳。」

喬老夫人年紀大了，她也不知道自己還有多少年活，這媳婦如今身子不好，又時而清醒時而瘋癲的，對這孩子來說，娘家是一點依靠都沒有，從安若是能找到當年走散的家人，那未嘗不是一件好事……

喬老夫人提的認親一事，喬從安始終都沒有給回應，轉眼就是新年，喬從安回喬家拜年的時候閉口不談此事，加上喬夫人神志不清的病情，喬老夫人也就沒再提起來。

直到二月初的一個下午，楚家有訪客到來。

楚亦瑤在偏廳再次見到了這個大鬍子掌櫃，比起那日在街上匆匆一瞥，今天的裝扮明顯正式了許多，只是臉上那濃密的鬍子還是遮掩在那裡，把他的大部分神情藏了起來。

聽他說是找大嫂的，楚亦瑤就明白了這人就是喬老夫人口中前來尋親的，只是沒想到是他。

「掌櫃的，你是怎麼知道大嫂就是你要找的人？」楚亦瑤差寶笙端來了茶水，似乎瞧得見他這厚重鬍子下臉上泛著的笑意。

「那兩個字，只有她認得。」他嗓音低沈地回道。

楚亦瑤想起她們在鋪子裡看過的那幅畫，那兩個字她怎麼看都不像是淮山，大嫂卻一眼就認出來了。

可若她們不去關城這一趟，她沒有心血來潮想去那鋪子看看，恐怕這一輩子，他都找不到大嫂了。

「這二十年來，你一直在找大嫂？」半晌，楚亦瑤問道：「我能問問，當年大嫂是怎麼和你失散的嗎？」

大鬍子喝了一口茶，視線落在了屋外的院子裡。「是我沒有牽住她，讓她在人群中走散的，再回去找的時候人已經不見了，我就在大梁落腳下來，每隔半年到一年，搬一個地方打聽她的消息。」二十年來他走過的地方無數個，每次都是有了希望又失望。

即便是外人，楚亦瑤也被他這份執著尋找的心觸動了，二十年來懷抱著愧疚，不斷打聽一個人的消息，這樣的煎熬不是聽著就能夠感受清楚的。

「你是大嫂的哥哥嗎？」

大鬍子靜默了一會兒，開口道：「算是吧。」阿靈以前是喜歡這麼稱呼他。

楚亦瑤有些詫異，難道他只是受託前來尋找，並不是大嫂的家人？可聽他剛才說話又不是這個意思。

氣氛又陷入了沈寂，楚亦瑤總覺得這人身上壓抑得深厚，就連眼神都看不透澈。

喬從安終於來了，這一次楚亦瑤沒有離開，而是陪在喬從安身旁，這段日子儘管大嫂什麼都沒說，但神情中的憔悴她都看得清楚，任誰遇到這樣的事都無法這麼淡然處之。

喬從安從來沒有想過自己的身世竟然會是這樣，不是大梁人，而是來自南疆。小時候大病一場，她曾經是有一段日子說話也不利索，大夫說是發熱的後遺症，實則她根本說不好大梁話。

他說，他是她的哥哥，得知她走丟之後，娘一病不起，身子骨一天比一天差，用盡各種辦法，撐不過十年就走了，他說他們家在南疆也算是望族，畫上的字就是他的名字，他叫淮山，她叫淮靈。

喬從安什麼都想不起來，除了覺得那字熟悉之外，別的她都想不起來，他口中的南疆和淮家對她來說陌生至極。

「那一次阿曼帶著我們來大梁，妳才五歲，經過金陵附近的一個小城時，正巧遇上了趕集的大日子，走在街上妳想吃一串糖葫蘆，從我背上下來，我剛付完錢，妳人就不見了，找了妳三天三夜，這麼大一個小城，就是沒有找到妳的人，為此阿曼病倒了。」淮山的聲音裡透著滄桑，聽在耳中有些悲傷，楚亦瑤能夠想像到一個娘親這樣失去孩子所承受的打擊，上一世就是薇兒磕著、碰著她都心疼得很，更何況是這樣毫無徵兆地失去了。

良久，喬從安說道：「我不記得了。」她聲音裡透著疲憊，她能感受到那悲傷，卻什麼都記不起來，那好像說的都是別人的故事，無力又疲憊的感覺讓她再也不想知道得更多。

「生病之前的事情，我都不記得了。」

「不記得沒關係，妳想知道什麼我都會告訴妳。」

「這不是重點，我什麼都不記得，什麼都要你們來告訴我，要我怎麼去相信你說的都是真的？」喬從安高聲制止了他的話，淚眼閃爍，抓著楚亦瑤的手不斷地顫抖，這些日子她就沒有睡過一個安穩覺，她如何都想不透自己還有另外一番身世。

良久，淮山開口道：「妳看看妳的左手手腕，脈絡處是不是有一塊黑色的疤痕。」

喬從安身子猛地一震，聽到他繼而說：「如果還沒褪去的話，那疤痕應該還在，不過這麼多年過去，也應該淡了許多。」

喬從安緩緩地拉起了袖子，左手手腕處那裡確實有一塊印記，她以為那是胎記，黑色的一小塊在那兒，塗什麼藥都好不了。

「那是妳五歲的時候頑皮，拿別人養的蟲子放在手上玩，那蟲子爬到妳手腕上，對著脈絡處咬了一口，解毒後這痕跡卻要用那蟲子研磨成的粉末塗抹才能消散，走失之前妳才用了幾回藥，這些年它也只褪了這麼一點。」

喬從安不知道這痕跡的由來，但這麼私密的事情，除了親近的人之外，沒有任何人知道。

「妳若還不信，拿這個塗一下，過兩個月就會消散了。」淮山從懷裡拿出一個瓶子放在桌子上。

喬從安抬頭看了一眼。「娘的墳墓在哪裡？」

「在南疆。」淮山鬍子下的神情有了一抹輕鬆，她會這麼問，到底是接受了這件事。

「我知道了，你走吧。」喬從安起身，沒再看他一眼，直接出了偏廳。

楚亦瑤攔住了要追出去的他。「淮大叔，給大嫂一點時間，年前喬老夫人來說這個事情，我們都很吃驚，更別說大嫂她了，如今你該告知的也已經告知了，我想還是需要多一些時間。」

「是我太心急了。」淮山又坐了下來，他只是太高興了，對於他來說，一個城鎮一個城鎮的輪轉，終於在快要絕望的時候找到了她。

「淮大叔，您如今住在何處，還是在金陵開那樣的鋪子？」

淮山搖搖頭。「開那樣的鋪子也是為了有一天阿靈知道了，能夠過去一看。我已經找了地方住了。」

「那您告訴我在何處，有事也方便找。」楚亦瑤記下了他說的住處，送他到了門口，笑道：「那淮大叔，您慢走。」

出了門淮山才反應過來，就這麼一段路，這小姑娘左一聲大叔，右一聲大叔，叫得好不開心，伸手摸了摸厚重的鬍子，他苦笑了一聲，看來真的是老了。

楚亦瑤站在門口，直到淮山的身影再也看不見，臉上的笑意漸漸淡了，這人知道大嫂的很多事情，卻也有很多事情瞞著沒有說，若真是親哥哥，為何會在她問的時候說「算是吧」。

可大嫂什麼都想不起來，這人說的這麼多話裡面，到底有多少是真的？

就這樣過了半月，楚家隔個五、六日就會收到淮山送過來的東西，都是些小玩意兒，要麼是給她的，要麼是給應竹的，東西很得應竹的心意，果真，這兩日楚應竹口中就唸叨著大鬍子叔叔，喬從安不讓他玩，他還拿著跑到楚亦瑤這裡藏起來。

小孩子的心很好收買，只要自己喜歡的，對他好的，那就都是好的，他也只見過淮山一次，這就記上了。

楚亦瑤哭笑不得地把他送到大嫂那裡。

喬從安更是無奈，從關城回來之後他就會時不時提起，如今知道淮山就在金陵，更是纏著她要去找他，纏得煩了，喬從安才要收了他的東西，結果一轉背，楚應竹就跑去小姑子那兒找求援。

楚亦瑤見喬從安對這件事看開了一些，抱著楚應竹小聲道：「等你再長大一些就可以見到大鬍子叔叔了。」

楚應竹學著她湊在楚亦瑤耳邊問道：「要長大多少啊？」

「大約這麼高。」楚亦瑤比了個高度，比楚應竹還要高一個頭。

楚應竹身子一蹦，回頭看向喬從安。「娘，姑姑說的是不是真的？」

楚亦瑤也跟著看向了喬從安。

喬從安摸了摸楚應竹的頭。「是真的，等你長高了、長大了，就可以看到大鬍子叔叔了。」

看兒子拍著小手開心的樣子，喬從安的臉上多了一抹柔和，就像祖母說的那樣，即便是這二十年來了無音訊，他都沒有放棄尋找自己，她也應該試著去接受，去放下……

第二十二章

三月的天回暖，再過些日子商船就該回來了，楚亦瑤這才有空去找和沈世軒說好的商鋪。

南塘集市那兒的鋪子基本都已經滿了，剩下的要麼太小，要麼位置太偏，楚亦瑤又去了月牙河岸，在那裡有兩間不錯的，但離春滿樓太近，一些夫人小姐們也都不願意往這一帶停留。

找了幾天，楚亦瑤終於打聽到南塘集市那兒有一間鋪子急著脫手，鋪子比楚亦瑤原先預計的要大很多，不過因為那掌櫃要舉家遷移走了，所以價格就相對低了一些，楚亦瑤帶著邢二爺去了一趟，鋪子的裝置都有六、七成新，原先也是買賣首飾布衣的，樓上到樓下三層，後面還帶了一個小院子。

楚亦瑤和邢二爺商量了一下，比隔壁一樣大小的便宜了兩百兩，就是鋪子大太多，若只用來賣那些雕刻品，浪費了不少地方，楚亦瑤走上三樓看了一下，發現望出去的視野還算開闊，倒也是個休憩閒聊的好地方。

走到了鋪子門口，楚亦瑤發現青兒站在那裡，一看到她出來就迎了上來，眼底一抹焦急。

「大小姐，少奶奶讓我來找您回去，說是商行裡出事了。」
楚亦瑤只能先讓舅舅留在這鋪子裡和掌櫃的談，自己上了馬車趕回去楚家。
進了前廳，除了大嫂之外，二叔楚翰勤也在，一同的還有幾個管事，各自都是憂心忡忡的樣子，喬從安身旁放了一疊的簿子。
「出了什麼事？」楚亦瑤走過去的時候聽見楚翰勤正嘆氣說著——
「忽然走了這麼幾個管事，一點徵兆都沒有，交出帳本人就走了。」
「亦瑤來啦，本來這事也不該找妳的，暮遠如今也不在，這事還得告訴妳和侄媳婦。」
楚翰勤轉頭說，接著又連嘆了幾口氣，指著那桌子上的簿子。「好幾家鋪子的管事忽然說不做了，來商行裡說要算清楚帳目便直接走了。」
楚亦瑤和喬從安對看了一眼。「如今人呢？」
「對清楚了帳人就走了。」楚翰勤眉宇深鎖著。「商船就快回來了，這鋪子裡一下空缺了好幾個管事，鋪子裡的事怎麼忙得過來。」
楚翰勤身後的管事紛紛說是，這商鋪裡的管事一走，大小事務可就落下來了，他們不可能每個鋪子都去看著，根本忙不過來。
「二叔，他們可有說為何要走。」楚亦瑤翻看了一下帳本，裡面是二月底和三月初這段日子以來的帳，記得清清楚楚，看不出一點錯。
「這……」楚翰勤頓了頓。

楚翰勤身後的一個管事開口道：「他們不肯說，怕是有好去處了。」

金陵做生意的人這麼多，鋪子裡的管事有進出也是平常的事，這人往高處走也是常理，不過這三、五個一塊走的，確實鮮少有的事情，除非是商行要倒閉了，要不然就是東家太過於苛刻。

楚老爺子在世的時候，對商行裡的那些管事比別人的都要好，楚老爺子去世後，楚家大少爺也沒變，就算到現在他們沒比別人多，也不會比別人的少，楚家又沒有要倒，這些人這麼個走法，定是有蹊蹺。

「王管事，你去一趟他們家，替我轉告他們，明天一早我要看到他們在楚家商行裡出現，給我把這理由說得明明白白，不來的話那我就親自去他們家找，躲也沒有用，除非今天這一晚上的工夫，他們就離開金陵了。」

說完，沈默了一會兒，楚亦瑤轉身，神色凜然地對楚忠當時帶來的其中一個管事說：「原封不動的傳達過去，有什麼意見明天都可以直接來商行裡說，別讓我等不到人！」

那管事聽了之後就離開了，楚翰勤對她這吩咐詫異得很。「亦瑤，妳這是要做什麼?」

「二叔，既然您前來找我和大嫂，那也就是說這件事您作不了主，得告訴我們，現在這事大嫂與我會作主，走了好幾個人，商行裡一定忙不過來，你們趕緊回去吧，別把事給拖了。」楚亦瑤轉而笑咪咪地看著楚翰勤，催促他們回去。

「這件事還是要等暮遠來了再作決定，妳一個姑娘家的，這知道就成了，摻和什麼。」

楚翰勤擺起了長輩架勢，姑娘家的就應該待在家裡，在外面自己開什麼鋪子，楚翰勤早就想說了，只是他插不上手，這鋪子和他半毛錢關係都沒有。

「人都走了，何必要等二哥回來？他們怎麼說在楚家也這麼些年了，要走，哪有這麼容易的事情！」楚亦瑤說著就冷了臉，趁著二哥和忠叔都不在鬧這一齣，他們以為她沒辦法了？

「亦瑤，不是二叔說妳，拋頭露面的這樣不好，傳出去了，還道楚家什麼時候要一個姑娘家的作主，妳還是多和妙菲她們相處相處，像個姑娘家該有的樣子。」楚翰勤沒想到她們非但沒有求自己幫忙，反而要直接去商行裡，這和他來之前所設想的相差甚遠。

「多謝二叔關心，別人怎麼說怎麼看，不在我楚亦瑤的考慮範圍之內，我若不出嫁，我想二哥和大嫂也不會要把我趕出楚家，這就不勞二叔費心了。」楚亦瑤直直地看著楚翰勤，沒有露出一絲的恐慌和不安。

楚翰勤轉而笑了，像是要化解這事似的。「妳這孩子，這麼說兩句就說不嫁人了，這哪能隨便說，我先回去忙了。」

「二叔慢走。」楚亦瑤笑著目送他們幾個離開，讓寶笙送他們出去，轉身看著喬從安，眼底閃過一抹憂慮。

在這商船即將回來的節骨眼上忽然走了好幾個人，這幾家鋪子裡的生意恐怕是要斷了。

「怎麼會忽然走了好幾個管事？」喬從安嫁進楚家也從來沒有遇到過這種事，即便是要走的，也是提前一、兩月說，好有時間安排新的人前去接應，像這樣直截了當走人的，就是不想楚家好過了。

「怕是早就商量好了。」楚亦瑤翻著這做得清清楚楚的帳本，找不出一點錯，這就是有備而來的，做給她們看的是忽然走人。

「妳是說他們早就準備好要走的？」

「否則這些帳難不成是連夜趕出來的，幾時他們拿上來的東西有這麼清楚過，半點油水都不撈的也不像他們，就是為了能立即撇乾淨。」從年初到這月的帳清清楚楚，若是要查也沒什麼值得查。

不過他們越急著想走，她就越不讓他們如願……

第二天一早，楚亦瑤就去了商行，離開的四個管事只來了三個，其中一個沒來，楚亦瑤也沒打算等，直接召集了所有人在大堂裡，關門開會。

「李管事，張管事，文管事，你們來楚家，一個是四年，一個是七年，文管事都待了十年，昨日忽然說要走，扔下帳本就算是交代完了？」楚亦瑤拍了拍她身邊的帳本，坐在椅子上看著一群站著的人，神情坦然，沒有一點不習慣。

「大小姐，這帳上還有什麼不清楚的，您儘管來找我，這若是清清楚楚的，我們也不欠楚家什麼，替楚家幹了這麼多年，拿這些工錢，也不算什麼。」張管事頗為傲氣地說道。

「是不算什麼，不過按照你這麼說，以後不管你去誰家鋪子了，想走都能這麼走，有哪家的東家敢用你們，你們怎麼不欠楚家了？楚家管你們工錢、你們幹活，如今出了這個大門，你們能把這些年在楚家學到的都換回來不成？」

楚亦瑤一拍桌子站了起來，厲聲喝斥道：「我爹教你們做生意，張管事，當年你來楚家的時候可不是管事，只是碼頭上一個搬貨的夥計，忠叔聽說你娘身子不好，長年不斷藥，這就把你帶到商行裡，給你加倍的工錢，他身邊有這麼多人可以帶，為什麼就帶了你？你能到今天這地步，難道還是你自己在碼頭上一步一步打拚出來的？我告訴你，你這打拚也只能打拚成一個碼頭上的包頭而已！」

「楚老爺的恩情我張某自然不會忘記，難不成因為這個，有更好的去處我也不去，一輩子給楚家報恩了不成？」年紀才二十多一些的張管事一臉的傲氣，看著楚亦瑤這等年紀在這裡喝斥自己，尤為看不過眼。「楚大小姐，我看是您想得太過於天真，以為你們楚家給一點恩情，我們就得做牛做馬一輩子耗在這裡。」

「我今天叫你們來，不是為了留你們的，咱們把話說清楚了，楚家絕不會留你們。」楚亦瑤嘴角揚起一抹笑。「張管事的話你們也都聽見了，看來張管事是有了好去處，那文管事和李管事，你們是不是也有好去處了？」

張管事神色微變，剛剛口急說得快了，卻被楚亦瑤揪住了拿出來說。

文管事慢悠悠地說：「大小姐，我年紀大了，也不是有好去處，就是想在家裡養養老。」

「文管事兒子才成親，就想在家裡養老了。」楚亦瑤打斷了他的話，看向李管事。「李管事該不會也要養老去了吧？」

「不、不是，就是不想在那鋪子裡做了，想走了。」說得合適的理由就這麼幾個，李管事倒是直接，純粹不想幹了。

「那你們為什麼不提前告知到商行裡，告知二叔，你們是第一天做管事的？就是鋪子裡一個夥計走了，還得提前幾天說的。」楚亦瑤喝斥道。

李管事忙否認。「年初我們就和楚管事說過的，我們也沒想到楚管事沒交代就出海去了。」

把責任推給不在場的人，這人如今還真是想找都找不到了。

楚亦瑤嗤笑了一聲。「這四家鋪子另外安排四個管事兼著，在兼管的這些日子裡，工錢翻你們三倍。二叔，麻煩你馬上把人安排下去。王管事，這四家鋪子有所聯繫的所有商戶、客人，得麻煩你親自去跑一趟，就說這四個管事都走了，不在楚家了，以後有什麼要聯繫的，就直接去商鋪裡找新管事。」

這些話說完，楚翰勤的臉色驟變，他沒料到楚亦瑤會這麼吩咐，暮遠和楚忠都不在，這楚家還有誰懂這些？等那幾個人走了，手裡的商戶、客人自然是一併帶走了，可楚亦瑤這麼一吩咐，之後再去遊說就難了。

楚亦瑤對著張管事他們說：「還有，你們幾個，把該交接清楚的都交接清楚了，別以為給我今年這幾月的帳簿就算完了，你們做了多少年，那就算多少年的，沒算清楚就走人，也別怪我們不講情面，直接官府裡見吧。」

楚亦瑤繼而看向楚翰勤，臉上多了一抹笑意。「二叔，您還不快安排幾個人把這事給辦了，過兩天二哥和忠叔可是要回來了。」

楚翰勤此時看楚亦瑤的眼神充滿了複雜，還夾帶著一絲憤怒和不甘，侄媳婦對這些都是不瞭解的，按理來說，她們都應該是束手無策，起碼這幾天是任他擺布的，可這丫頭，怎麼會如此難纏！

楚亦瑤笑盈盈地回望著他。趁著二哥和忠叔不在，這一齣戲二叔也不多遮掩一下，敢情是覺得她和大嫂什麼都不懂，只會哭哭啼啼的，不知道該怎麼辦。

即便是拆穿了他們故意想走的想法，這幾個人也留不得了，楚亦瑤把他們再次叫過來，為的是給商行裡的人都看一看，以後說出去了，也不是楚家虧待了他們，讓他們待不下去走人。

楚亦瑤如今只希望，這樣派王管事去商戶那兒說過，這些商戶和楚家的生意不會全部斷掉……

儘管楚亦瑤做了補救的辦法，但實際的成效卻不見得好，每個管事手頭上都有幾個自己聯繫的商戶，這幾個也都不是從楚家商行裡往下到商鋪中的，所以很大可能這些會隨著管事的走動而去下家合作。

等楚翰勤安排好人去接手鋪子裡的事，那兒的生意已經耽擱了幾天，三月底商船到了，船上的貨都卸下了之後，按照每一次的慣例就是依商戶們給的單子運送過去，提前下單的畢竟在少數，大多數都是等各家的貨到了之後再衡量買哪一家商行裡的。

這麼等了七、八日，碼頭上的貨還囤了好一些沒有賣出去，楚亦瑤把去年和今年的一比較，就是張管事他們走的那幾家鋪子，少了好幾筆生意。

每一趟出海運過來的貨都是對比上一次來算的，就算是有差距也不會差得這麼多，楚亦瑤看著那高高堆砌的大木箱子，心中想的卻是商行裡那些管事的問題。

上次走四個，下一回就不知道是走幾個了。

「小姐，查到了。」阿川走了過來，遞給楚亦瑤一張紙，上面是那四個離開的管事所去的商行，其中有兩個，竟然是去了程家的商行，其餘的只是去了普通的鋪子做掌櫃的。

「去查這兩家鋪子背後的東家到底是誰！」楚亦瑤深吸了一口氣。好一個程家，手可真是長，直接伸到了她楚家做這麼不地道的事情。

做生意的也不是沒有挖別人管事的事情發生，可這樣忽然走人的，明擺著不僅是為了搶客源，還為了不讓他們好過，手忙腳亂的可以趁收漁翁之利。

阿川走了，楚亦瑤回了一趟商行，楚忠正和楚暮遠商量著這剩餘的貨該如何處置，楚亦瑤將一張契約放在了桌子上。

「亦瑤，這是要做什麼？」楚暮遠看了一下那契約的內容，抬起頭問楚亦瑤。

「如果是一個小小的夥計，要走要留對商行都不會有影響，如今走的可是分鋪的管事，若是都有樣學樣了，這楚家商行不得倒了。」楚亦瑤新寫了一張契約，就是針對那些管事們，若沒什麼異心的，這東西對他們其實也沒什麼影響，反倒是更有利才對。

楚亦瑤指著上面的一條條解釋道：「這些管事們，沒有待個數十年，也都有五、六年，若是再一次幾個一起走，那這客人會被帶走不少，秦伯伯那兒的銀子我們還沒還清呢，難不成就讓商行這麼不死不活的？這契約也沒有什麼難簽，三年和五年任由管事們選，簽完了還想留的就繼續簽，但若時間沒到就要走了，不只要提前半年告知，還要賠償些銀子，賠的多少且看他為什麼要走。」

「這樣硬留他們，他們怎麼肯簽？」又不都是傻的，有好去處的幹麼不去，讓一張契約押在這兒。

「二哥，楊管事他們留在這裡多少年了，難道這金陵就沒好去處了？」楚亦瑤防的就是有異心的人，她還想看看，就這一張契約，到底可以揪出商行裡幾個有想法的人。

「簽三年的，楚家就給原來基礎上再加兩成的工錢，簽五年的，就加三成，若是有心留在楚家的，這契約對他們來說可沒什麼損失。」三年時間並不長，對於一個經驗老道的管事來說，不可能今天去這家、明天去那家，哪家東家會喜歡這樣跳來跳去的人，唯有沈穩的，不論好壞願意耐著性子待下來的，這一張紙上的東西，也就約束不住什麼了。

「到時候二哥你可看著些，究竟是哪幾個管事反對得強烈，那這幾個人，就可以讓忠叔準備再培養幾個替了他們吧，楚家沒有強留人的意思。」上哪裡再去找他們家這麼厚待的東家，二叔想要用這種辦法來慢慢掏空商行裡的客人，她就及早把那些人挖出來。

「大小姐，這樣一來會有人竄著說閒話。」楚忠沈默了一會兒，他倒是覺得這不失為一個好辦法，每個管事手上多多少少都知道不少商行裡的事情，商行裡如今的形式也沒有到他們任意去留都不產生影響的地步，但人心都是如此，你這麼一張契約下來，都會覺得被綁住了，誰心裡都會不舒坦。

「忠叔您錯了！」楚亦瑤站在架子邊上回頭看著他們，眼底閃爍著一抹自信。「這個辦法一旦我們用了，就會有更多的商行這麼做，誰家虧得起有人隨意來去，這是對商行裡的保障，爹當年一步一步這麼過來，在金陵無權無勢，和娘白手起家的時候，您和諸位管事叔叔們可有嫌棄爹給的工錢不夠高？」

楚忠搖搖頭。「老爺以誠待人，跟著他，我們都是心甘情願的。」

「沒錯，我楚家要的就是心甘情願的人，忠叔您和二哥要看的，就是現在這個楚家，到底還剩下多少心甘情願的人。」後半句話楚亦瑤帶著一抹嘆息，現在的楚家，到底還剩下多少沒被二叔收買的人？

楚亦瑤說的辦法交由楚忠和楚暮遠去辦了，他們回來，商行她也就不必再去，不過上一次在商行裡的那番話，卻給楚亦瑤冠上了一個「悍小姐」的稱號。

一個十三歲的小姑娘，當著所有管事們的面好不客氣地喝斥指責，還勒令他們交代清楚之後才能離開，若不然，這情分也就別講了，直接官府見。

楚家大少爺去世之後楚家一度搖搖欲墜，明眼人也都看得清楚，這楚家二少爺不是個能獨當一面的人，背後若不是有個楚忠和楚家二爺撐著，早就垮了。

如今這正值荳蔻年華的楚家大小姐站出來一說，不少人就評斷，看來楚家給這大小姐的陪嫁不少，否則她的話在商行裡怎麼會有這麼大的分量。

楚家就是一塊大肥肉，最好吞的辦法就是娶了楚家的大小姐，要不然就是把自己家閨女嫁去楚家做二少奶奶，但去年楚家剛剛有一齣被半路截了婚事的戲，有人就笑言，這程老爺和程夫人的腸子估計都得悔青了。

不過這程老爺和程夫人後不後悔不知道，程邵鵬卻開始有些後悔了。

尤其是聽到楚亦瑤在楚暮遠去大同的時候獨當一面的傳聞，他心疼了。

在程邵鵬心中，他對楚亦瑤的情分和他與楚妙珞之間的完全不可比擬，前者是從小就訂了親事的前未婚妻，後者是真心相愛、歷經流言蜚語一路相伴過來的。對楚亦瑤，他心裡有很多的愧疚，若是她嫁入程家，也就不用這麼辛苦。所以在他看來，要他再娶楚亦瑤進門，也不是不可行的。

而程邵鵬心疼的方式很簡單，他直接一封關切的書信送去了楚家，在沒有知會的情況下，這一封信就被成天待在楚家無所事事的肖氏給截胡了。

肖氏氣沖沖地去怡風院的時候，楚亦瑤正想著那兩個去程家的管事，一聽是肖氏過來，為的還是程邵鵬給她寫信的事，沒好氣地直接讓孔雀攔在外面。

「告訴她，她的女婿要寫信給誰，都是她女婿的事情，和我沒有任何關係。」

孔雀出去沒多久，外面傳來了一陣的嚷嚷聲，肖氏的聲音刺耳，說出來的話更是難聽，屋子內的楚亦瑤放下書，臉色逐漸沈了下來，起身走到屋外，肖氏手裡捏著那封信正和孔雀理論著——

「什麼沒關係了，怎麼就沒關係了，平白無故會寫這信？」

「吵什麼，二嬸，您的女兒都嫁進程家去了，您還有什麼不滿意的，程大哥要寫信那是他的事情，上我這兒來說什麼，您怎麼不像上次一樣去程家那裡吵去！」楚亦瑤走下去從她手中一把奪過了那信，看都沒看一眼，三、兩下撕碎了扔在地上，不屑道：「您看上的女婿人選，我楚亦瑤一點都不稀罕，也別上我這兒來說事。」

「妳，妳還敢撕了湮滅證據是不是，我早就知道了，妳就是妒忌妙珞，就是不想讓她好過，暗地裡還和他聯繫，讓我抓到了，妳還理直氣壯了，是不是！」肖氏氣得怒紅了臉，當下伸起手就想揮巴掌。

楚亦瑤頭一揚看著她，眼底一抹寒意。

如今外面傳的已成定局，她還擔心什麼？

楚亦瑤冷冷地看著肖氏。「那都是二嬸您女兒教得好，我娘可沒教過我守歲夜穿得衣不蔽體的出去勾搭別人，也沒教過我明知道這是堂妹的未婚夫，還要藉著『喜歡』二字明著書信來往，更沒教我外面傳得風言風語的時候，直接教唆女兒出去私奔，私奔之後還去別人家裡說，別人拐走了自己女兒。」

「妳，妳這個瘋丫頭妳說的是什麼，小小年紀心腸這麼歹毒，這樣誣衊妳堂姊，她都已經嫁人了，妳還要和程家少爺來往，妳還要不要臉了。」肖氏氣得那一巴掌揮了下來。

楚亦瑤往後一傾躲過去，哼笑了一聲。「二嬸說的可是笑話，我再不要臉，都比不過您不要臉，您以為這樣嫁進程家日子就一定好過了？」

肖氏神情一滯，想起上回女兒回來說的話，這一個月當中兩個人同房的日子這麼多，居然還沒能有身孕，婆媳關係又如此緊張，眼看著成親都快一年了，通房又提了兩個，肖氏這心也磕得慌。

「孔雀，送楚二夫人出去，沒我的命令，誰都不許進來！」楚亦瑤轉身就進了屋子，沒再理睬肖氏。

寶笙很快跟了上去，直接把門給關起來了，這幾天的事她火氣大著呢，自己撞上來，說的又是程家，也就別怪她話說得難聽……

肖氏這一回是氣得失了些理智，當晚楚翰勤回來之後，忍不住把這事給說了一遍——

「你說這丫頭的教養是怎麼一回事，我好歹是她的長輩，她做錯了倒是理直氣壯了，當初說這婚事不作數的時候那委屈得很，我們妙珞倒成壞人了。」

肖氏絮絮叨叨地說著，心中憋氣得厲害，怡風院裡又憋回來一陣，她正無處發洩。

不過，楚翰勤的心情也不太好，今天商行裡侄子說的那套新規矩，契約拿出來的時候是很多人反對，可說到那三年兩成，五年三成的時候，那些個人心底裡早就把這帳給算清楚了。

到傍晚，大部分人都同意了，剩下那幾個都是他私底下較好的，可現在強撐著有什麼用，如今還不是走人的最好時機，侄子說容大家回去考慮考慮，這幾個他原先都預計好的人，也都動搖了，簽還是不簽，這前頭的誘餌可大得很。

「那丫頭如今多大了？」聽著肖氏嘮叨了許久，楚翰勤終於出聲，肖氏沒想到他還會對這有興趣，神情一喜，看來自己這一回是抱怨對了。

「有十三，也不小了。」楚翰勤聽著點點頭，十三確實不小了，在徽州鄉下，十三歲訂親，十四、五歲出嫁的多得是。

「老爺，你說她這樣，誰敢要她。」肖氏不屑地哼了一聲，這麼不討喜的丫頭，牙尖嘴利得不饒人，哪個婆婆會喜歡。

「這年紀，也可以早點說親了。」楚翰勤又說了一句。

肖氏意會得很快，把那丫頭嫁出去了，這不就沒人會氣她了嗎？

「她這親事也不是我們說了算的。」開心了一半，肖氏又猶豫了。

楚翰勤回頭看了她一眼，眼底閃過一抹戾氣，很快掩飾過去。「妳沒聽說嗎？秦大夫人要給她作媒，只是如今年紀還小。」

「哪一家？」肖氏訕訕地笑了笑，她一直待在楚家，又沒出去走動走動，哪能知道得這麼靈通。

「張家，張家的兒子如今去了洛陽書院讀書了。」楚翰勤有他自己的打算。「妳沒事多出去走動走動，這些管事們的媳婦多相處起來，關係好了，我這裡的事情也好辦。」

楚翰勤過去在徽州沒覺得，來了金陵之後發現，誰家的媳婦都有用，就他家的除了床上有用之外，到了床下就笨得很，該讓她活動的不活動，和一個小丫頭鬧什麼彆扭。

「張家還能看得上她?!」肖氏的語氣裡濃濃的不置信，既然還是個讀書人，應該更看不上那丫頭。

「別管張家看不看得上，早點嫁出去了，妳不就省心了。」楚翰勤瞥了她一眼，上床準備睡覺，明天清早就得出去一趟。

肖氏站在那兒，臉上的笑容漸漸多了起來，早點嫁出去好，反正只要是能嫁出去，怎麼嫁又有什麼關係……

第二十三章

商行裡的事情忙了將近一個月，楚亦瑤才有空去看原來的那家鋪子，興許是鋪子太大，別人也不知道做什麼，楚亦瑤付了訂金之後，那掌櫃的一直沒通知要退，這一個月來邢二爺也沒找到別的鋪子，楚亦瑤就又去了一趟。

進了店鋪之後，那掌櫃的倒是熱情，家裡的東西都收拾好了，鋪子裡能賣的也都賣了兌現，就等著鋪子一賣、銀子一拿，直接走人。

只不過熱情歸熱情，楚亦瑤三次談及全額的事情，那掌櫃的都繞了過去，楚亦瑤奇怪了。「您是覺得當初談的價不滿意，還是如何？」

「楚大小姐，也不是這價格不滿意，怪我糊塗，沒提前告訴您，這鋪子，前天已經給別人買下了。」那掌櫃的看著楚亦瑤說得不好意思，兩隻手搓著又有點一言難盡的樣子。

楚亦瑤納悶了，既然前天賣了，昨天來問怎麼還說沒賣？

「既然如此，那就請掌櫃的把這訂金退了，是我們來得太晚。」買賣不成仁義在，楚亦瑤看他連聲說道歉，笑了笑，鋪子沒了再找就是了，沈公子也沒有說要立即就開。

「楚小姐，我……我也是不得已啊。」那掌櫃的忽然面有難色，低聲說了一句。「我本來是想等你們到的，可……」說了一半，那掌櫃的便沒繼續說下去。

「不知是哪家買下了這鋪子？」楚亦瑤怎麼看都覺得這掌櫃的是被人逼著賣了這鋪子。

「是本公子買下的。」沒等掌櫃的說話，門口傳來一聲囂張的回答。

楚亦瑤回頭，曹晉榮帶著幾個隨從，大搖大擺地走了進來。

「那就恭喜曹公子了。」楚亦瑤臉上隨即浮現一抹從容，笑著恭喜道，看著他臉上那遮掩不去的囂張氣勢，難怪這掌櫃的會為難，恐怕這賣出去的價格與當初和她談妥的還要差不少。

「難不成你還想賣給別人？」曹晉榮走到這掌櫃的旁邊，伸手將兩張銀票啪一聲放在了桌子上。「這裡是六百兩銀子，拿了可以走了。」

「這……曹公子，當時我們談的可不是這價。」掌櫃如何都拿不下手，當時曹公子來的時候就開了七百兩，如今只給六百兩，他這鋪子已經是便宜很多的價格了，也不能這麼壓價的。

可這掌櫃又不敢說什麼，曹家三少的名聲，十件事有十一件是壞事，就是心裡一萬個不情願，他也不敢流露出什麼不滿意來。

「當日談的就是這個價，我說嚴掌櫃，你這破店值六百兩也夠了，看這屋子不像屋子，院子不像院子，若不是在南塘集市裡面，放別的地方三百兩銀子都沒有。」曹晉榮在屋子裡走了一通，看了一眼那掌櫃，眼底滿是不屑。

楚亦瑤看那掌櫃猶猶豫豫的，有些明白他的意思，不是不記得通知她，而是希望她過來能開原來的價格，把這鋪子買回去。

可她何必蹚這渾水，鋪子有的是，得罪了這個睚眥必報的曹家三少，可是划不來。楚亦瑤乾脆在一旁看著，也不說話。

「怎麼，你認為我說錯了？」曹晉榮遲遲沒有得到掌櫃的回話，回頭冷冷地瞥了他一眼。「要不你開個價。」

嚴掌櫃就是要離開金陵的人了，要是在這事上再生些事端出來，他這全家都得跟著受罪，只能自認倒楣，誰讓這鋪子讓曹家三少爺盯上了。

嚴掌櫃拿起那銀票，把東西拿出來直接放在了桌子上，手還哆嗦著。「曹少爺，這所有的契都在這裡了。」

曹晉榮也沒看一眼，不耐煩地揮了揮手。

嚴掌櫃拿起包袱就出去了，和楚亦瑤招呼都沒打一個，生怕曹晉榮反悔。

「曹公子，我們也告辭了。」楚亦瑤看這都塵埃落定了，和邢二爺低聲說了一句，轉而對曹晉榮說，轉身要離開。

「慢著！」曹晉榮背對著她們出聲，手裡拿著那些契走到了楚亦瑤身旁，低頭看著她，嘴角勾著一抹笑。「妳想要這鋪子？」

「這鋪子於我而言還是大了些。」楚亦瑤話音剛落，曹晉榮忽然朝著她湊近，楚亦瑤下意識地向後微閃了一下，袖子底下的拳頭一緊。

「妳說謊。」兩個人的距離很近，近到楚亦瑤都能感受到他呼出的氣息在自己臉上拂過，曹晉榮垂眸瞧見她眼底裡閃過的那一抹驚慌，終於有些滿意，緩緩地抬起頭。「妳明明想要這鋪子，否則時隔一月為何又來這裡？」

「被曹公子先一步買下了這鋪子，我再去尋便是了。」楚亦瑤低下頭，臉上閃過一抹不喜，她討厭有人以這樣試探的口氣逼近她，眼前的人純當是來玩的，毫無正經。

「那怎麼行，我這是先替楚小姐買下了，免得再讓別人看去。」曹晉榮忽然心情很好，看她那強鎮定的樣子，臉上的笑意更甚，他就說了，不過是一個十三歲的丫頭，什麼悍小姐。

「我先謝過曹公子，不過這鋪子曹公子還是留著自己用吧，告辭。」楚亦瑤聽到他那笑聲，聲音也沈了幾分。

可還沒走到門口，背後又傳來了喊叫聲，這一回曹晉榮說的卻不是鋪子的事了——

「妳不想知道妳二哥最近都在做些什麼嗎？」

楚亦瑤停下了腳步，回頭看他，此時曹晉榮的神情卻有些森冷，低頭擺弄著手上的幾張紙。

「楚家大小姐不想知道楚家二少爺都在忙些什麼事嗎？」

「曹公子到底想說什麼！」楚亦瑤忍下怒意。

曹晉榮抬起頭，臉上卻又染上了一抹無辜，裝作無意地解釋道：「也沒什麼，就是在我某個小妾那發現了些書信，這字倒是寫得不錯，名字也眼熟，我乍一眼，不就是楚家的二少爺，楚暮遠嗎？」

楚亦瑤心底逐漸涼了幾分，二哥還在與鴛鴦聯繫，她都入曹家兩年了，二哥竟然還有念想，在曹晉榮的眼皮子底下書信來往。

楚亦瑤看著曹晉榮，眼底一抹疑惑，既然他什麼都知道，以曹晉榮這性子怎麼能忍，卻留到現在才說。

「我這院子裡的人多，平日裡也疏於照顧，分著陪，每個人、每個月能陪的日子也不多，鴛鴦是我從春滿樓帶回來的，嘖嘖，沒想到楚家二少爺早就屬意於她了，我這是奪人所好啊！」曹晉榮臉上一抹恍然，好像自己從來就不知道楚暮遠也喜歡鴛鴦，他只是純粹贖了個自己看得上眼的，帶回去充實後院罷了。

「我想這其中有什麼誤會，二哥和鴛鴦相識，但只是知己好友罷了。」令楚亦瑤更吃驚的是眼前這個人的態度，越是如此，就越有問題。

「對，本公子也是這麼想的，不過我後院的人，怎麼能隨便和別的男子書信來往呢，於是我前兩天，就把她的右手給小小傷了一下，不能寫字，總不能回信了，妳說是吧？楚小姐。」曹晉榮笑著，笑容在他那佯裝無辜的臉上格外刺眼。

「曹公子，既然你知道他們有書信往來，為何不攔著？」楚亦瑤不喜歡鴛鴦，但對曹晉榮這罔顧人命的做法更是厭惡，曹家卻還這麼縱容他。

「我為何要攔著？若不是有人放消息給我，我也不會去花銀子贖了鴛鴦，別人還以為是我棒打鴛鴦了，實際上，這放消息的人才是最不希望他們在一起的，是不是啊，楚小姐。」曹晉榮饒有興致地看著她，最後的話拖了長音喊道。

楚亦瑤身子一震，她是花錢讓一個小孩在曹晉榮常坐的位子附近說了些消息，他若是知道是她做的，他對那個孩子做了什麼？

「楚小姐，我還沒謝謝妳送了我這麼一份大禮，我這後院裡，還是第一次有人這麼大的膽子敢和外面的男人有來往。」曹晉榮那滿臉的笑意都進不去眼底，他將嚴掌櫃留下的契都塞進了楚亦瑤的手中。「這鋪子，就當是我謝謝楚小姐送我的大禮。」

「你對那孩子做了什麼！」楚亦瑤捏緊了手中的契，抬起頭看著他，眼底閃著一抹憤怒。

曹晉榮忽然伸出手想去碰她的臉頰，楚亦瑤猛地朝後退了一步，曹晉榮收回了手，漫不經心地說道：「妳怕什麼，我只是看妳的頭髮亂了而已。妳說那孩子啊，不還活著嗎？」

楚亦瑤是真的怒了，拿起那契直接扔在他身上，轉身跑了出去，那才是多大的孩子，他才六、七歲啊！

邢二爺趕緊跟了出去。

鋪子內的曹晉榮看著地上被揉過了的契，回頭看他的隨從，有些無辜地道：「我都沒生氣，她生什麼氣？」

楚亦瑤讓阿川趕緊帶她去那孩子的家裡，馬車繞過了幾條巷子，終於到了貧民窟，馬車過不去只能步行，楚亦瑤催著阿川帶她到了那低矮的房子前。

一趕到，楚亦瑤便看到那個單手拎著水桶往屋子走的孩子，另一隻手用一條破布纏繞著掛在胸前，好像受傷了。楚亦瑤懸著的那顆心終於落下。還活著，起碼還是好好活著，沒有落個半身不遂。

「混蛋！」她低聲咒罵了一句，走進院子裡。

那孩子放下水桶，一臉怯意地看著她，楚亦瑤的穿著和這周圍格格不入。

楚亦瑤怕嚇到了他，緩了緩語氣問道：「是不是有人來找過你？穿得比我還要好，問你有關於春滿樓鴛鴦傳揚的事情？」

那孩子低頭想了一下，抬頭看著楚亦瑤，眼底閃著一抹單純。「是。」

「那你這手是不是他的人傷的？」楚亦瑤看這破布包裹的手臂，伸手要去碰，小孩子很快朝後退了一步，護住了手臂，低著頭猛搖。

楚亦瑤一陣心疼，聽著那孩子喊著不是，從懷裡拿出十兩銀子遞給他，柔聲道：「你拿著這銀子去醫館裡，讓大夫重新把你的手包紮一下。」

那孩子眼底閃著一抹猶豫，不接楚亦瑤手中的銀子。

這時屋子裡走出一個頭戴布巾的婦人，楚亦瑤乾脆把銀子給了她。「上次這孩子幫了我一個大忙，這是給他的工錢，妳帶著他去醫館好好看看，才這麼大的孩子，落下了殘廢可不好。」

那婦人是顫著手接過銀子的，張了張嘴想說什麼，最終摟著那孩子在懷裡，什麼都沒說。

楚亦瑤問那孩子有關於曹晉榮的事，那孩子抿著嘴眼底滿是懼怕，一句都不肯多說，楚亦瑤嘆了一口氣，以曹晉榮的性子，第一次來過之後應該不會再來第二次。

楚亦瑤離開這貧民窟的時候，那孩子出來送行了，從頭至尾他閉口不說關於曹晉榮的事情，目送著馬車遠去。

楚亦瑤撩開簾子，瞧著那孩子的身影越來越小，她有些悶悶地坐回了馬車內。

楚亦瑤不知道曹晉榮是如何知道自己設計了他，現在最讓她糟心的事情是二哥還和鴛鴦有書信往來，曹晉榮縱容自己的小妾在自己眼皮子底下做這些事，她卻不能眼睜睜看著二哥再繼續和鴛鴦有往來，誰知道曹晉榮會不會一個心血來潮，直接把人送來了楚家，說是成人之美。

即便是鴛鴦做二哥的妾室，楚亦瑤都不願意，喜歡一個人沒有錯，迷戀到這地步絕對不可以。

二哥才剛剛在商行裡有些出息，上一世的教訓還不夠深嗎？二哥為鴛鴦贖身之後，那大筆銀子花下去不說，商行裡的事一件不管，整日問二叔拿銀子哄鴛鴦，後來一次為了給鴛鴦買一艘遊湖的大船，直接拿楚家的家業和二叔換銀子，去買了那艘大船，接連數日和鴛鴦在船上沒有回家，楚家的家產敗得這麼快，鴛鴦也功不可沒啊，臨了最後，離開二哥的時候還不忘帶走一些銀兩、財物。

這樣的人，楚亦瑤怎麼會允許她踏入楚家半步！

第二十四章

這邊楚亦瑤為楚暮遠的這事操碎了心，那邊的程家，楚妙珞為程邵鵬寫信給楚亦瑤的事哭碎了心。

程邵鵬是個極為誠實的人，他認為這事沒有什麼錯，也沒什麼做得不對的，也就在楚妙珞來質問的時候坦誠地說了，他寫信過去問候一下楚亦瑤，本著在心裡這個特殊的位置，他純然表達關心的信件，在他來看沒有任何問題。

所以程邵鵬不解，為何溫婉可人的妻子會這麼不可理喻。

楚妙珞哭得眼睛青腫，看到的卻是程邵鵬迷茫的神情。

程邵鵬耐著性子地安慰道：「我和亦瑤不是妳想的那種關係，我與她從小一塊兒長大的，這樣的情分，妳總不能讓我直接當是陌生人，這幾年來，楚家的事這麼多，她一個女孩子過得辛苦，妳作為姊姊也應該去關心她的，怎麼還為這件事和我鬧？」

「鬧？你還說這是鬧？」楚妙珞帶著哭腔看他，眼中盡是控訴。「那你告訴我回楚家去看也好，送東西去也好，何必私信？你知道娘去問的時候如何被亦瑤羞辱的，她說我衣不蔽體地勾搭了你，不知廉恥，明知道你們有婚約還要和你書信往來，她都快要把娘氣昏過去了，你竟然還護著她。」

「亦瑤不會這麼說的。」程邵鵬臉上閃過一抹難耐，他印象中的亦瑤就是再牙尖嘴利、蠻不講理，也不會說出這麼羞辱人的話。

楚妙珞喉中一緊，那一口氣險些上不來，臉色脹紅地瞪著他。「你的意思是，這都是我在胡說，我娘在胡說了！」

程邵鵬不語，他是對楚妙珞有責任，也是男女之情喜歡的，但不代表他看不出這岳母的為人，能上他們家來這麼鬧騰，把娘氣成這樣，那些行為像極了山村野婦，相較而言，他更相信這些話是肖氏自己杜撰的。

「邵鵬，我嫁給你快有一年了，試問在程家我沒什麼做得不好的，晨昏定省，這妾也給你提了，通房又安排了兩個，對你表妹和小姑子也是以禮相待，所有的委屈都往肚子裡嚥，從來不在你面前說什麼。」楚妙珞哽咽地說著，豆大的淚水落了下來，滴在了程邵鵬的手上，滾燙。

「你娘送了丫鬟過來開臉，我半句怨言都沒有，可誰家的妻子能這麼忍受自己丈夫在別人屋裡，我心裡糾得疼卻不能告訴你，因為我要大度，你娘只對你表妹有笑臉，出去做什麼都帶著她，我都沒跟著她出去過幾回，成親都一年了，多少人還不知道程家少奶奶是個什麼樣子。藝琳年紀小，口中說的最多的都是亦瑤，看到我也沒好臉色，這些我都不能和你說，因為做得不好都是我自己的錯。」楚妙珞直接哭倒在程邵鵬的懷裡。

程邵鵬從未見過她傷心成這樣，本來臉上還有一些不滿，瞬間只剩下心疼了，他只知道娘和妹妹都不喜歡她，卻不知道她們這般刁難她，這一年來她都要獨自一個人承受這些，卻從未和自己坦承半句，光衝著這一點，程邵鵬這心都快要疼抽了。

「這些我都不覺得委屈，因為有你在，只要你在我身邊，相信我，愛護我，這些我都不怕，為了你，我都可以忍受。」楚妙珞擦了眼淚仰頭看著他，眼底滿是委屈。「可是你卻讓我傷心了，還不肯相信我，這比任何一件事都讓我不能接受。」

「是我的錯，我不應該懷疑妳。」程邵鵬抱著她輕聲安慰道。

楚妙珞又絮絮說：「就算過去邵鵬你和亦瑤的關係再好，如今你已娶，她未嫁，傳出去了對大家都不好，心意到了就好，何必再添些事讓別人去說。」

此時楚妙珞說什麼都是對的，程邵鵬摟著她應聲下來，連著讓程邵鵬去回絕了程夫人再送兩個丫鬟過來的事都應下來了。

程邵鵬懷裡的楚妙珞臉上終於露出一抹滿意的笑。娘說得沒錯，這委屈要壓著，壓著找機會一次爆發，這樣才能達成所願，得到自己想要的。

屋子內的氣氛漸漸又暖了起來，忽然林嬷嬷在外面高聲喊道：「少奶奶，夫人請您過去一趟。」

此刻正是情意濃時，被林嬷嬷這麼一喊，那氣氛瞬間熄了下來，楚妙珞拉緊了已經被程邵鵬撥弄開來的衣襟，羞紅著臉從他懷裡出來，可這眼眶還紅著呢，如何去見程夫人。

又讓梅香取了水過來，敷臉過後，楚妙珞上了些粉，小夫妻兩個這才匆匆去程夫人那裡。

等著他們到了，程夫人看了一眼楚妙珞，對程邵鵬說：「邵鵬啊，這大白天的你不在商行，在家裡待著做什麼？都已經是成家的人了，也別讓你爹這麼辛苦。」

程邵鵬本想應聲離開的，可一想到之前楚妙珞哭訴的，再看娘臉上那風雨欲來的樣子，程邵鵬決定留下來。

「娘，我剛從鋪子裡回來，妳們有什麼要緊的，不能讓兒子我聽的？」程邵鵬故作輕鬆地說道。

程夫人一聽神色沈了幾分，再看楚妙珞眼底那如何都蓋不過去的紅腫，抬眼看了一下他們身後跟來的林嬤嬤。

半晌，程夫人示意他們都坐下。「家醜不外揚，你自己院子裡的事情，你也該好好聽聽了。」轉頭對一旁丫鬟交代道：「請表小姐出來吧。」

程邵鵬不明白程夫人的意思，就見兩個丫鬟把李若晴從內屋裡扶了出來，臉上還蒙著面紗，只露出一雙比楚妙珞哭得還要桃紅的雙眼。

「乖孩子，姨母會還妳一個公道的，來我身邊坐。」程夫人把她叫到了自己身邊坐下，透著那面紗隱隱還能看到李若晴臉上泛著的紅點。

接著有人把一個小瓷罐拿到了楚妙珞面前。

程夫人開口道：「打開來給少奶奶看看，這是不是她送給表小姐的美顏膏。」

楚妙珞心中咯噔了一下，低頭看了一眼，回道：「是的，娘，這是我差人送去給表妹的美顏膏，我自己也在用呢。」

「是妳送的就對了。若晴啊，把面紗拿下來給妳表哥看看，妳表嫂送去給妳用的東西，究竟用出什麼效果來了。」程夫人點點頭，臉上瞧不出喜怒，讓李若晴把面紗拿下來。

李若晴眼中含著淚，望了一眼程邵鵬，低頭輕聲說：「姨母，算了吧，表哥也在。」

「就是他在了才好，妳儘管拿下來，姨母給妳作主！」程夫人聲音略高了一些。

李若晴這才伸手到耳邊，把面紗摘了下來。

面紗拿下的那一刻，李若晴清楚地看到了程邵鵬臉上閃過的那抹震驚，淚水再度潰堤而下。李若晴拿著面紗捂住了臉，低低地哭了起來。

而程邵鵬臉上震驚的表情還未退去。他怎麼也沒想到，才兩日沒見，清麗可人的表妹怎麼成這副樣子了。

眼底下的臉頰都泛了紅腫，還密布了點點的紅印子，擱在那紅腫的臉上尤為滲人，完全變了個樣，醜得不忍直視。

「娘，這到底是怎麼回事？」過了許久，程邵鵬才緩過神來，難以置信地問程夫人。

「你問問你的好媳婦，究竟是何居心，送的這美顏膏裡究竟添了什麼毒，害得若晴用了不過幾回就這樣了。」程夫人指著那瓷罐，那可是剛才楚妙珞親口承認是自己送的。

程邵鵬避過李若晴的方向和程夫人說：「這、這其中是不是有什麼誤會，妙珞怎麼可能會故意要害表妹的。」

「表哥，你的意思是我故意毀了我自己的臉來誣衊表嫂不成？」李若晴氣急了直接拿下面紗對程邵鵬說，說話間牽動著臉上的紅腫，顯得格外嚇人。

「表妹，我不是這個意思。」程邵鵬忙解釋。

一旁的楚妙珞才是久久不能反應過來，不明白當初她送去給楚亦瑤出海時候用的美顏膏，這會兒怎麼會出現在這裡？她自然不會傻到在送給李若晴的這裡下毒，而這東西是什麼時候混到自己這裡的，轉手還剛好給送了出去？

「這還有什麼好解釋的！」本來一臉沈靜的程夫人，忽然拍了一下桌子喝斥道：「你還護著你媳婦了不成，我已經找大夫看過了，這東西裡面就是添了毒，塗在臉上一、兩回沒關係，用得久了就會像你表妹這樣，東西是她送去給若晴的，難不成若晴還要自己給自己下毒，反過來說是你媳婦做的？」

「娘，這不是我送的那個，我沒理由要害表妹，我屋子裡還有這東西自己在用呢，我怎麼可能會在這裡加東西。」楚妙珞猛地回過神來解釋道，李若晴那臉實在是太嚇人了。

「不是妳送的，那是誰送的！」這解釋根本沒人會信，東西就這麼一個，送去的丫鬟也是她派的，這程家還有誰會插手嫁禍。

楚妙珞一下不知道說什麼，她深知這就是她當初送去給楚亦瑤的，難怪從大同回來楚亦瑤一點變化都沒有，原來她根本沒有用過。

眼下就算她說是楚亦瑤做的手腳，把東西混進來本來是要害她的，結果不小心害到了表妹，他們也不會信啊！

「娘，這真的不是我送的那個，我把東西準備好了之後就直接派人送過去了，若是我要害表妹，怎麼也不會在自己送的東西上動手腳啊！」楚妙珞急忙否認，一時間也想不明白這美顏膏是怎麼又到了她這裡。

可這再多的解釋也都改變不了東西是從她手中送出去的事實，李若晴用了之後就出問題，一張臉給腫成了這樣，難道還要反駁說是李若晴自己動的手腳，這程家就這麼些人，下有幾個服侍程老爺的妾室，都沒有孩子，人家老老實實待著，做什麼要來插一腳陷害她楚妙珞，這左解釋也不對，右解釋也不對，東西是她的，丫鬟也是她的，她這壞人是做定了。

「真的不是我，真的不是我，邵鵬你相信我，我怎麼可能會對表妹動手。」楚妙珞看著程邵鵬臉上那摻雜的一些怪異，心底越發委屈。

「娘，妙珞不至於這麼明目張膽地害表妹，東西就是她送的全府都知道，她何必要往自己臉上抹黑。」程邵鵬也覺得不太可能，害人之心有沒有且別去說，這害人的手段也太次了，根本沒必要。

「難不成是我借她手做的不成？」程夫人冷冷地說，這可能性已經不重要了，事實擺在眼前，不管有沒有必要這麼做。

「娘，您知道兒子不是這個意思。」程邵鵬的語氣裡隱隱透著些不耐，一個屋子裡兩個女人哭。

「大夫說了，你表妹這樣，要恢復不容易，至少也需要幾年才好得了。」程夫人話鋒一轉嘆了一口氣，李若晴的皮膚本來就敏感，平日裡這些東西用岔一些都會起紅斑，這回這麼嚴重，那大夫直接說好好養著才可能慢慢好起來，但要恢復到以前那樣很難。

「你表妹這樣，這婚事可就給耽擱了，這可憐的孩子，本來這年紀就拖大了，再耽擱兩年，可怎麼辦。」程夫人說著自己的眼眶也有些紅了。

「娘，肯定有人不會在意，表妹這麼善良的一個姑娘，再說又不是恢復不了。」程邵鵬聽著也覺得對不起李若晴，不管是不是楚妙珞的錯，東西總是從自己妻子手中送出去的，他相信妻子，可娘的意思這就是妙珞的錯。

「這件事要是讓你舅舅、舅母知道了，還不得怎麼怪我。邵鵬啊，我也知道你是好孩子，不會瞧不起你表妹，她與你從小也相熟，不如就讓她嫁進我們程家，給你做平妻。」程夫人很順直地就接下了程邵鵬的話。「若不然，你舅舅怪罪到這裡，就讓你媳婦去給他賠罪，告訴你舅舅，你媳婦是不小心才毀了你表妹的臉，不是故意的。」

程邵鵬錯愕地看著程夫人，怎麼就變成了讓他娶表妹，還是在這樣的情況之下，他舅舅就是個城中惡霸，只有他占別人便宜、沒有別人占他便宜的時候，若是讓妙珞去道歉，依舅舅的性子，直接要毀了妙珞的臉才會算了結。

「姨母，不必為難表哥，反正我已經是這樣了，也別對著表哥污了他的眼，明日我就回家去，從此長伴青燈，也好過再去惦記這些事。」李若晴緊咬著嘴唇泛出了一抹鮮紅，起身奔出了門外，這期間，還能聽到門口一個丫鬟的一聲輕呼。

程夫人差人追了出去，回首看著楚妙珞，語氣冷淡地道：「這件事到了鵬兒他舅舅那裡，我不會替你們隱瞞。」

「娘！」程邵鵬高喊了一聲。

程夫人即刻瞪了他一眼。「怎麼，你舅舅就這麼一個女兒，難不成要我替你們跪在他面前不成？」

「娘，這件事真的不是我做的，我出於好意才送那東西去給表妹，我也不知道為什麼會這樣，也許是各人有各人的體質。」楚妙珞緩過神來，要邵鵬娶表妹，那怎麼可以！

「那好，這東西妳帶回去，我讓林嬤嬤每日監督妳用，若是妳用了沒事，那就是若晴她身子骨差，這件事也就怪不得妳，畢竟妳是好意。」程夫人示意林嬤嬤取走這個瓷罐，語氣緩和了一些。「妙珞啊，不是娘要冤枉妳，這事也只有這樣才能證明妳是清白的。」

之前程夫人還說過驗出這東西裡有毒，轉眼要楚妙珞帶回去自己用以示清白，楚妙珞本就煞白的臉更無血絲，她心裡比誰都清楚這東西到底有沒有問題，即便是這東西有問題，在這件事上她也是被冤枉的，她心中堵著那口氣怎麼都消不下去，看著程夫人臉上那若有若無的笑意，眼前一模糊，人就暈倒了過去……

這已經是楚亦瑤第二回聽到堂姊在程家暈過去了，消息很完整，楚妙珞向李若晴示好，把當初她讓孔雀兌回去的美顏膏轉手送給了李若晴，結果李若晴毀容了，程夫人就要程邵鵬娶了李若晴做平妻，程家少奶奶暈過去了，醒來之後發現有了身孕。

楚亦瑤該說是堂姊運氣好，還是她運氣太差，保住了臉，從此以後可多了個好姊妹。

「盼了一年終於有身孕了，奶娘，去準備些好的保胎藥材給程府送過去，我想堂姊以後肯定用得著。」楚亦瑤嘴角勾著一抹笑，轉而又說：「再給程少爺準備一份賀喜的禮，好歹程家和楚家這麼多年的交情了。」

不管這楚妙珞運氣好不好，李若晴總是倒楣的，以李家的條件何必要委屈自己嫁給程邵鵬做平妻，楚亦瑤手放在桌子上輕輕地敲了敲，眼底閃爍著，心裡有了主意。

下午的時候楚亦瑤就出門去了，淮山住的地方很不好找，巷子裡繞了好幾回才找到那屋子，外頭看和當初在關城看到的一樣破舊，推門進去，淮山坐在水井邊上，懷裡抱著一隻毛絨絨的犬，腳邊是一大桶的水，他正試圖把狗塞進木桶裡去。

「大叔，我有事找您幫忙。」楚亦瑤看那狗四肢撐著木桶邊緣努力不讓他得逞的樣子，噗哧一聲笑了出來，這四月的天，淮山讓這狗折騰出了一身的汗，一鬆手，那狗就撒歡地跑了，在院子裡竄了兩圈之後，一看淮山站起來，嗷嗷叫了兩聲，轉眼就鑽到了藥架子地下藏起來。

「小丫頭，妳應該稱呼我為哥哥。」淮山無奈地看著她，把她帶進了屋子裡。

楚亦瑤看了一圈他的屋子，反駁道：「少騙人了，你這麼大把年紀了，怎麼會是嫂子的哥哥。」

淮山眉毛一動，看過去的時候楚亦瑤已經彎下身子去逗那狗了，剛才的話彷彿是隨意說出口的。

「妳找我什麼事？」淮山嘆了口氣，還是不爭辯這個。

楚亦瑤站了起來，走到他放著滿是瓶子的架子前，回頭看著他，滿臉的笑靨。「大叔，你想不想去楚家見見大嫂？」

淮山還是頭一回這麼被人威脅，對象還是個丫頭片子，看著她眼底閃爍的狡黠，鬍子下的嘴角上揚了幾分，失笑道：「妳想要什麼？」

「你這有沒有東西是可以替人解毒，例如塗了什麼不該塗的東西臉上起了紅腫，大夫說沒個幾年退不下來的。」楚亦瑤看著那些瓶瓶罐罐，大都沒有標注名字，只用顏色和大小區分。

「知道是什麼毒嗎？」

「不知道，並且我也沒見過中毒的人。」楚亦瑤走到另外一個架子，很是乾脆地說。

「那妳還讓我配解藥，這又不是什麼神仙丹藥，什麼都能治。」南疆的藥術確實很神奇，但也沒有神奇到不知毒性和中毒者症狀，就能直接拿出解百毒的東西，真要有這個，這世道還會有毒死人這一說嗎？

「若是我能打聽到為她診治的大夫所知道的，你能否配藥？」楚亦瑤想了一下，進不去程家看那表小姐，總是能找一下那個看病的大夫知道一些消息。

「可以試試看。」淮山點點頭，卻也不敢保證，隨後想到了喬從安，忍不住還是問了。

「妳大嫂在楚家可好？」

「很好啊，前幾天的時候還和我說起大叔您呢，你送的東西應竹很喜歡。」楚亦瑤盯著他看，總是瞧不清他厚重鬍子下的神情，末了笑嘻嘻地又說：「大叔，下個月就是大嫂的生辰了，您來嗎？」

淮山神色一頓，阿靈的生辰不是在秋後嗎，怎麼是五月？轉眼一想，阿靈走丟的時候就是五月，那喬家人應該把撿到她的日子當作是她的生辰了。

「妳大嫂提起我了？」淮山知道不能操之過急，但對於去楚家這件事還是抱有期待的。

楚亦瑤走過來，忽然踮起腳拍了一下他的肩膀，悄聲道：「我也是楚家的人，我作主請你過去，你還怕大嫂趕你出來不成？」

淮山再度失笑……

第二十五章

楚亦瑤從淮山那裡出來後，很快找人去打聽那大夫的消息，路過自己的鋪子，順路下來看了一下，邢二爺恰好找了幾家鋪子要她去看，兩個人就上了馬車朝那邊趕去。

看到第三家的時候，楚亦瑤下馬車，斜對面正是曹晉榮買下的鋪子，大門緊閉，據周圍的鄰居說，曹三公子買下之後就再也沒來過，直接擱在那兒，也不租給別人。

他哪裡是為了做什麼生意，純粹是想要礙著自己，才逼迫人家低價賣了鋪子。

「亦瑤，這鋪子比那家的要小一些，不過這價錢卻一樣。」邢二爺裡裡外外也看了一圈，楚亦瑤笑道：「那掌櫃的本來就是急著賣才便宜的，這一段路上的鋪子，八百兩也不算最貴的。」

楚亦瑤叫了阿川進來，吩咐他去沈家送訊，讓沈世軒自己也過來瞧瞧，滿意的話就這麼定了……

沈世軒隔天就來這鋪子裡看了一下，南塘集市的人多，楚亦瑤就讓阿川跟著去了一趟，下午的時候阿川回來，還帶回了沈世軒的一封信，鋪子的事就這麼定了，三天後，邀請她去金陵城外十幾里路遠的一個小村子裡，看看他準備好雕刻用的地方。

信中寫著，他已經把那關城的老師傅接到了鄉下。

楚亦瑤把信另外放了起來，找這麼一個僻靜的村子，是為了避人耳目，不讓沈家的人發現嗎？

楚亦瑤有些能理解沈世軒的種種做法，沈家之中他既非長房又非嫡長子，過去在沈家聽得最多的是沈家的嫡長子沈世瑾，沈世軒的出挑和不出挑都會惹來話，畢竟這麼一大家子中，人心這東西實難揣測。

「小姐，這是找到那大夫寫下來的東西。」孔雀進來手裡拿著一張方子，上面是派人去找給李若晴看病的大夫寫下的致病原因，塞了不少銀子那大夫才肯寫下來。

楚亦瑤手抄了一份，還有一份讓孔雀給淮山送過去。

錢嬤嬤走了進來，一看楚亦瑤只穿了單薄的外襯，忙從櫃子裡取了衣服出來給她穿上，一面叨唸著：「這天可不能受了寒，這幾個丫頭都跑到哪裡去了？」屋子裡不見一個人。

「都辦事去了，奶娘，我都這麼大的人了，會照顧好自己的。」楚亦瑤船上了衣服，拉著錢嬤嬤要坐下。

「平日裡都在的倒也罷，若都有事出去了，您身邊也不能沒人，如今再找幾個丫鬟過來候著正好，伺候個幾年，等小姐嫁人了，看著好的就一併帶過去。」一晃眼十三年過去了，再有兩年小姐的婚事也該定下了，如今再教幾個丫鬟到時候正好。

「這事奶娘作主就成了。」楚亦瑤憨笑了一聲，懶懶地倚在靠背墊子上，抬頭看著窗外，一片春意盎然。

「不是說二嬸去大嫂那兒討了好幾回藥了？」楚亦瑤忽然回頭，從程家那兒傳回堂姊有了身孕但胎相不穩的消息後，肖氏一面高興，一面又到處找能安胎的藥，得知喬從安那裡有兩株百年老山蔘，就一直磨蹭著想要喬從安拿出來。

「少奶奶沒答應，這兩株老山蔘還是當年從夫人手裡給少奶奶的，安胎哪裡需要下這麼重的勁，補得太好了，頭胎大，更不好生。」錢嬤嬤自己生過好幾個孩子，跟在楚夫人身邊又很多年了，對於這些瞭解得也很多。

「她是想做人情討過去吧。」以肖氏的性子，她肯定是兩株都想要，好歹能留個備用的，再說，好的東西誰不想自己留著，這麼三番兩次地過去，她也不覺得厚臉皮。

「那是夫人留給少奶奶和小姐您的，哪能誰要都給。」錢嬤嬤摸了摸楚亦瑤的頭，不由感慨了一句。「若是堂小姐沒嫁進去，過兩年，小姐應該是程家的媳婦了。」

「奶娘，這話到了外頭可不能說。」

錢嬤嬤擦了一下眼，忙點頭道：「知道，我就是替小姐可惜。」

楚亦瑤哼笑了一聲。「有什麼好可惜的，堂姊不嫁，我也不會嫁進去，他們看上的那點東西還好意思拿出來說。」

那四個離開的管事有兩個直接去了程家，要說這是湊巧她可一點都不相信，起初程夫人要解除婚約，程老爺半句都沒反對，後來必須娶堂姊了，程老爺又開始打她的主意，真當她傻了不成，看不出他到底想要什麼。

「若是老爺、夫人在，小姐怎麼會受這份委屈？」錢嬤嬤心疼得很，誰家的小姐不是被捧在手裡護著的，她家的小姐，小小年紀就要把這些人情世故看得比別人都透澈。

「若是爹娘在，怎麼還會有二叔他們……」楚亦瑤的聲音也黯然了幾分，爹和娘就是年輕的時候操勞過度，才會累垮了身子早逝，他們都還沒享受過幾天好日子，沒看著她和二哥成家。

「老爺和夫人心善，老天也一定會庇佑楚家的。」錢嬤嬤安慰道。

楚亦瑤臉上浮現一抹輕笑，她也說不上來老天爺究竟是好還是不好，上一世讓楚家經歷了這麼多，轉眼卻又讓她回來重新活過。

「小姐，二少爺來了。」

門口傳來匆匆的腳步聲，平兒拉開簾子剛剛說完，楚暮遠的身影就出現在門口了，臉上帶著一抹惱怒，像是有什麼不滿的事情正欲發洩。

「奶娘，剛剛說丫鬟的事，您去找牙婆的時候讓她多帶幾個過來瞧瞧，多選幾個下來。」楚亦瑤起身淡淡地吩咐道，讓錢嬤嬤出去。

屋子裡只剩下了楚亦瑤和楚暮遠兩個人，楚亦瑤也沒打算站起來，就只是坐在那兒望著他，眼底平靜得很。

半晌，楚暮遠沈聲說道：「東西呢？」

「二哥說的是什麼東西。」楚亦瑤低頭看了一下指甲上的蔻花，不經意地說。

「妳私扣了我的書信。」楚暮遠的聲音漸漸地不耐煩。「把妳扣下的信還給我。」

「給二哥的書信我都讓寶笙給你送過去了，我這裡沒有要還給二哥的書信。」

「楚亦瑤，妳這是什麼意思，難不成妳還要管著我與人來往不成？商行的事妳要管，連我的書信妳也要管，是不是今後我娶妻生子妳也要管！」楚暮遠忽然高聲吼了出來。

楚亦瑤一怔，眼底一抹錯愕，轉而也來了火氣。

「我不管你，我不管你是不是就要去曹家把她給接出來了？是不是就要從曹晉榮手中奪一個妾過來了？是不是就要讓別人說我們楚家的教養是怎麼回事，連別人的妾都要覬覦？」楚亦瑤站了起來和他對看著，神情凜然。「我今天扣的是不該來到楚家的信，扣的是我們楚家的顏面，扣的是爹娘在外的名聲，怎麼，我錯了？你倒是說說看我楚亦瑤今天哪裡做錯了，你要這麼興師問罪！」

楚暮遠臉上一紅，卻依舊粗著脖子吼道：「曹晉榮根本就不喜歡她，她在那裡過得一點都不快樂！」

「啪」地一聲。

楚亦瑤揮手就給了他一巴掌，手心處傳來火辣辣的疼痛，卻都不及她心中那些恨，她當即吼了回去。「就算如此，那也是曹晉榮的妾，他再不喜歡她，都和你沒有關係，你楚暮遠跟她半點關係都沒有！」

楚暮遠愣在了那兒，一手捂著被楚亦瑤打過的臉，看著她眼底濃濃的失望，像有無數的線纏緊著他，狠狠地纏繞，衝破著他的理智。

「你還能說出這樣的話，說我管著商行，說我管你書信，說我管你娶妻，你當我願意管你那些事情，你是不是覺得我就一輩子都不嫁人了，要和你爭這楚家的家產？」

偏聽偏信，她就是對二哥抱太大的希望了，總以為只要知道後續的事情，就能阻止二哥再像上輩子那樣，可只要第一件事情變了，下面的事情都會變，鴛鴦不進門了，他就偷偷和她書信來往，商行如今沒有被二叔吞食，卻有人在二哥耳邊說她越俎代庖管得太多。

「你當真以為這楚家還和爹娘在世的時候一樣嗎？二叔想方設法在挖走楚家的管事你知不知道？一旦楚家那些客源少下去，你以為還能撐多久，我倒要看看你那心心念念的女子，是不是願意跟著你過顛沛流離的日子。」

「那也是我的事。」楚暮遠直接打斷了她的話，更多的是羞憤，楚亦瑤揭穿了他還在和鴛鴦聯繫的事情，作為一個哥哥，就連起碼的尊嚴都被妹妹嘲諷得一文不值。

「你今天去曹晉榮家帶走她去私奔，那是你的事，事後牽連到了楚家，那算誰的事！」

楚亦瑤想起那幾封信中訴衷心的話語就覺得噁心，由始至終，那女人就沒放棄過想要到楚家，她控制不了曹晉榮，但她可以控制住二哥。

「妳把信還給我，這件事妳不用管，我自有分寸。」楚暮遠不願再聽她的話，再度開口問她要扣下的信，彷彿回得慢一會兒都會讓他撓心得很。

「信我燒了。」楚亦瑤看著他眼底的執著，無力感席捲了全身，她癱坐在了榻上，低下頭，眼眶發紅，她在這裡做這麼多的努力，到頭來二哥非但沒有理解，反而一味責備，那是他的真愛啊，誰都阻攔不住的真愛。

「妳！」楚暮遠臉上的憤怒讓他變得尤為猙獰。

楚亦瑤抬頭，眼底的淚水打轉，再無一抹倔強，只剩下濃濃的委屈和傷心，她想起前世自己死的那一刻，想起爹娘辛苦打拚下來的楚家消失在金陵。「二哥，是不是我死了，你就開心了？」

「我看妳才是想逼死我才高興！」楚暮遠沒有被她這神情動容，低吼了聲，甩手一拳砸在了一旁的架子上，轉身推門就出去了。

外面的錢嬤嬤和平兒看到他臉上那絲毫未減的怒意，趕緊進屋子看，架子上摔下了幾件擺設，瓷片碎了一地，楚亦瑤坐在榻前，雙手緊緊地拽著那榻下的墊子，咬著嘴唇，無聲地哭著。

「我的大小姐，唉，妳和二少爺嘔什麼氣，你們可是親兄妹啊！」錢嬤嬤命平兒帶丫鬟進來清掃，坐到楚亦瑤身旁，看著她努力遏制的樣子，自己的眼眶也紅了起來。

「他哪裡還當我是親兄妹，他就沒把這個家放在心上。」楚亦瑤一張口，哭聲就無法停住了，撲到了錢嬤嬤的懷裡，放聲大哭了起來。「奶娘，我心裡頭好苦。」

很快楚家上下就傳遍了二少爺和大小姐吵翻的事，喬從安上下警告管緊了嘴巴，不准到處亂說，可消息還是走漏了一些出去，看戲的人總是樂見事情越亂越好，平平靜靜的有什麼看頭。

肖氏忙裡還能抽空去怡風院勸說慰問，順便又去了一趟程家看望有了身孕的女兒，心情好的和楚家的陰鬱簡直就是兩個極端。

而兩個當事人，一個還是照常進出去商行，一個窩在怡風院內整整兩天，半步都沒離開過。

第三天，楚亦瑤一大早出門，帶著寶笙，讓阿川駕著往沈世軒說的那個村子裡看雕刻。上馬車的時候，楚亦瑤的精神不太好，這兩日她都沒怎麼睡，每當躺下的時候，她總是會想起前世二哥和鴛鴦的種種。

「小姐，過去也有不少路，您先睡一會兒，到了我再叫您。」寶笙加了三床厚墊子扶她躺下，給她蓋上了毯子，又拉開簾子吩咐阿川駕得平穩些，回頭看楚亦瑤還沒閉眼，拿出了一包安神的散香擱在了枕頭邊上。「您可是答應了少奶奶會好好休息。」

楚亦瑤閉了上眼，也許是拿安神香的作用，很快地她就睡著了。

不知過了多久，馬車猛地一震，楚亦瑤被驚醒了，睜開眼馬車晃了一下，好像是從什麼地方跌落了一下，身子隨之猛地起伏了一下，震得人發暈。

「阿川，出什麼事了！」寶笙的身子一歪也貼在了車門上，拉開簾子一看，瞬間倒抽了一口氣。

那馬車前的馬不知道什麼時候脫離了韁繩跑在了前面不遠處，阿川也不見了，最可怕的是，這馬車因為沒了馬的牽引，慣性跑著直接從山路上一彎，朝著山坡下的方向衝下去。

「小心！」楚亦瑤看到寶笙猛地撲向自己將她抱緊，緊接著馬車猛地震盪了好幾下，好像所有的東西都要倒出去了一般，不斷地搖晃傾斜，楚亦瑤被寶笙抱著撞在了馬車頂上，耳旁傳來一聲巨響，楚亦瑤暈了過去。

楚亦瑤醒來的時候四周昏暗一片，頭疼欲裂。

想要動一下卻發現身子被壓得僵硬，楚亦瑤抬頭看了一眼，這馬車已經撞得殘破得不像樣了，還有樹枝插在窗戶上，寶笙趴在她身上不省人事。

「寶笙，寶笙妳醒醒。」楚亦瑤不敢大力地推她，只能一點一點把自己往外挪，把她翻了個身平躺下來，推開了壓在腿上的半扇木門，楚亦瑤坐在車內，看四周盡是樹葉和細枝。

伸手在寶笙鼻下一探，還有吐息，總算是放心了不少，拿起一旁的毯子蓋在她身上，楚亦瑤決定出去看看。

馬車呈半彎靠在一棵大樹上，這才沒有繼續往下掉，否則，她和寶笙怕是不能活了。

楚亦瑤伸出一腳踮在了地上，右腳剛隨著落地，一陣鑽心的痛傳來，楚亦瑤跌坐在泥地裡，撩起裙襬一看，右腳腳踝到小腿都青腫了，碰到就疼。

朝著四周一看，盡是樹木，如今天色已暗，自己這麼晚了還沒到村子裡，沈公子會出來找嗎？

不遠處忽然傳來一聲怪異的鳴叫聲，楚亦瑤身子一顫，掙扎地扶著馬車站了起來，抬頭朝著上方看去，映入眼簾的，除了樹還有越來越暗下去的天色，這裡不到山腳，離山路還有好多的路，阿川又不知所蹤。

那怪異的叫聲亦遠亦近，楚亦瑤爬回了馬車內，拿起那兩塊撞下的門板側放，擋在了門口，厚厚的簾子只剩下了半塊，楚亦瑤心中因為那怪叫聲有些懼怕，拿起一塊墊子堵在了缺口上，身子挨到了寶笙旁邊，直到背後靠到了馬車壁才覺得稍稍安心。

這條山路上的樹林，到了晚上會有什麼出沒，楚亦瑤很清楚，可她沒有火，只能一再減低她和寶笙的存在，希望不會吸引到牠們。

她不想死。

更不想是以這樣的方式死去。

馬車外的天色越來越暗，那叫聲在靜謐的空氣裡顯得尤為滲人，楚亦瑤只覺得渾身發冷，腳下的疼痛都無法抵過心中一陣一陣的寒意……

「啪」地一聲，燈火通明的楚府內，秦滿秋高舉著手要再揮第二巴掌的時候被身旁的王寄霆攔了下來。

秦滿秋眼底滿是淚水瞪著楚暮遠。「楚暮遠我告訴你，今日亦瑤有什麼三長兩短，我絕不會放過你！」

像是應驗了楚亦瑤當初和楚暮遠吵架時候說的話，楚暮遠此刻神情頹廢地站在那裡，任由秦滿秋打罵。

「你攔著我做什麼，他以為他是誰家的大少爺、公子哥，誰都得圍著他轉了，誰樂意管你了，你以為你很有出息，就連你們楚家商行裡周轉的銀子，都要亦瑤一個女兒家去我爹那兒求情周轉，楚暮遠你有什麼用，你還惦記一個煙花地出來的女人，你有本事闖去曹家搶啊，和曹三公子打啊，你憑什麼吼亦瑤，你憑什麼！」秦滿秋掙脫王寄霆的手，衝到楚暮遠面前狠狠地推了他一把。

「夠了，大夥兒全都對亦瑤擔心得很，已經派人出去找了，妳就別說了。」王寄霆又把她拉住。

秦滿秋哭著癱倒在他懷裡，一旁的楚應竹在喬從安懷裡也低低著啜泣說要姑姑，肖氏根本幫不上忙，和兩個女兒坐在那裡。

「你們都不知道，你們都不知道亦瑤最大的心願，就是希望她二哥能夠把商行打理好，好好培養應竹，這樣她就可以不用擔心得這麼多，你們從來都沒好好關心過她，也不知道她想要什麼。」秦滿秋在王寄霆懷裡哭著說：「誰家的姑娘要像她這麼辛苦，我們都在娘身邊撒嬌的時候，她就要為這個家操心這麼多，你楚暮遠還不領情，你為她做什麼，你有什麼做哥哥的樣子。」

喬從安身後的孔雀和錢嬤嬤聽到秦滿秋這麼說，早已經哭成了淚人，唯獨她喬從安不能哭，她若是也跟著六神無主，這楚家誰來主持，抬眼看被秦滿秋一直罵的小叔，沈著臉滿是悔恨。

「好了，不要再說了，不要再說了，這不是暮遠的錯，那只是意外，當務之急是先找到亦瑤。」王寄霆拍著秦滿秋的背低聲安慰道。

「少奶奶，沈家二少爺來了。」青兒走進來通報。

喬從安一怔。

沈世軒走了進來，看屋子裡的人都神情悲戚的樣子，心底湧起一股不安。

「沈少爺來此所為何事？」喬從安還是站起來打起精神迎向他。

「楚夫人，我是楚小姐的朋友，與她約好了在小南村的莊子談些事，到現在她都沒去也沒派人告知，我就前來問問她是否有出門。」沈世軒認得王寄霆懷裡的秦滿秋，看她傷心成這樣，總覺得不對勁。

「亦瑤她一早就出門了，半路出了事，到現在還沒找到人。」喬從安一聽也是來找亦瑤的，有些控制不住情緒，微哽咽著說。

沈世軒一聽，整個人就怔在了那裡，半晌才反應過來，不敢置信地問道：「在哪裡出事的？」

「繞過山路的時候。」

「楚夫人，可有人知道具體位置？」沈世軒穩了下心神，再度問道。

喬從安只說了阿川記得的位置，可那馬車後來又跑了多遠都不得而知。

「我去找她。」沈世軒心中一緊，沒再看屋子裡其他人，直接轉身要出去。

王寄霆懷裡的秦滿秋忽然開口道：「我跟你一起去。」

「這麼晚了已經派人去找了，妳就別去了。」王寄霆趕緊阻攔她。

秦滿秋推了他一把，目光中有些冷意。「那你怎麼不想想，這麼晚了亦瑤也會害怕。」

喬從安看了楚暮遠一眼，後者依舊呆呆地站在那裡沒反應，輕嘆了一口氣，對秦滿秋說：「秦小姐，我這裡走不開，找亦瑤的事妳多費心了。」

「喬姊姊妳放心，亦瑤才沒這麼短命，那些想她死的人都不會如願的，他們死了，亦瑤還活得好好的。」秦滿秋哼了一聲，視線在楚暮遠和肖氏她們臉上掃過，走到沈世軒面前看了一看。「我認得你，走吧！」

這一回王寄霆沒有再攔，他若是再攔，過後就是他吃不了兜著走了，只能跟著一塊兒去以免她有什麼事。

沈世軒他們剛剛出了門，原本呆怔在那裡的楚暮遠忽然衝出了屋子，誰都喊不住……

第二十六章

沈世軒他們很快到了阿川所說的地方，四周找楚亦瑤的人不少，舉著火把都是在喊，沈世軒下了馬車往前面走，仔細看著腳下的痕跡。

「這一片的林子很大，來再多的人都找不遍。」王寄霆跟在秦滿秋身後道，儘管他也不願意相信，可馬車不論從這裡那個山頭摔下去，都沒有多少活路，否則他們這麼多人一直在喊，怎麼遲遲都沒有回應。

遠處傳來一聲狼嚎，沈世軒抬頭看了一眼天空，他是重生了沒有錯，可所有人的軌跡都還是一樣的不是嗎？她一定不會有事的，她不會就這麼意外喪生的……

「你閉嘴！」秦滿秋回頭喝斥了他一聲。這林子大所有人都知道，還需要他提醒，說罷腦海中忽然有什麼一閃而過，秦滿秋抬頭看向天空。「呀」了一聲。

「怎麼了？」王寄霆趕了上來。

走在前面的沈世軒也回頭看她，只見秦滿秋從懷裡掏出了一個精緻的錦布袋子，小心地從裡面拿出一顆珠子，滿懷期待地祈禱。「希望亦瑤也帶著庇佑珠。」

「這是什麼？」王寄霆要從她手中去拿，卻被秦滿秋一掌拍開。

秦滿秋把珠子遞給了沈世軒。「沈公子，這樣的珠子我和亦瑤一人一顆，這珠子裡養的是蟲蟲，在一定範圍內是能夠相互感應到的，你試試往前走走，看牠會不會亮，離得越近牠會發光得越亮。」

冷，很冷，明明是四月的天了為什麼會這麼冷，楚亦瑤一個激靈醒過來，渾身顫慄著，下意識地摸了摸旁邊的寶笙，確認她還有呼吸。

在這林子裡，連月光都透不進來，四周圍除了漆黑還是漆黑。

楚亦瑤其實很怕黑，那像是一個會吞噬人的漩渦，讓她跌入無底的洞，怎麼掙扎都逃脫不了，前世的她就是感覺在這樣的黑暗中不斷地往下沈，整個人絲毫沒有力氣，直到失去知覺。

馬車外只剩下了遠近響起的聲音，有幾次楚亦瑤甚至覺得牠們好像就從馬車邊上經過，不斷地徘徊，在窗戶外窺探，綠幽的眼睛緊盯著車內，試圖找尋她的存在，只要她有動靜，就會立即衝破了那些阻攔到她面前，將她撕碎。

楚亦瑤大氣都不敢出，只能等著天亮了，若是還沒有人來找，她要自己獨自出去尋找上山的路才行，可寶笙不能等啊，她已經昏迷了這麼久了。

眼底一抹濕潤，楚亦瑤伸手擦乾了，努力憋著不哭，頭越來越沈，她覺得她好像是發熱了，雙頰燙人得很，身子卻還是覺得冷，裹了墊背在身上依舊覺得冷。

忽然馬車內微弱的光一閃，楚亦瑤以為看花眼了，過了一會兒，自己腳邊被小桌子壓到的地方又一閃。

楚衣瑤伸手過去拿起來，那不就是秦姊姊送給她的庇佑珠？一定是震盪的時候從她身上掉下來的。

秦姊姊說過，珠子會發光，是因為裡面的蟲蟲感應到了另一隻蟲蟲，要在一定距離內才會感應到，如今珠子發光了，難道是秦姊姊來找她了……

「看，牠越來越亮了，應該是往這邊走。」秦滿秋看著沈世軒手中的珠子高興地喊道，前後跟了好幾個舉著火把的人，把這深夜的林子照得透亮。

腳下的路並不好走，這裡平時根本不會有人來，數年積累下的腐爛樹葉在空氣裡有一股並不好聞的味道，沈世軒小心地踩著路，火光照不到的地方一片漆黑。

「看那裡。」沈世軒從一旁的人手中拿過火把，把珠子塞回到秦滿秋的手中，三步併作兩步地朝著前面走過去。

輪子都掉了的馬車，運氣很好，被一棵大樹阻擋住了，因而沒有繼續往下摔，傾斜地靠在那裡，馬車的四個角都撞得沒了形，沈世軒把火把插在了馬車上，拉開那只有一半的簾子，黑暗中看到了楚亦瑤懷裡那一閃一閃的亮光。

楚亦瑤從暗處是清清楚楚地看到了沈世軒的樣子，那焦急的神情和失而復得的眼神讓此時此刻的她覺得安心，終於被找到了。

「我抱妳出去，來。」沈世軒鑽進了馬車內。

王寄霆他們在周圍舉著火把，馬車內亮堂了許多，拿開她身上的墊子，沈世軒拉到她冰冷的手時微頓了一下，很快就把她抱到了懷裡。

「先抱寶笙出去，我沒有關係。」楚亦瑤掙扎了下，要他先抱寶笙。

沈世軒摟著她輕哄道：「不差這麼點時間，很快就把她抱出去了，乖。」

這一聲乖險些讓她紅了臉，她又不是五、六歲的孩子，忽然右腳一陣疼，楚亦瑤輕呼了一聲。「我的腳受傷了。」

「是我不小心，妳低頭。」沈世軒將她抱出了馬車，卻沒把她放下來。

很快有人進去把寶笙揹了出來，王寄霆要從沈世軒手中接過楚亦瑤，沈世軒拒絕了。「她的腳受傷了，還是不要動的好。」

楚亦瑤就這樣一路被抱了上去，儘管頭暈乎乎的，可她不知道把臉往哪裡放，抬起來就能看到他，低下頭又在他懷裡。

不知道是不是她燒糊塗了，總覺得一股淡淡氣息在鼻息間縈繞，很好聞，楚亦瑤覺得累，微眯了下眼，頭上響起沈世軒的聲音——

「妳睡一會兒，睡一覺醒來就沒事了。」

楚亦瑤下意識地拽緊了她手裡的布料，再也撐不住了，閉上眼沈沈地昏睡了過去……

耳邊傳來輕語聲，楚亦瑤睜開眼，看到的是自己床的篷頂，微一側頭，一旁是錢嬤嬤和孔雀在低聲說話。

「小姐您醒了。」時不時看向這邊的錢嬤嬤見她醒過來了，讓孔雀端了溫水過來，先給楚亦瑤喝一些，摸了下她的額頭，燒退了。

「我睡了多久？」頭還有些暈，楚亦瑤伸手遮擋了一下光線，發現自己手中正捏著一截布料，一端還是被剪裁過的。

「未時剛過，小姐，我讓平兒給您去燉些粥食吃。」錢嬤嬤扶著她起身了一些後，走出去叫平兒，楚亦瑤靠在那裡，身子還有些無力。

「寶笙和阿川怎麼樣了？」楚亦瑤看向孔雀問道。

「阿川昨天摔下馬車後被路過的人所救，醒來後才送回了楚家，一些皮外傷沒什麼大礙，寶笙今早醒了一下又睡過去了。」孔雀說到後來微頓了一下。「大夫說寶笙撞傷了頭，要多休息一陣才行。」

「讓人好好照顧她，把平兒先提上來吧。」楚亦瑤看著手中的布料。「這是什麼？」

「昨夜沈公子把小姐抱回來，小姐睡著了，拉著他的衣服一直不肯鬆手，沈公子怕吵醒您，於是就拿剪子把這剪下來了。」孔雀打開了一些窗子透風，又點了安神的薰香，指著桌子上花瓶中插的幾朵花對楚亦瑤說道：「這是小少爺今早給您摘的。」

楚亦瑤這才想起昨夜被沈世軒從馬車內抱出來的情形，臉上不由得浮起一陣燙，自己在他懷裡睡著了不說，居然還拉著別人的衣服不放，簡直就是……

越想楚亦瑤就越覺得不自在，鬆開那燙手的布料，輕咳了一聲，孔雀忙迎了上來，問她是不是有什麼不舒服。

楚亦瑤搖了搖頭，正色道：「去少奶奶那裡說，派人去把馬車拉回來，去找找，跑走的馬是不是還能找回來。」

「今早少奶奶就派人去拉馬車了，小姐您放心。」孔雀拉了下她的被子。「秦小姐守了妳好一會兒，很晚才離去。」

她對秦滿秋的感激已經不是三、兩句話能夠說得清楚。「派人去通知一聲，就說我醒了，沒大礙了，讓她也好放心。」

孔雀剛出去，錢嬤嬤就端著粥食進來了，楚亦瑤要起來吃，披了件衣服坐了下來，幾乎是兩日不曾吃東西，楚亦瑤聞著那香味有了些胃口，不過也只吃了小半碗。

「我拿去溫著，等小姐想吃了再端過來。」錢嬤嬤把東西撤下去了，新拿了一床被子，讓楚亦瑤靠在臥榻上給她蓋好，此處剛剛好能看到院子中的景緻。

「奶娘，我沒事了。」楚亦瑤對她這般小心翼翼的行為有些無奈。

「奶娘知道妳沒事，沒事就好，回來就好。」錢嬤嬤眼睛一酸，忙點點頭出去了。

楚亦瑤輕嘆了一口氣，她把她們都嚇壞了。

夜幕降臨，秦滿秋到了楚家看她，見她一切都好好的，這才完全鬆了一口氣，繼而問道：「這事妳打算如何？」

「查。」楚亦瑤的聲音很輕，抬頭看著旁邊屏風上的山水畫，神情了有一抹朦意。

「那跑走的馬恐怕不好找。」秦滿秋跟著皺了眉頭，受驚的馬跑到哪兒都不知道，說不定竄進了深山老林裡被狼給吃了。

「不是還有馬車嗎？若是動了手腳，那繩子一端不是還在車上？」楚亦瑤想來想去，不想讓她活下去的人現在屈指可數。

沈默了一會兒，秦滿秋說：「昨天沈公子抱妳上去的時候看到了妳二哥，他就站在不遠處看著我們到了路上。」

「後來呢？」

「後來他見到妳安全找到了，他就走了。」秦滿秋摸了摸她的臉。「他還是很擔心妳的。」

「我明白。」楚亦瑤嘴角揚起平靜的笑，他是她的二哥，自然是擔心她了，只是有時候他們誰都拉不下這個臉先去妥協。

「我看那沈公子倒是挺關心妳的。」秦滿秋話鋒一轉到了沈世軒的身上。

楚亦瑤微怔，失笑道：「我本就是去找他的，沈公子只是表達一下自己的心意。」

「話可不是這麼說，他大可以在楚家等消息，何必親自去找？沈家二少爺，平日裡鮮少聽人說起他。」在秦滿秋看來，沈世軒是做得多了，這抱人的事本來應該讓寄霆來的，雖說危急關頭別人也不會說什麼，但畢竟有身分阻隔。

楚亦瑤不知道怎麼回答她，只能笑著，屋外傳來了楚應竹的聲音，轉眼門口那裡就出現了他的身影，幾乎是跑著過來的。

「姑姑，您好些了？」楚應竹趴到了她的床邊，仰頭看著她，小眼睛撲閃撲閃的。

「我好些了。」楚亦瑤捏了一下他的鼻子。

楚應竹忙不迭告訴她，今天一早他就去園子裡採了花過來給擺著。「娘說，這樣姑姑醒來看到就會高興的。」

「應竹真乖。」楚亦瑤俯身親了親他的臉頰。

喬從安隨之走了進來。

秦滿秋看天色也不早了，告辭要回去。「我改天再來看妳。」

「孔雀，送秦小姐出去。」楚亦瑤點點頭，秦滿秋親了親楚應竹後走了出去，到了院子門口撞見一同前來的楚妙菲和楚妙藍。

因著楚妙珞的關係，秦滿秋對她兩個妹妹也好感不起來，再加上肖氏那人品，在她看來皆是一丘之貉。

楚妙藍害羞地和秦滿秋打了招呼，昨天前廳那一幕她們可記憶猶新，秦家的大小姐不是溫婉得很嗎，昨日一見確實完全顛覆。

「這麼晚了，亦瑤已經睡了，妳們還是明天再來看她吧。」秦滿秋直接喊停了她們要進去的腳步。

「剛剛……」楚妙菲剛想說，楚妙藍拉了一下她的衣服阻止。

楚妙藍對秦滿秋笑道：「多謝秦小姐提醒，二姊，我們明天再來看亦瑤姊吧。」

楚妙菲看著秦滿秋遠去，回首瞪了楚妙藍一眼。「剛剛不是看到堂嫂進去嗎？她怎麼可能睡了，再說了，她算什麼，又不是楚家人，管這麼多！」

「即便是沒睡也累了。二姊，我們明日再來吧。」楚妙藍搖搖頭，拉著她往珍寶閣的方向走去……

屋內，喬從安讓青兒帶楚應竹出去，坐到了楚亦瑤床邊，神色微沈地道：「馬車運回來了，兩個輪子都壞了，車子也撞得嚴重，幸好妳們車子裡墊得厚。」即便是墊得厚，楚亦瑤身上也撞起了不少烏青，寶笙為了護著她，傷得更重。

「那韁繩有沒有問題？」楚亦瑤最關心的是車子哪裡動了手腳，若是這繩子忽然斷了，那這牽著馬的數根繩子都動了手腳。

「我讓葛叔找人來看了，有幾根像是被割過了一些，有幾根應該是掙脫斷的。」據阿川所說，那些韁繩忽然幾根先斷了，接著馬車就失去了重心，狠狠地歪了一下，震盪間阿川被甩下了馬車，人暈了過去。

「這馬車前兩天我就吩咐人準備了，有誰接近過那馬車？」楚亦瑤收到沈世軒的回信時就通知阿川準備，這期間一定有人動了手腳。「真想要我死，還會有下一次。」

楚亦瑤哼笑了一聲，她命大沒死成，下手的人可不就得想別的法子？

「妳早點休息，這件事我會去處理，妳就別想了。」喬從安笑著安撫她。

楚亦瑤頓了頓，還是開口問了。「二哥，他在家嗎？」

「暮遠他昨日出去之後，還沒回來。」喬從安輕嘆了口氣。「他心中也是自責得很，昨日知道妳出事，他就一直很後悔。妳二哥他過去就是這樣的人，妳若是想要他像妳大哥一樣，那不是難為妳自己嗎？」

「如今也不是他想怎麼樣就能怎麼樣的，大嫂妳也早點休息。」楚亦瑤笑了笑沒再說什麼。

喬從安出去後並沒有回自己院子，而是去了一趟前院放那馬車的地方，葛管家正帶著幾個人在馬車周圍看著。

「我看問題就出在這繩子上了，你們看。」其中一個打造馬車的人手裡捏著那段繩子，對葛管家說：「外面看不出來，你看這是被扯斷的，但中間這裡確實割斷的。」

刀子從中間插入割斷了裡面搓起來的繩子，外面光是看瞧不出問題，但是馬車一跑，尤其是那種山路，需要馬拖車大力的時候，繩子就承受不住了，這樣動過手腳的繩子占了一半還多。

「我看也是如此。」一個年紀略大的人起身贊同。「車子沒什麼問題。」

「葛叔，現在也晚了，還是先送各位師傅回去吧，明日還要麻煩你們過來看呢。」喬從安讓葛管家送他們出去，命一個婆子守在門口，掩上門回頭看了一眼，回了自己院子。

夜深，四周一片寧靜，唯有走廊中的數盞燈籠散發著光，前院那放置著馬車的地方，靠著門口那邊的婆子已經打盹睡著了，月光靜靜地傾瀉，照亮了車頂。

忽然一聲吱呀傳來，一個人影推了一下那虛掩的門，又等了好一會兒確定裡面沒什麼動靜，這才躡手躡腳地走了進去，門旁那婆子睡得很沈，沈得都打起了鼾聲，那身影盯了她一會兒，朝著馬車走去。

繞著馬車走了兩圈，那人拿起了之前幾個師傅看過的韁繩，從懷裡掏出一個火摺子，打開吹旺了，泛起一點星火。

正要把火摺子往韁繩上湊，那人又猶豫了一下，轉而把火摺子直接向車門上還垂掛的半邊布簾子靠近。

沒等這簾子燒起來，四周忽然亮起了火光，七、八個人出現在院子四周，每個人手中舉著火把，為首的正是葛管家。

那人一見如此，直接扔了火摺子拔腿就往門口跑去，很快有人攔住了他，幾下過招就把他給制伏了。

葛管家走近，扯掉了他臉上的布，露出一張較為陌生的臉。

此時此刻的楚家前院大門口，一個婆子看到那院子裡泛起的火光，神情一喜，朝著那方向來回走動搓著手。

可過了好一會兒都沒見人出來，婆子臉上的笑容漸漸凝結，直到看到前方出現的喬從安，臉色蒼白了起來。

「李婆，妳在這裡等誰？」喬從安笑盈盈地看著她。

李婆搓著手冷汗直下，哆嗦著道：「少……少奶奶，這麼晚了您還到這裡來。」

「少奶奶問妳話呢，妳在這裡等誰！」喬從安身後的青兒喝斥了一聲。

李婆子渾身一抖，兩個婆子上前就壓制住了她，李婆子急忙大喊。「少奶奶我冤枉阿！」

「我冤枉妳什麼了？」喬從安坐在搬過來的椅子上，低頭看著跪在地上的她。

「我……我只是在這裡守著，沒有等人。」大概是意識到事情暴露了，李婆子趕忙撇清，她本來就是守外院的，在這裡也不是什麼奇怪的事。

「妳不關緊點門，是等著有人進來，還是等著人出去。」喬從安慢條斯理地說著，那邊的葛管家已經把人綁起來押到了李婆子旁邊。

「少奶奶，我只是半夜換班過來的，我什麼都不知道。」李婆子一看那人，臉上更是怕了，渾身抖著低頭不敢看。

「說吧，誰派妳來的。」喬從安看向那個男子，瘦削的身子跪在那裡，低著頭看不清神情，身上搜出了火摺子還有小道具在一旁扔著，就是個慣手。

那人閉口不說，喬從安也料到了，讓葛叔把人帶去關起來，再看那李婆子，渾身發抖著就快要暈過去的樣子。

「李婆子，妳可知道放進來的是誰？」

「我不知道。」李婆子下意識地說了一句，轉口馬上否認。「不不，不是我放進來的，不是我放進來的。」

「妳還不承認人是妳放進來的，本來這後半夜是別人守的，妳大門不守偏偏要來換著守這裡，如今家裡遭了賊、被偷了銀子，李婆子，妳說妳該怎麼賠？」人是當場抓的，家僕失職和賊聯手，主人家失竊，報到官府裡去，這可不是挨幾下板子的事情。

「少奶奶，我沒有，我冤枉啊，他……他不是我放進來的，真的不是。」李婆子還矢口否認。

喬從安直接揮手。「送去官府，就說家裡出內賊偷了東西，去李婆子的屋子裡放一百兩銀票。」

李婆子直接愣住了，沒有再繼續逼問，竟直接要誣賴自己偷銀子，送去官府這直接是要判刑坐牢的，一股大力把她從地上拉了起來要往外扭送，李婆子這才哭嚎了起來。

「少奶奶，少奶奶，人是我放進來的，可我真的不知道他是誰。」

喬從安示意那兩個婆子鬆手，人當即跪在了地上。「誰叫妳開門放人的？」

「楚二夫人身邊的楊嬤嬤來找我，給了我五兩銀子，讓我晚上放一個人進來，她說這馬車出了事晦氣得很，一定要燒了才行。」

喬從安聽她說著，就這一句有點價值，若是親自去問二嬸，恐怕她還不承認，無憑無據的怎麼能說是她指使的，關鍵還在於那個要放火的人。

喬從安讓她們把李婆子也拖下去了，吩咐葛管家道：「葛叔，那人的畫像去畫一張，打聽仔細些，看看他在金陵有什麼家人沒有。」

第二十七章

那邊的珍寶閣，肖氏確實一夜未睡，站在門口看著前院泛起的隱隱光亮，嘴角揚起一抹笑，可沒多久，一個丫鬟匆匆跑了過來，險些撞到了站在院子裡的她。

「幹什麼莽莽撞撞的！」肖氏斥罵了一聲。

「夫人，不好了，那人被抓起來了。」那丫鬟氣喘吁吁地稟報，還好她跑得快，只是遠遠地盯著，那一群人忽然出現的時候可嚇到她了。

「什麼！」肖氏神情一變。「那現在人呢？」

「少奶奶命人關起來了，門口守著好幾個人。」那丫鬟消息倒打聽得仔細，順了氣終於能說清楚。

「有沒有聽到少奶奶問什麼？」肖氏冷靜了下來，只是被抓了而已。

那丫鬟搖搖頭。「那人多，不敢走得太近。」

「好了，妳回去休息吧，這麼晚了，沒讓人看到妳回來吧。」肖氏放緩了聲調問道。

那丫鬟急忙搖頭，退了下去。

遠處的亮光很快消失了，肖氏轉身回了屋子，過了一會兒，深夜的屋子裡點起了一盞燈，有兩個人影走動……

接連過了好幾天，喬從安都沒動靜，肖氏卻越發不安，那地方至少有兩個人守著，離珍寶閣也遠，若是自己多過去都會引人懷疑，那李婆子也被關起來了，侄媳居然沒有前來找自己要人。

「娘，您怎麼了？」楚妙藍看她走神，出聲問道。

肖氏摸了摸她的手搖頭說：「沒事，妙菲去哪裡了？」

「娘，您是不是在為那個被抓的人擔心？」十歲的楚妙藍已經初見娉婷，笑起來的時候露出兩顆小虎牙相當可愛，她長得比她兩個姊姊都要漂亮。

「娘不擔心。」肖氏把她摟到了懷裡。

「不如我去吧，找機會讓人把那個人放出來。」楚妙藍小聲地建議。「我可以當作不熟悉楚府。」

肖氏默聲，這件事恐怕還沒這麼簡單，亦瑤險些丟了性命，豈會善罷甘休。

「娘，只要把那人放了，就不會查到大姊那裡，我們給他一些銀子。」楚妙藍再度建議道。

肖氏嘆了一口氣。

「娘啊，您再想的話，萬一堂嫂查到就晚了，我去試試又如何？」楚妙藍有私心，最怕大姊的事牽連到她。

肖氏最終還是同意了楚妙藍的做法，楚妙藍拿了個小花籃子，佯裝到處摘花瓣回去做花蜜，到了關押的柴房前，忽然痛呼了一聲，整個人摔倒在了地上，籃子裡的花撒了一地，而她則捂著腳踝痛喊著。

柴房門口守著的兩個人終於有了反應，楚妙藍那楚楚可憐的樣子，好不惹人疼惜。

「你們能不能去珍寶閣通知一下我娘，找人來扶我回去，我站不起來。」楚妙藍試圖站起來，卻又癱倒在地上，兩個護院對看了一眼，其中一個往外面走去，楚妙藍心中一喜，正要讓另外一個扶自己起來。

門口那兒又走進來了一個護院和之前那個並排站在門口，而出去的那個，則去幫楚妙藍喊人了。

楚妙藍神情一滯，防得這麼死，要怎麼把人放出來？

珍寶閣那裡很快來了人，楚妙藍的丫鬟趕緊把她扶了起來，楚妙藍瞥了那柴房一眼，這裡至少有兩個人守著，一旦有一個人離開，又會有別人補上，堂嫂是料準了有人會來。

想到這裡楚妙藍的神情就不對了，難道堂嫂已經知道了這些事和她們有關，所以才會防得這麼嚴實？

這邊的楚妙藍裝著一拐一拐地回了珍寶閣，那邊肖氏被請到了喬從安的院子裡，喬從安什麼都沒說，直接拿出了一張房契放在桌子上。

肖氏怔了怔，不明白她的意思。「從安啊，這是做什麼？」

「二嬸，妳們儘快搬出去吧！這房子是我替妳們找好的，至於這買房子的銀子，我會直接從二叔的年紅裡面扣的。」喬從安語氣冷淡得很。

「這到底是什麼意思？」肖氏背後一凜，坐了下來笑道：「怎麼要我們搬出去了呢？」

「二嬸，還是您想撕破臉，那我就直接把馬車和那抓到的人都交到官府去了，讓官府去查一查，亦瑤的事情究竟是誰下的手，到時候到底怎麼處置，就不是我可以說了算的。」喬從安也不多和她廢話，把房契直接挪到了她的面前。

肖氏神色一震，這一回她是心虛的，心虛到不敢大聲吼叫著去反駁自己沒有錯，不過她還是穩著心神辯解道：「亦瑤出了事，我和她二叔也都很擔心，怎麼能說這就怪在我們身上了，我們這也是不知道啊！」

「子不教父之過，二嬸，從妳們來到楚家開始，我可有虧待過妳們，妙珞已經如願嫁入程家了，她還能下此毒手，您既已知情，包庇不說，還放人進來毀滅證據，如果您還是覺得這事我處理不妥，那我們就只能官府見了，雖說家醜不可外揚，但亦瑤險些丟了性命，這公道要是不討回來，怎麼對得起死去的爹娘。」這是喬從安和楚亦瑤最終商量出來的結果。

如果能去官府的話楚亦瑤早就報官了，可這等於是完全撕破了臉，真這麼做了，二叔那裡何必再小心翼翼？他可能直接會把楚家商行裡的人帶走一批，剛剛才有些穩定的商行，哪裡禁得起這樣大的變動，到時候就憑忠叔一個人也撐不下去。

她必須要慢慢地摸清楚那些人做足準備，二叔不會先一步撕破臉，他還惦記著楚家的東西，所以她不能逞一時之快。

如今不也是個機會讓她們離開楚家搬出去住，她們因為堂姊做的事理虧在先，堂姊如今還有著身孕，這一胎至關重要禁不起一點閃失，官府肯定是去不得的，既然她們給臺階下讓她們搬出去，二叔和二嬸有什麼理由不同意？

「二嬸，您是愛女心切不得已這麼做，侄媳也要替爹娘好好照顧亦瑤和暮遠，兩家人本就不合適住在一塊，如今妳們對金陵也熟了，更不應該住在這裡了，妙菲和妙藍還要嫁人，妙菲和亦瑤只差了一歲，這為了避嫌，妳們都應該搬出去住，免得再傳出不好聽的話。」喬從安端起茶杯慢悠悠地喝著，免得又來奪未婚夫的戲碼。

喬從安的話已經說得夠好聽的了，肖氏怎麼會不明白，要麼報官，兩家以後就不是親戚了；要麼搬出去住。

兩個肖氏都不願意選，可大女兒剛剛有了身孕，這件事若是鬧大了，她在程家就是生了兒子也待不下去了，誰還會要這樣一個歹毒的媳婦？鬧到了官府，以後兩個女兒的婚事也會受影響，即便是不想選，她也沒得選。

回到了珍寶閣，肖氏的話卻引起了楚妙菲和楚妙藍的不滿，尤其是楚妙菲。「娘，大姊這麼做的時候有沒有考慮過我們？」

「妳大姊也沒料到會這麼嚴重，她只是想給亦瑤一點教訓而已。」肖氏替大女兒說話，如今就是要好好養身子一舉得男。

「不住這裡我們要搬到哪裡去住啊，難道去之前給大姊出嫁用的宅子？」楚妙菲癟了癟嘴，對那宅子她還是滿意的，一人獨一個院子閣樓的，也好過擠在這一個閣樓裡面。

「娘，不能留在這裡嗎？」楚妙藍抓著衣角的手一緊，大姊嫁入了程家，所以一切都得依著她過得好才行，所以要她們離開楚家搬出去住，那她和二姊呢？

「難道妳要看著妳大姊懷著身孕去衙門裡受審？」肖氏回頭看她。

楚妙藍撐出一抹笑。「當然不是了，我只是有些捨不得這裡罷了。」

肖氏嘆了一口氣，一手摟著一個抱緊了她們……

五天後，楚翰勤和肖氏便收拾好了東西，搬去了喬從安為她們準備的宅子，這件事也就告一段落，為了顏面，肖氏更不會到處去說什麼。

而楚亦瑤這邊也收到了淮山配製的藥，那是要內外兼用的，楚亦瑤讓孔雀去找人把東西送去李家，李若晴和程邵鵬的婚事就定在了六月，如今李若晴已經被接回了李家。

堂姊一個人過得不好怎麼夠？要程家一塊兒不好了，程老爺可還有心思打楚家的主意。

楚亦瑤拿起一旁的剪子在盆栽上剪了一下，桌子上落下不少枝葉，楚亦瑤挪著那盆子左右看了看，滿意地點點頭，讓平兒放到架子上去。

「小姐，牙婆子來了，您看看哪幾個滿意的就留下。」錢嬤嬤走了進來，讓楚亦瑤一塊兒去挑丫鬟。

外室一排的小姑娘站著，最大的年紀也不會超過十歲，一旁的牙婆諂媚地看著楚亦瑤，她巴不得都選走了。

楚亦瑤掃了一眼，挑了六個下來，牙婆子跟著錢嬤嬤下去領錢了，楚亦瑤坐在那裡平靜地看著這六個姑娘，最小的才七歲，最大的也不過十歲。

「我這兒規矩不多，錢嬤嬤都會告訴妳們，我會留下妳們四個，其餘的兩個送去二少爺的院子伺候。」楚亦瑤說這話的時候有些不經意，只是眼神落在她們的臉上，將她們的神情收入眼底。

錢嬤嬤很快回來了，帶著她們下去，喬從安院子裡的青兒走了進來，臉上帶著一抹笑，懷裡抱著一個不大的盒子。「大小姐，少奶奶讓我把這個給您送過來。」

「什麼好東西，青兒姊姊妳都這麼開心。」楚亦瑤接過那盒子，裡面竟是一套金子打造的首飾，從鐲子到耳飾一應俱全。

「少奶奶和大小姐的心情好，青兒的心情自然就好了。」青兒也不在她這裡避諱，肖氏她們一走，楚家上下可都高興了。

「這是秦大夫人送過來的，說是張夫人託她送的，也不知道小姐您喜歡什麼。」

「張夫人？」楚亦瑤看這分量不輕的首飾，張夫人怎麼會送這個給她。「這可不能收，太貴重了，讓大嫂退回去吧。」

「少奶奶退過了，可秦大夫人說，東西她是送到了，要還的話讓咱們去張家還，可別送去她那裡，這去張家也不好意思，少奶奶就讓我拿過來給您拿主意。」收到這東西還是她出事後的第三天，大約是秦滿秋回去提過，秦大夫人就記上了。

「那就先放在這裡吧！有帶什麼話沒？」

「說是問候小姐身子好些了沒，要多注意休息。」青兒把秦大夫人帶過來的話說了一遍，楚亦瑤啼笑皆非。「這哪裡是送病人的東西，好了，麻煩青兒姊姊了，東西放在這裡，我自己會處理。」

「少奶奶還說，張夫人既然送了這，那下月小姐您說的生辰宴可要請她了。」人家送了東西過來交好，眼下她們能回的也就是生辰宴的時候發一張帖子過去，楚亦瑤不免有些頭大，請了張夫人，那也不好意思不請秦大夫人。

「就按嫂子說的辦吧。」楚亦瑤點點頭，多請一個不多，左右是嫂子生辰，她可以躲著些……

五月初，金陵的天已經有些熱了，到了晌午便有些曬，楚亦瑤被勒令休息了好些天才出來，先去鋪子中看了一圈，先前租下的鋪子也正在裝修，出來的時候楚亦瑤看到斜對面曹晉榮那家鋪子的門開著，有人進進出出，好像也是快開張的樣子。

「二舅，等這鋪子開張了，少不了要您來幫忙，如今您可是三間鋪子的總管事，給表姊說親的時候腰桿可挺直了。」楚亦瑤回頭看邢二爺笑道：「二舅母來看我的時候說了，有人上門給表姊提親了，二舅可看不上，沒答應。」

「錢多錢少不要緊，最重要人實在些，對紫語好，踏實肯幹的二舅都喜歡。」言下之意，前來說親的那兩個，在邢二爺看來人品都不怎麼好，他就這麼一個閨女，要是嫁不好受委屈了，還不如自己養在家裡疼。

「那紫姝姊的婚事？」楚亦瑤想到邢紫姝，這個和堂姊一樣外在柔柔弱弱的女子，對這婚事倒是看得通透。

「這次回來妳外祖母和妳大舅都帶話了，說是交給我們辦，可我們畢竟不是她的爹娘，不好作主啊。」邢二爺嘆了一口氣，給侄女選比給自己女兒還難。

楚亦瑤知道外祖母和大舅的想法，當初她找的是二舅不是大舅的時候，外祖母就有些非議了，如今二舅來了，那自己女兒婚事妥妥地在金陵了，也不能忘了侄女的，保不准過兩年要把紫蘿也給送過來了。

「說不定表姊她們都有中意的，不好意思和二舅說呢。」楚亦瑤打趣道。

「那倒好，我省事了。」邢二爺跟著笑了。

從鋪子裡出來，楚亦瑤去了各個鋪子逛了一下，回到楚家已是傍晚，經過珍寶閣的時候，楚亦瑤還多看了幾眼，兩個婆子在那裡清掃，二嬸她們該搬走的已經搬走了，時隔兩年多，這個變化是楚亦瑤最滿意的。

第二天一早，楚亦瑤出發去鄉下，到了城門口出幾里遠的地方，楚亦瑤透過窗子看到了一輛停在那裡的馬車，沈世軒和車夫坐在車前。

「沈公子，你怎麼在這裡？」楚亦瑤喊停了馬車，看到沈世軒就想起那截布料，有些不自在。

「妳和妳的丫鬟上我的馬車，我和車夫一起坐外面。」沈世軒看她臉色不錯放心了一些，這一回怎麼說都要一起過去他才安心些。

「快上來吧，去得晚了回來也晚。」沈世軒見她猶豫，直接拉過她身後的馬到一旁的棚子下。「妳的車夫就在這裡等著，回來妳再坐這個回去。」

楚亦瑤知道他是擔心上次的事，在孔雀的攙扶下上了馬車，隨後孔雀也進來了，沈世軒直接坐在車夫旁邊，也沒看車裡面，吩咐車夫起程。

馬車跑了一會兒，車外傳來了沈世軒的聲音——

「楚小姐，此去路不少，妳若是覺得無趣，桌子底下的抽屜裡有幾本箚記（注），妳可以拿出來看看。」

楚亦瑤莞爾，伸手拉開一旁桌子下的抽屜，裡面放著幾本厚厚的箚記。

每一本書都翻了不少次數，楚亦瑤覺得這字跡有些熟悉，開口問道：「沈公子，這是你手抄的？」

「在書堂裡的時候被師傅罰抄的。」

車外傳來沈世軒略顯無奈的聲音，楚亦瑤不客氣地笑了，翻了翻這箚記，雖說很厚，可從頭到尾字都沒什麼變化，他可真是個有耐心的人。

沒再和他說話，楚亦瑤挑了一本靠在墊子上看了起來，孔雀給她拉開窗簾子。

不知道過了多久，馬車停了，楚亦瑤放下書，沈世軒在外面提醒已經到了。

下了馬車，一個鄉間氣息濃重的村落展現在楚亦瑤的眼前，三面環山，遠遠望去是墨綠色的，往下看是無數的田梯宛宛延延地從山坡上繞下來，如今正值農耕之際，望過去綠油油一片。

這是和金陵完全不同的兩個世界，在這裡都看不到兩層的房子，清一色平房，最高的要數遠處的寺廟頂了，處處透著祥和的氣息。

「這裡好美。」楚亦瑤怔怔地看了好一會兒，回首看沈世軒，臉上帶著一抹甜笑。

「嗯，我也覺得這裡很美。」彷彿是得到了共鳴，沈世軒先是一怔，看著她那毫不摻假的笑容，隨即嘴角勾起一抹淺笑。

沈世軒帶著她去了做雕刻的莊子，在那裡楚亦瑤見到了那位老師傅，五十開外的年紀，因為長年需要弓著身子坐在那裡雕刻，後背微駝，但精神很不錯，身上繫了皮質的大裹兜，雙手靠在背後，在一群學徒前走來走去，時不時給他們指點。

「師傅教的是最基本的雕刻，這些學徒都是附近村子裡找的。」沈世軒帶著她走進裡面的屋子，已經陳列了一些雕刻品，學了有半年，有些學得快的，簡單的都可以雕刻出來，只要東西特別，就能賣得好。

「如果是做生意的話，這些太慢了。」有些雕刻完了還要上漆，前前後後也不是一天可以做完的事情，比起從大同大批量運送過來的瓷器，這東西的限制有些大。

注：箚記，意指讀書時摘記要點和心得的筆記。

「等鋪子的生意穩當了可以再加人手，那鋪子不是有三層，我看另闢路上去，三樓做雅閣也不錯。」主要是南塘集市這條街繁榮得很，在那兒開鋪子幾乎鮮少有賠本的，只是賺多賺少的問題，所以那些鋪子的價格才會這麼高。

「這裡有些圖紙。」楚亦瑤拿出一疊畫好的紙，裡面是各式各樣室內擺件雕刻樣式，這些東西的需求不像首飾物件這麼多，但勝在欣賞的價值高，在楚亦瑤看來，金陵的東西，套上些洛陽的文氣就會有很多人追捧，這也是為什麼她會在瓷器上面作文章。

燈罩，盆栽外扣，還有各種屏風的外框，沈世軒看著這一張張畫得精緻的圖紙，再看楚亦瑤一臉隨意，不由得驚嘆，幾乎是把能夠用到的都畫出來了，最後一張甚至細緻到了床頭的掛鈎。

「除了屏風外，其餘的都比較小，可合適現在雕刻，等鋪子裡熟客多了，就可以雕刻大件的東西。」楚亦瑤走在擺架前說，末了又想起什麼補充道：「那屏風的框子也可以做成小的。」

沈世軒臉上帶著一抹笑意，跟在她身後聽著，過了好一會兒，從另外一扇門出來，這圍起來的院落中放置著樹根木頭，上面搭了棚子罩起來防水。

「近山取木，確實是個好地方。」若是放在金陵城裡找一處，先不說這麼大的莊子要花費多少銀子，就是這木頭的來去運送都麻煩得很。

「先吃飯吧！過會兒帶妳去村子裡走走。」

兩個人到了前院，一個三十來歲的農婦負責在這裡做飯給他們吃，楚亦瑤走進那屋子，一股香濃的豆羹味道飄了過來，桌子上擺著五、六道菜，皆是用比較大的盆子裝的。

等老師傅先入坐，楚亦瑤坐下來，一旁的孔雀按照她吃飯的習慣，先盛了一碗湯，新鮮的豆子剝出來的肉和一些豆腐熬在一塊，放了些切碎的小青菜，色澤上就十分誘人，楚亦瑤舀了一勺，這是最原汁原味熬煮出來的湯羹，沒有添加繁多的作料，楚亦瑤吃的時候還能夠嚐到新鮮青菜的微甜。

楚亦瑤滿足地喝了小半碗暖胃，抬頭對坐在對面的老師傅說：「白師傅，您在這兒可是有口福了。」

老師傅喝了一口酒，呵呵地笑著，拿起酒葫蘆給沈世軒也倒了一碗。「世軒啊，你也喝上一碗，你師傅我曾經有一回喝得醉了，回去迷迷糊糊地拿刀子對著木頭刻，也不知道怎麼睡過去的，第二天早上醒來就把之前沒刻完的臥佛給刻完了，從那以後我就再也刻不出那麼完美的東西了。」

白師傅說到後來有些惋惜，做這一行幾十年了，當初不經意的卻成了最好的。

「之後再拿這刀子，總是要喝點酒才有感覺。」白師傅已經習慣刀不離身，摸了摸懷裡的刻刀，知道它在，做什麼事都有精神。

「還愣著做什麼？喝啊。」白師傅講了一會兒見沈世軒沒動，朗聲催促道。

沈世軒看著這滿滿一碗卻有些無奈。「師傅，我陪您喝兩杯，這一碗實在是……」

楚亦瑤嘴角微上揚，看著他略顯窘促的樣子，自己這一路來的不自在一下全沒了。

一旁的沈世軒卻苦惱得很，他不勝酒力，平時在家裡也最多喝幾小杯，這麼一大碗下去的話肯定是醉了。

「小子，男人不能喝酒怎麼可以！」白師傅催促著他喝下去，這鄉下人喝酒哪能用小酒盞，都是大碗拿過來對飲的。「你這樣將來娶媳婦了，可是要給灌醉了。」

沈世軒朝著楚亦瑤那兒很快瞥了一眼，當著她的面被師傅這麼說實在是有些不好意思，可真喝下去他就醉了，那還怎麼回金陵，太狼狽了。

「師傅。」沈世軒無奈地又喊了一聲，對門口的隨從說：「去取一個杯子來。」隨從很快拿了一個杯子過來，沈世軒自己倒上一杯喝下，高舉了一下杯子。「師傅，我敬您！」

白師傅笑罵了一聲。「臭小子，躲得過一時可躲不過一世。」被白師傅看出了伎倆。沈世軒呵呵地笑著，這鄉間自己釀造的酒，後勁特別大，不一會兒他就覺得臉有些發燙。

吃過了飯，沈世軒帶著楚亦瑤去村子裡走，午後的這個時間，下地幹活的很少，大都是吃過了飯之後，要麼是坐在院子裡，要麼靠在屋外的大樹下乘涼聊天，三五成群的農婦揹著籮筐坐在大樹下，一面做著針線活，一面聊天。

走著走著就到了這個村子裡唯一的寺廟外，走進裡面是個不大的院子，裡面有一個老和尚在掃著地，穿著一身黑色的袈裟。

「這廟裡只有這麼一個師父，還是這師父遠行走到了這裡留下來的。」沈世軒前前後後來過這村子好幾回了，帶著她走進廟堂裡，朱紅色的大門上都有些掉漆，略顯斑駁。

楚亦瑤從孔雀手中拿了銀子，投入佛像前的功德箱內，雙手合攏對著佛像參拜了一下，出去的時候那老和尚站在了門口那兒，一手在胸前對楚亦瑤行了下禮，楚亦瑤回了下禮，那和尚笑咪咪地看著她，慈眉善目。

「師父，您來自哪裡？」楚亦瑤忽然好奇，這師父走了那麼多的地方，為何偏偏留在這個村子裡落腳？

「貧僧從佛中出，到佛中去。」老和尚撥弄著手中的佛珠，緩緩說了這麼一句話。

楚亦瑤不禁有些可笑自己的問題，佛門中人他們豈會在乎這些？道別後轉身剛要起步，身後傳來了老和尚的聲音——

「願施主持善心，必將有報。」

轉身看向那老和尚，後者已經慢慢地走向廟堂裡面，口中唸唸有詞，楚亦瑤的腦海邊還迴響著這老和尚說的話……

從廟裡出來，這村子也走了個大概，走回了莊子裡，楚亦瑤感謝道：「沈公子，上回的事情還沒謝謝你，謝謝你還替我們找回了那匹馬。」

「舉手之勞，楚小姐也是因為要來這裡才出的事，沈某也有責任。」沈世軒散了酒氣的臉上還帶著一抹微紅。

楚亦瑤搖了搖頭，即便是不來這裡，馬車的問題已經在了，去哪兒她都要出事。

「時候也不早了，沈公子，我們回去吧！若是天暗了，山路也不好走。」楚亦瑤回神建議道。

沈世軒點點頭，進去交代了些事情，等著楚亦瑤上了馬車，繼續坐在車外命車夫起程。不談及鋪子的事情，兩個人的話也不多，馬車外的風徐徐吹著，終於將沈世軒吹的酒醒了，側耳一聽，馬車內安靜一片。

這是個很特別的姑娘，和他記憶中上一世對楚家大小姐的認知相差甚遠，唯一相同的可能就是偶爾言行中透露出來的驕縱，如果要他來說，他也沒有料想到是今天這樣的結果。

從大同第一次見面到之後在首飾鋪外的偶遇，似乎那軌跡已經脫離了沈世軒自己的預計，或者是他根本就沒有去預計過，一切就這麼順其自然。

直到那天在樹林裡找到她，沈世軒的心中才產生那奇異的感覺，在漆黑的馬車內，珠子的微光照著那個蜷縮著身子的姑娘，即便是再狼狽，她那眼神中依然透著堅韌，也就是下意識的動作，他進馬車將她抱了出來，她很輕。

看著她有些失措地不知道把頭往哪兒放，沈世軒眼底隱著笑，再也不肯把她假手他人，一路抱著她上了山坡，為此他的手整整痠澀了好幾天。

馬車很快到了金陵城外，楚亦瑤從車內下來，此時的天已經有些微暗，起風了，隱隱要下雨的樣子。

「路上小心。」沈世軒看著她上了馬車，隨後自己也坐了上去，馬車內還帶著一抹似乎是她留下的餘香，看過的書放在小桌子上，沈世軒失笑了一聲。

外面的車夫問道：「少爺，去哪裡？」

「直接回府。」

第二十八章

馬車剛剛到了沈府，傾盆大雨就落了下來，本就灰暗的天更加陰鬱，門口的婆子趕緊給他遞了傘，府內點起了燈，沈世軒繞過走廊剛走進自己院子，早就等候多時的丫鬟說夫人找他一天了。

不等用飯，沈世軒又去了沈二夫人關氏的院子，這才一會兒的工夫，大雨已經把地面沖刷了一遍，屋簷下很快就積累出了小溝壑，風很大，沈世軒到關氏的院子時也灑了一褲子的水滴，門外的嬤嬤趕緊給他拿布擦。

「怎麼這麼晚才回來，淋著沒？」關氏伸手給他拍了拍肩膀上的水珠子。

沈世軒搖搖頭，從嬤嬤手中接過了布。在褲子上拍了幾下。

「娘，您找我什麼事？」

關氏拉著他坐下來，柔聲說：「你大嫂都病了這麼久，你大伯母來催說讓你趕緊娶了若芊，給沈家沖沖喜，你大嫂身子也能早一些好起來。」

「我不會娶她的。」沈世軒微皺眉頭，大嫂的病一直沒好，挨不過明年了，娶水家大小姐進門，再重蹈上一世妻子和大哥狼狽為奸的覆轍嗎？

「世軒，你不是很喜歡若芊嗎？小的時候你還哭鬧著說將來一定要娶她，你們也算是青梅竹馬，前些日子水夫人也說起過此時，若芊也有十五了，雖說在金陵是早了些，不過早晚都要進門的，也不差這點時間。」關氏對水若芊的印象還是很不錯的，溫婉文靜，知書達禮，這樣的女子做兒媳婦再合適不過了，再者家世也不錯。

「娘，那是小時候的事情就別再提了，我和若芊沒訂親，也沒有什麼媒妁之言，大伯母這話說得實在沒有依據，我不要緊，別毀了人家姑娘家的名聲，再說大嫂身子不好，怎麼能由我來娶親沖喜的？」沈世軒打斷了關氏的話。

關氏的臉上閃過一抹錯愕，兒子從來沒對這婚事有過什麼自己的主意，怎麼忽然間反應這麼大？

「世軒，你告訴娘，是不是和若芊鬧得不開心了，這女孩子就是要養得嬌貴些來疼的。」關氏以為兒子和水若芊鬧了彆扭，這年輕人脾氣大，家裡都是寵著、慣著的，不懂忍讓也是有的。

「娘，以後這件事就不要提了，本來清清白白的，讓妳們這麼一說倒像是真有什麼了，我現在不想娶親，也不會娶若芊。」沈世軒直接把話給說清楚。

關氏臉上還有些擔憂，總覺得兒子是有心事。

「世軒，這些日子你老是往外面跑，都在做些什麼？」關氏擔心著一下就給想岔了，兒子屋內安排的幾個丫鬟他碰都沒碰，莫不是學人家在外頭養了人？

「上回在鼎悅酒樓裡，祖父讓我一塊坐著，大哥就有不少意見了，我自然不能跟著父親經常去商行裡。」他不在沈家、不在商行就是為了避嫌，大哥是個有多小氣的人，沈世軒早就見識過了。

「我看你大哥挺和氣的，最近你大嫂身子不好，他們情緒不對也是能理解，你應該去你祖父那兒多學學，好替他們分擔一下。」關氏的出發點是好的，希望兒子能幫襯一下沈家，可別人接不接受那還是另外一回事了，沈世軒如今卻是一點都不想要湊得太近。

「娘，這些事您就別操心了，商行裡的事大伯和大哥他們自有主張，大伯母那兒若是再提起來，您就說個明白，別毀了水家小姐的清譽。」這些沈世軒即使說到底關氏仍不能明白，他乾脆教關氏如何去做。「我先回去用飯，明天再過來看您。」

「這麼大的雨，在這裡用了再走吧！」關氏勸他。

沈世軒搖搖頭。「那兒還有事，您早些歇息，別想太多了。」沈世軒拍了拍她的手，走到門外接過傘直接步入雨中……

楚府。

用過了晚飯，楚亦瑤站在屋簷下看著還在下的大雨，遠處都是霧濛濛的一片，什麼都瞧不清楚。

她進門沒多久雨就開始下了，到現在都沒有要停的意思，空氣中飄著一股清冷，屋簷下的水滴像珠串似地往下掉。

遠處傳來「踏踏」的踩水聲，楚亦瑤抬眼望去，一個身影打著傘匆匆朝這邊跑過來，到了她面前才看清楚，是楚暮遠院子裡的丫鬟碧璽。

「大小姐，阿川傳話來說，找到二少爺了，在千佛寺老爺和夫人的祭堂裡。」碧璽打著傘的手還不穩，大約是因激動，失蹤半個月的二少爺終於找到了。

「進來說話。」楚亦瑤帶她進了屋子，碧璽站在那兒身下就積了一灘水，下半身都被雨水打濕了。

「現在是不是還在千佛寺？」楚亦瑤讓錢嬤嬤給她拿了布裹著身子。

碧璽點點頭。「阿川勸不動少爺回來，但少爺也沒說要走。」

「行了，妳趕緊回去換一身衣裳，別著涼了。」楚亦瑤揮手讓她下去，坐在椅子上看著屋外，找了半個月，若不是曹家一點動靜都沒有，她甚至以為二哥帶著鴛鴦私奔去了，誰都沒有想到二哥會在那裡。

「小姐，大雨傾盆，又這麼晚了，現在去千佛寺肯定是不行，明日再去吧。」錢嬤嬤在一旁勸道，怕她得知二少爺的消息就立即要去找人。

楚亦瑤輕嘆了一口氣，吩咐道：「奶娘，找個人去大嫂那兒說一聲，明天一早就去。」

這一夜楚亦瑤沒能安睡，後半夜雨就小了，天亮雨停了之後，楚亦瑤和喬從安一塊出門去千佛寺。

昨夜一場大雨，出了金陵後路還很泥濘，馬車走了兩個時辰才到千佛寺，下了馬車就能聽到山頂上傳來的鐘聲。
到了山頂的寺廟，遠近還能看到一層雨後的薄霧繞在山野，楚亦瑤直接去了千佛寺的祭堂。
祭堂分成了數間，有些還空著，有些已經像楚家一樣布置過了，專門用來供奉死去的長輩。
楚亦瑤在楚家的祭堂前看到了阿川，走近，楚暮遠坐在蒲團上正對著供奉的臺子，似乎是沒聽到外面的動靜。
「少奶奶，大小姐，妳們來了。」阿川找到了楚暮遠之後就一刻都不敢離開，深怕二少爺忽然又不見了，如今大小姐過來了他總算是鬆了一口氣。
「辛苦你了。」楚亦瑤對他笑了笑，轉身對喬從安說：「大嫂，我進去就好，你們在外面等一會兒。」
喬從安眼底閃過一抹擔憂，最終還是點點頭，楚亦瑤走上臺階，走進屋子內，直接把門給關了起來。
蒲團前的楚暮遠睜開了眼，屋子裡忽然暗了許多，身後傳來一陣腳步聲，一會兒身旁的蒲團上跪下了一個身影。
楚亦瑤鄭重拜了三拜，起身到臺子前點了香，插在前面的香爐中，也沒看楚暮遠，目光落在掛著的畫像上，開口道：「你打算什麼時候回家？」

良久，楚暮遠那帶著嘶啞的聲音響起——

「想清楚了再回去。」

「我也有想不清楚的，可我沒辦法像二哥這樣說走就走。」楚亦瑤伸手擦了擦臺子上的灰塵，轉身低頭看著他，聲音裡透著一絲疲倦。「不是只有你一個人累，你也不是最累的。」

楚暮遠抬起頭，眼底閃著一些掙扎，一些不甘，更多的是對不能改變現狀的無力，他也試圖像妹妹說的那樣去做，可有些事情，真的辦不到，所以他選擇了逃避。

「沒有了楚家，我們什麼都不是。二哥，離開了楚家，你說你能做什麼呢，養尊處優了十幾年，忽然一無所有，你能幹什麼？」

楚亦瑤坐到了他面前，和他平行對望著。

「我們什麼都做不了，我和大嫂不會做飯，二哥不能像那些夥計們去碼頭上搬貨，每天賺幾十個銅錢，我們沒有葛叔替我們打理家裡的事，也不會有丫鬟嬤嬤伺候你起床睡覺，我們只能擠在一間破房子裡，那還不是我們的家。」

楚暮遠想要反駁她的話，動了動嘴卻無從開口，她說得沒有錯，離開了楚家，他什麼都不是，沒有人會對他點頭哈腰，沒了楚家二少爺這個名頭，他連街上那些拉貨的夥計都不如。

「二叔他們搬走了。你一定想不到，堂姊派人在馬車上動了手腳，我才會摔下山坡，險些喪命。」楚亦瑤忽然笑了，伸手在他的衣領上頓了一下，既而拍去肩頭的灰，說得隨意。

「作為不報官的條件，我讓她們搬出去了。」

楚暮遠臉上一抹驚詫，二叔一家在他看來就是自己家的親戚，怎麼可能會對她動手。

「你看，你永遠相信別人要比相信自己人多，總覺得他們不會對楚家怎麼樣，還是你覺得少了爹和娘，少了大哥的楚家還是和過去一樣？」楚亦瑤看著他臉上的神情，忽然覺得疲乏，懶得再說下去了。

「你可以不管爹和娘辛辛苦苦打拚下來的楚家，我卻不能，你要留在這裡，隨你的性子想明白了再回去，我也不能。從今天起我會告知所有人，你楚暮遠淨身出戶離開楚家，你要去找鴛鴦，我也不攔著你，你大可以睜大眼睛看清楚，這消息一傳來，她還會不會想和你在一起。」楚亦瑤說罷，從懷裡拿出兩封信扔在了他面前，起身往門口走去。

伸手扶在那門上，楚亦瑤深吸了一口氣，緩緩地推了開去，這是她最後一次努力，真的是最後一次……

回去的當晚，楚亦瑤就派人直接在外面傳起話，楚家二少爺淨身出戶，離開楚家。

這消息猶如一顆大石頭一下砸入了平靜的湖面，泛起了無數的漣漪，楚亦瑤找的人宣傳得十分到位，第二天下午直接有不少人找到了商行裡面打聽這事情的虛實，楚家二少爺都淨身出戶了，那以後這楚家還能有誰拿得出手出去主持。

而第二天一大早，楚亦瑤就已經在商行裡了，面對眾多管事的議論聲，楚亦瑤坐在那裡只說了幾句話。「從今天起，商行裡的事就由我代替大當家楚應竹來主持，也就是說，以前二少爺所負責的所有事情會交由我來處理，其餘的一切不變，你們有什麼疑問大可以親自問我，不過在這以前，楚暮遠缺席長達半個月，等我處理完這些事，你們再一個一個進來問。」

說完，楚亦瑤就直接走進了楚暮遠那間屋子，楚忠和楚翰勤隨即跟了進去，門一關上，外面的管事們頓時都低語起來。

「亦瑤，妳這樣可是影響商行裡這些管事們。」楚翰勤對這突如其來的消息也震撼得很，本來侄子缺席這麼久他倒是挺高興的，最好一直都不來了，可楚家直接把他給淨身出戶了，這算個什麼理。

「他們可都是簽了契的，要走可以，想好了理由進來再找我談。」楚亦瑤拍了拍桌子上的帳。「二叔，二哥半個月都沒回來，這商行裡的事被他拖沓了多少您也應該清楚，淨身出戶的是他，他所負責的從今天起都交由我來做，莫非二叔瞧不起亦瑤是一個女子？」

「我是擔心這些管事不服氣。」楚翰勤笑了笑。「我怎麼會瞧不起妳呢。」這侄女可比侄子要精明得多。

「我還是那句話，誰不服的，就可以進來這裡找我，至於那些找上門的商戶們，忠叔您去告訴他們，楚家走的不是大當家，更不會影響和他們之間的合作。」

楚忠即刻出去了。

楚亦瑤看著楚翰勤，嘴角掛著一抹淺笑。「二叔，這今後要向您學習的地方可不少。」楚家大小姐管理楚家商行的事在幾天後傳了個遍，這女子掌管家裡生意的事也不是沒有過，但那都是嫁人之後幫襯夫家的，楚亦瑤尚未出嫁，也不可能帶著整個商行出嫁，難道是要招婿？若是招婿的話，娶這麼一個媳婦，恐怕日子也不好過啊。

而楚亦瑤這幾日卻忙著把二哥留下的一些事情處理妥當，那日宣布之後卻有不少管事不服氣，楚亦瑤晾著他們，把手頭上的事情都處理妥當了，直接帶著那幾個不服氣的管事，去和兩家楚家長期合作的商戶會面。

去做什麼？

討債。

從楚老爺開始就合作起來的商戶算起來有十來家，在這十來家中總是有那麼幾家喜歡拖欠著買貨的銀子，一、兩次還好，有幾家是拖上癮了，兩、三年的欠下的銀子都不肯付，還照樣拿貨，反正帳上一目了然，又不會賴，早晚會給清除的。

因為合作的時間長，楚老爺那時候就不好意思去討，到了現在，這已經拖欠成習慣了。

楚亦瑤也知道和氣生財這個道理，不過也沒有委屈自己餓著，去餵飽別人的道理。

「大小姐，那許老爺和我們可是合作了十幾年，這……」那幾個管事一聽是去要錢的，頓時就都猶豫了，萬一說得不好直接吹了怎麼辦？

下了馬車，楚亦瑤回頭看著他們，笑咪咪地說：「就是因為合作了這麼多年，我想許老爺也不會好意思看著楚家這境況，也不把銀子拿出來。」

說完，楚亦瑤率先走進許家的鋪子，看管鋪子的掌櫃剛要迎接，一看這是熟人，就和楚亦瑤身後的管事打起了招呼。

熟歸熟，該問的還是要問，朱管事看了一眼楚亦瑤，對周掌櫃低聲問道：「老周，許老爺呢？」

「老爺在裡面，我去找。」周管事一看這來頭似乎不大對，轉身要去後院找許老爺。

楚亦瑤乾脆在他鋪子裡看了起來，這許老爺和楚家合作不少年了，和爹也是老相識，每一次商行裡到了貨，都是第一批給他們幾個送過去，不過他們送貨是快，而他們給錢的速度卻是慢得很。

許老爺有這樣的鋪子五、六間，其中有四家都是賣這瓷器的，從這架子上擺放的東西來看，這四家鋪子中的瓷器，最起碼有三家的貨是從楚家商行裡進的，楚亦瑤才不信賣不出去，所以回不了本、付不了錢，賣得不好還能每回都向楚家下單子不成？

許老爺很快出來了，一看是楚亦瑤，笑著把他們迎到後面的屋子裡，差夥計倒茶。「楚小姐，今天來是有什麼事？是不是商行裡有什麼新的東西要在我這鋪子放著賣，儘管拿來，許叔給妳騰架子。」

許老爺是拍著胸脯承諾的，這兩年楚家的東西是越來越好了，同樣是做這瓷器生意，比別家的進貨成本低一些不說，這質量是沒有二話，東西還很新，往往別家還沒，他們就已經有了。

「許叔，我今天來是為了別的事，朱管事。」楚亦瑤站著並沒有坐下，示意朱管事把帳本拿出來，楚亦瑤直接放在許老爺的面前。「許叔，您已經拖欠我們商行裡三年多的貨款了，總數加起來都近萬兩銀子，也就是說，大哥還在的時候您這銀子就已經欠下了，到現在都沒還。」

許老爺也是老江湖了，這討錢的事也不是第一回遇到，只是微愣了一下，隨即就笑呵呵地看著楚亦瑤說：「楚小姐妳是不知道，我這小本生意，回本難啊，這三月進過來的貨到現在都沒賣出去，還有去年的存貨都不少，等我們這東西賣了，我就把銀子給妳送過去。」

「那許叔可是為我們楚家著想，去年的都沒賣出去，今年還從商行裡進貨，寧願自己賣不出去也不忍心看著我們這兒虧了。」楚亦瑤反笑道：「既然如此，我也不能讓許叔太為難，畢竟大夥兒都是有這麼多人要養，下半年許叔的單子，我回去後就退給您，什麼時候您鋪子的貨賣光了，把銀子付清楚了，什麼時候再來進貨，這東西老是囤著可是會過時的。」

許老爺一怔，這是拖延住了，退了單子的話，他這鋪子還要怎麼繼續開下去，楚家大小姐這是直接把路給堵死了，想要繼續合作就給銀子，否則沒商量。

想到這裡，許老闆不禁有些好笑，這果然是一個什麼都不懂的小丫頭，做生意要她這樣做法，那些個商戶們早就都嚇跑了，他可以另外找商行合作，這楚家可難找到能合作的商戶，於是許老爺正色道：「楚小姐，也沒聽說哪家商行裡是要全部付清楚的，我們都是小本生意，拖欠個一、兩回都是難免的，再者合作都這麼些年了，也不會逃了妳這些銀子。」

「許老爺，您這拖欠的銀子可不止一、二回了，從您與我們楚家合作的第三年開始，起初是一年一付，後來就變成了兩年一付，如今是三年多了還沒付，要知道為了您這近萬兩的銀子，商行裡卻要另外周轉，銀子是逃不了，不過楚家廟小，再這樣下去楚家就先吃不消了，所以像許老爺這樣困難的，賣不出從我們楚家進瓷器的鋪子，我們楚家都考慮退了單子，以免給你們增添負擔，也讓商行裡能輕鬆一些。」

楚亦瑤不吵不鬧都是據理而說，也沒說不合作，像許老闆這樣因為她的話以後再不合作的，那她更有理由要回這些銀子。

「楚小姐，妳要這麼說我們是沒商量的餘地了。」許老爺頓時沈了臉，被一個十幾歲的小丫頭威脅了，這楚家真是沒人作主了！

「許老爺，您要這麼說的話，就是寧願不合作了，也不肯還這些銀子了？」楚亦瑤微笑地看著他，倚老賣老，拔的就是這樣的刺，仗著這麼多年的合作，自己賺飽了都不肯把貨款拿出來，還在這兒哭窮，這樣的人楚亦瑤寧願不合作。

「小姑娘，生意可不是妳這麼個做法的。」許老爺圓潤的臉上擠兌出一抹笑。「我與妳爹認識這麼多年了，妳這麼來說我不怪妳，這要是和別人這麼說，你們楚家這生意可不好做了。」

「許叔您和我爹認識這麼多年了，應該很清楚楚家現在的情況，既然如此，您心裡該有多不好意思沒把這些銀子付清。」楚亦瑤一個勁地給許老爺戴高帽子。「既然您鋪子都這麼困難了，何必再給楚家伸這種援手……」

楚亦瑤轉而有些委屈地說：「許叔，我們這裡也是進不起貨沒辦法啊，您說沒銀子，你們就是下了單子我們也買不起貨，這商船每年兩趟來去花銷都不少，所以我們也只能這麼辦了。」

這做生意見過耍無賴的，沒見過撒嬌的，許老爺看著楚亦瑤臉上那實打實的委屈，總覺得他這是在欺負一個十幾歲的小姑娘。

「許叔，其實您可以這樣，等這些銀子還清楚了，以後每次下單子先付三成的訂金，拿到貨之後年底再付四成的錢，等這些貨都賣完了，再付其餘的三成，做生意總是求大夥兒都有錢賺，您和爹這麼多年的交情了，許叔您說是吧？」

許老爺他能說不是嗎？對方是軟硬兼施，臺階都給他找好了，就等他自己下去，他死皮賴臉地再繼續欠著不給，這丫頭估計會比他更無賴地去找人哭訴，他許老爺是有多欺負人，一個小姑娘能拋下所有這麼去做，他一個年過半百的人卻不能。

從鋪子裡出來，楚亦瑤臉上那委屈還沒收回去呢，身後的朱管事他們看得是一愣一愣的，以前楚老爺在的時候，有教他們各種和商戶們洽談的法子，可沒說到像大小姐這樣先講道理，說不通就仗著年紀小，模樣清麗可人，直接撒嬌裝可憐。

不過當朱掌櫃想到他們一群大老爺們在那撒嬌裝可憐的場景，頓時渾身惡抖了一陣，這種事，果然不是一般人能做得來的……

三天後許老爺就派人送了銀子過來，三年多所欠下的八千多兩銀子，許老爺送了五千兩過來，又另外給了新單子的四百兩銀子，其餘的說是等秋後商船回來再付，楚亦瑤信了他說的，沒讓忠叔把單子退回去。

這一下，本來商行裡那幾個反對的，尤其是跟著楚亦瑤去過許老爺那兒的朱管事他們就更沒什麼異議了，他們見識了大小姐的驃悍再不敢有意見了，楚亦瑤卻給他們分派了任務──

他們得和那些商戶們去談妥，以後凡是下了單子的都按照先付三成、年底付四成、賣完了再付三成的法子來。

楚亦瑤拍了拍許老爺這裡拿過來的銀子，對他們笑咪咪說：「我能讓許老爺答應，相信各位管事叔叔們更加可以做到，你們在商行裡的日子久，對這些事也比我熟悉。」

朱管事抬頭看了楚亦瑤一眼，臉上頓時露出一抹苦，他們的經驗是比大小姐足，可他們總不能學大小姐那法子啊！

即使如此，他們沒有一個站出來說自己辦不到，當著一個十幾歲小丫頭的面說做不到，比事情沒辦成還要丟臉。

楚亦瑤笑著低下頭，斂去眼底的那一抹算計，其實不用他們太努力，只要許老爺的事情傳到各位商戶的耳朵裡，他們就會自己琢磨這利弊了。

第二十九章

五月十六這日，喬從安生辰，是楚亦瑤特別要求辦的，請了不少客人，大哥去世之後這個家就沒好好熱鬧過，從前一天家裡就忙碌起來了。

十六這天一大早，秦滿秋先到，王寄霆帶著弟弟王寄林沒多久也到了，楚亦瑤和他們熟，就讓他們自行隨意，楚亦瑤則站在門口陪大嫂一起迎接客人。

沒多久客人陸陸續續都來了，楚亦瑤負責接待年紀輕一些的，喬從安則帶著秦夫人她們去了園子裡看戲。

「亦瑤妳看。」秦滿秋指著遠遠陪著楚妙珞散步的程邵鵬，語氣裡盡是不屑。「下個月就要娶平妻的人，他還真是享齊人之福。」

一旁的王寄林，一面拿著銀杏果子吃，一面嚷嚷道：「滿秋姊，妳這是在諷刺程大哥啊。」

「小子，這都被你給聽出來了，你最近聰明了啊。」秦滿秋一掌拍下了他手中的果子。

王寄林說不過她，即刻向一旁的二哥告狀。「二哥，你看她一點都不溫婉，我要和娘去說，她都是裝的。」

「你要是敢去，我就把你養的一缸烏龜統統燉了做大補湯。」秦滿秋直接把果盤子搶到了自己面前威脅道。

「滿秋，注意些。」王寄霆假裝板下臉孔，喝斥道：「妳怎麼可以威脅三弟說要燉了他的烏龜。」

「那就再養兩年吧。」秦滿秋一攤手，抬眼看到有長輩過來，很快端坐了起來，本來搶著果盤子的手很快放到了膝蓋上，一臉笑盈盈地看著王寄林。

王寄林剛想反駁，身後傳來了張夫人的聲音。「都在這兒呢，子陵啊，你就在這裡和亦瑤她們坐會兒，娘去和秦大夫人她們聊會兒天。」

偶爾回來一趟就趕上這時候的張子陵，書卷氣濃重了不少，一坐下，剛才在秦滿秋那兒受了氣的王寄林就和他問起了洛陽的事。

楚亦瑤見他們聊得開心起身去了前院，二舅母楊氏帶著兩個表姊剛剛到。

「平兒，妳帶舅夫人去少奶奶她們那兒。表姊，妳們跟我去後園子裡坐吧。」楚亦瑤帶著邢紫語和邢紫姝兩個人剛剛過了前院的走廊，肖氏就帶著兩個女兒走過來了，一看到楚亦瑤，臉上的笑意綻開了好幾分。

「可算找到妳了亦瑤。妙菲啊，妳們隨亦瑤過去，年輕人就應該待在一塊，多認識認識。」搬離開楚家之後，肖氏能打交道的就只有楚翰勤認識的管事們的妻子，但肖氏打心底裡瞧不起她們，更別說把女兒嫁給她們的兒子，所以這一次回來，她是卯足了勁看今天到場的人有誰合適。

楚亦瑤只好把她們兩個也一起帶上，到了後園子，秦滿秋已經在園子裡逛了，亭中只剩下王寄林和張子陵還在那裡熱絡得說著洛陽的事。

「表姊，這是張公子。」邢紫語她們沒有見過張子陵，楚亦瑤給她們做了介紹，楚妙菲她們也跟著坐了下來。

「張公子，洛陽城是不是很漂亮？」楚妙菲看到張子陵這文質彬彬的樣子就被吸引住了，聽他們說著關於洛陽的事，自然而然地搭了話上去。

楚亦瑤一旁看著，這只要是遇上了優秀的，她們都不會忘記表現自己。

「洛陽城和金陵的美不太一樣。」張子陵禮貌地對著楚妙菲笑了笑，繼而看向楚亦瑤。

「楚小姐，聽娘說妳上一次受了傷，如今身子可好些了？」

「多謝張公子關心，已經好很多了。」楚亦瑤回笑，總覺得這亭子裡擁擠得很，於是對邢紫姝說：「表姊，要不我們去那裡走走吧。」

一聽楚亦瑤要出去園子裡，楚妙菲臉上一抹喜色，不過下一刻，王寄林便高喊了出聲。

「我也坐得累了，一塊去吧，子陵。」

一向是自來熟的王寄林，才聊這麼一會兒工夫，就直接喊上親近的名字了。

張子陵笑了笑，點點頭說好。

「二姊，我們也去走走吧！」楚妙藍看出了姊姊臉上的一抹窘促，開口建議道，拉著姊姊的手站起來，自然地跟在王寄林他們身後一起出了亭子。

園子裡大多了，幾個人就不必待在一塊，王寄林和張子陵聊得暢快，兩個人相伴就繞著小池塘邊走邊聊，楚妙菲在身後輕跺了下腳，啐了一聲。「這王家三少爺，怎麼這樣！」

「二姊，張公子這樣的人做妳夫婿妳可喜歡？」楚妙藍在一旁問道。

楚妙菲的臉當下就紅了，羞罵楚妙藍胡說，心裡卻對自己的婚事有了些遐想。大姊嫁去程家，她也應該要找一個和程大哥一樣家世背景都優秀的人才行，這個張公子，滿腹經綸的，可比那些只會提錢的人文雅多了。若是能嫁給他，那也挺好。

楚妙藍看著二姊臉上那緋紅，湊到她耳邊輕輕地說：「二姊，我有辦法……」

楚妙菲越聽越覺得羞人，直接掐了一把楚妙藍的手臂。「妳在胡說些什麼啊，羞死人了！」

「過了今天，二姊妳可就見不到他了。」楚妙藍在一旁提醒道。

「妳不要再說了！」楚妙菲捂著臉一跺腳，即刻走開了。

楚妙藍嘴角揚起一抹笑，二姊可是聽進去了。

對楚亦瑤來說這也許是冤家路窄，走到假山附近她還能遇到楚妙珞，並且身邊沒有程邵鵬陪伴，三個月的身子已經有些一些顯懷，楚妙珞的臉色卻不是非常好，不見孕婦該有的紅潤，反而透著些疲倦。

兩個人心知肚明，旁邊都沒什麼人，面上的功夫也不必再做，楚亦瑤直接從她身邊走過去，才跨過幾步遠，身後忽然傳來了楚妙珞的哀號聲。

原本還好好走路的楚妙珞，一手扶著肚子，一手扶在假山上，微曲著身子神色痛苦，漸漸地她就要跪倒下去。

沒等楚亦瑤回頭，她這面方向的程邵鵬匆匆趕了過來，看到楚亦瑤時臉上一怔，很快跑過她身旁到楚妙珞身邊扶起了她。「不是讓妳在那兒等我嗎？怎麼自己先過來了，哪裡不舒服？」

「我沒事，剛剛亦瑤走得急了些，不小心碰著一下，你扶我起來讓我靠一會兒就沒事了。」楚妙珞故作柔弱地說。

楚亦瑤緩緩轉身，看著楚妙珞神色難過地被程邵鵬抱在懷裡，臉上的笑意越發不屑，楚妙珞還真是沒讓她失望，生怕她楚亦瑤對程邵鵬說些什麼，先來個惡人先告狀。

程邵鵬抬頭對楚亦瑤說：「亦瑤，妳這是什麼神情，撞到了妙珞也不扶著她，她可有著身孕。」

楚亦瑤哼笑了一聲。「楚妙珞，別裝了，妳怎麼不直接在假山上磕破頭說我推的呢？這樣還逼真一些。」

「邵鵬，我沒事了，別說了。」楚妙珞直接把頭藏到了程邵鵬的懷裡，身子微微發顫，相較於楚亦瑤的盛氣凌人，他懷裡的人才是令人疼惜。

「亦瑤，我還一直不相信是妳把暮遠趕出去的，現在妳怎麼能這麼對妳堂姊，妳太狠心了，變得和以前完全不一樣！」程邵鵬一臉痛心疾首，看來外面傳言亦瑤把暮遠趕出去的事情是真的了。

「看來程大哥你不太瞭解我，你要相信，二哥是我趕出去的也罷，不過這也是我們楚家的事情，你是楚二夫人的女婿，和我們楚家一點關係都沒有，所以這些事你管不著。」說罷，楚亦瑤慢慢地走到了他們身邊，視線落在了楚妙珞身上，嘴角揚起一抹詭笑，微傾下身子繼續說：「還有，我若是想讓妳不好過，我就不會只撞妳一下，我會直接把妳從這裡推下去，推到池塘裡去，妳知道這叫什麼嗎？這叫以其人之道還治其人之身。」

話音剛落，沒等楚妙珞和程邵鵬有什麼反應，假山後的池塘裡傳來了一陣撲通的落水聲，繼而尖叫聲響起——

「有人落水了！」

楚亦瑤沒再理會他們快步走了過去，趕到的時候王寄林和張子陵同時跳到了水裡，水面上還有兩個撲騰的身影，一個是邢紫姝，一個是楚妙菲。

岸上的楚妙藍大驚失色地喊著說要張公子去救姊姊，楚亦瑤卻看見是王寄林游向了比較近的楚妙菲，把她拉到了懷裡往岸邊游去。

此時此刻，楚妙菲哪裡還顧得著是誰救的自己，想活命的本能讓她抓著王寄林就沒再鬆手，而張子陵則把邢紫姝救上了岸。

這邊吵鬧的聲音很快把喬從安她們也給吸引過來了。

「出什麼事了？」張夫人看到兒子一身濕透地抱著一個姑娘上岸也嚇了一跳。

一旁的王寄林好不容易把楚妙菲抱上岸了，結果沒等他喘口氣呢，楚妙菲看清楚了人之後，尖叫了一聲直接推開了他，王寄林沒站穩，直接又倒進池塘裡去了！

所有人都被這一幕給驚到了，楚妙菲卻還雙手抱肩在那兒哭著。

楚亦瑤趕緊讓人把王寄林拉上來，錢嬤嬤也很快帶了衣服過來給幾個人披上。

王寄林連著落水兩回，力氣都沒了，抱著衣服猛打了一個噴嚏，對著楚妙藍懷裡的楚妙菲不滿道：「喂，我救了妳，妳不說謝謝也就算了，怎麼直接把我給推下去了，妳太過分了！」

「我不是故意的，我不是故意的。」楚妙菲邊說邊哭著，她第一眼看發現不是張公子自然嚇著了，下意識地就推了他一把。

「好了，錢嬤嬤，送堂小姐和表小姐去珍寶閣換一身衣服，別在這裡待著，等會兒著涼。寄林，張公子，你們去那兒的暖閣等一會兒，我派人去拿兩身二哥的衣服給你們換。」

楚亦瑤看一臉憤懣的王寄林，忽然很想笑，他這可是第二回攪黃人家的好事了。

這混亂的場面隨著四個人都給送走了才平息一些，楚妙珞也顧不得裝了，讓程邵鵬扶著自己趕緊去珍寶閣那，在場的人這麼多，到底是怎麼一回事，一問便知。

事情其實很簡單，張子陵和王寄林聊著聊著就到了邢紫姝她們餵魚的附近站下來，一面說著一面賞魚，後來楚妙菲也走過來了，本來應該是搭話要說什麼的，忽然就這麼腳下一滑，人向池子倒下去了，一旁的邢紫姝眼疾手快拉了她一把，卻直接把自己也給帶下去了，這才有了楚亦瑤看到的一幕。

王寄林和張子陵幾乎是同時反應過來的，跳下了水自然是往離自己近的人救了，哪裡知道人救上來了之後，楚妙菲又把王寄林給推回去了。

按照邢紫語親眼所見，她其實也不知道為什麼楚妙菲會忽然滑落到池塘裡去。

張夫人緊張自己兒子，趕緊去了暖閣看看，珍寶閣那兒，肖氏姍姍來遲，看到女兒這樣，先是摟著一頓傷心，繼而才開始問事情的原委。

楚妙菲又羞又惱，指著楚妙藍就開始指責。「都怪三妹，出的什麼主意，現在好了，娘，我的臉都丟盡了！」

「二姊，這怎麼能怪我。」楚妙藍才委屈，她是出主意讓二姊可以在張公子身旁來一個不小心落水，然後張公子就會下去救她，到時候上了岸她才有話可以說，可如今落水的還有別的姑娘，救二姊的人也不是張公子。

「怎麼不怪妳了，要不是妳出的主意，我怎麼會這樣，這麼多人都看見了，娘啊，我不要活了！」楚妙菲衣服也不換，直接蹬著腳在那裡哭鬧了起來。

肖氏一看被子底下楚妙菲的模樣也嚇了一跳，這天熱了衣服自然是穿得單薄，落水之後緊貼著身子不說，透出了肌膚這都讓人給看光了！

「好了，別再說了，現在哭哭啼啼有什麼用！」楚妙珞沈著臉在一旁喝斥道：「現在想想到底該怎麼辦！」

「不是說救人的是王家三少爺嗎？」楚妙藍又低聲提醒了一下。

楚妙菲隨即瞪了她一眼。

「妳說的是和秦家有姻親的那個王家？」楚妙珞隨即就想到了是誰，這個王家三少爺和相公倒是很熟。「那王家是不錯，不過王家三少爺還小，今年也不過十四吧。」

「我不要，我不要。」一聽說到王寄林，楚妙菲又開始鬧騰了起來。

肖氏見女兒一臉的不清楚，朝著楚妙珞看了一眼，兩個人出去到了外室，肖氏悄聲道：「不是說還有一個張公子嗎？」

「人家是救了邢家的姑娘，娘，您總不能賴在他身上吧。」楚妙珞有些詫異，二妹無理取鬧也就算了，怎麼娘還跟著一起摻和，就是真要娶，也不會是二妹啊。

「妳說能不能把人叫到這裡來？」肖氏還沒說完，楚妙珞就直接打斷了她的話。

「不可能。娘，張夫人還在呢！有什麼理由要張公子來珍寶閣，再說這裡是楚家，您還是想想怎麼在王家三少爺上動心思吧，王家可比程家好多了。」

快開席的時候，楚亦瑤才等來了淮山，大叔抱著一個大木盒子，來得十分趕，在面對喬從安的時候淮山還有些拘束，憋了半天才說出一句話。「這個送給妳。」說完把手往前一推。

青兒接過他手中的盒子帶著他就坐，這一臉的大鬍子上到那裡都受人矚目，不過在不面對喬從安的時候，淮山都是一臉泰然，你們看你們的，我吃我的。

很快肖氏也帶著兩個女兒過來了，楚妙菲還是一臉的受驚，安排在和楚亦瑤她們同桌，坐下來後一直低著頭不語，就連邢紫姝的好意問候都沒有搭理一句。

秦滿秋拉了拉楚亦瑤的袖子，低聲道：「我看她是故意落水的。」

楚亦瑤在她碗裡挾了個大粉團，笑道：「哪會有人故意掉到水裡去的。」

「妳不信？要我說，救她的如果是張公子的話，這事肯定沒完！」秦滿秋純粹是覺得這一家子都像是狗皮膏藥一樣，黏上了肯定是甩不開的。楚妙珞和程大哥的事不就是最好的印證？前些天娘還嘆氣，程夫人的臉色是越來越不好了。

可讓秦滿秋沒想到的是，救她的即便是別人，這事依舊不算完，喬從安她們那一桌，在肖氏說完話之後，整桌子的人神情都不好了。

什麼叫做她的女兒是清清白白大姑娘，救上來都讓人給看光了，今後傳出去，真不知道以後嫁人了怎麼辦。

張夫人聽罷，很快就收起了驚訝的神情，這件事和她兒子無關，她不說話。

「妳的意思是，誰救了妳女兒就要娶她了才能保住名聲？」秦大夫人在這一桌子安靜中忽然開口說，語氣裡帶著一抹不置信。「那要是今天救妳女兒的是個乞丐，妳也捨得嫁？」

秦大夫人這話說得明顯，不就是看人王家還不錯，這就要貼上來啦。

「是，真要是個乞丐的話，那也沒辦法，女兒家最重名聲。」肖氏臉上閃著一抹無奈，咬著牙說道，反正是假設，又不真的是乞丐救，她有什麼好擔心的。

「二嬸，妙菲的年紀也還小，說婚事尚早了些，再者王家三少爺救人是好意，若您這麼說的話，是不是該把妙菲扔在那兒不去救，等楚家的護院來了再救上來，妙菲就要嫁給護院了？」喬從安隨即淡淡地接了上話，這和訛詐有什麼區別，換做是別人撇清關係都來不及。

「就是說啊，楚二夫人，這孩子沒事才最要緊，今天出了這樣的狀況換做誰都會救，更不會有人隨意抹黑妳孩子的名聲，我們這麼多人看見著呢，妳好好安慰安慰孩子，這名聲的事我看妳是想太多了。」秦夫人也和顏說，當肖氏是真擔心女兒才會這麼說。

肖氏臉上閃過一抹尷尬，她說得婉轉，在座的可都聽出來了，人家也沒那歪心思說什麼救了人就非要嫁的，比起楚妙菲來說，被張子陵救上來的邢紫姝才是最委屈的，她是為了拉楚妙菲一把才落下水，救起來一樣的情況，她還是個及笄之年的大姑娘了，一句話都沒說呢。

「是，是，孩子沒事才最重要。」肖氏應著聲低頭開始喝湯，對付一個可以，對付一桌子她可不行，這事情還是得從長計議。

下午的時候大夥兒陸陸續續都回去了，楚亦瑤把二舅母楊氏和兩個表姊都送到了門口，剛好張夫人也帶著兒子過來了。

張子陵看到站在楊氏身後的邢紫姝，問候了一聲。「邢小姐，妳好些了嗎？」

「沒事了，多謝張公子關心。」邢紫姝朝著他笑了笑，並沒有繼續說什麼，反倒是張夫人多看了她幾眼，帶著兒子先一步出去了。

「表姊，回去記得喝藥，受了寒就不好了，今天的事可拖累妳了。」楚亦瑤最過意不去的就是這個，邢紫姝從落水救上來沒哭沒鬧，朝張子陵道謝之後就去換衣服了，之後更是沒再提這件事。

「說什麼拖累不拖累的，她就在我旁邊，摔下去自然會去拉一把，不過反倒是把自己也給拖下去的。」邢紫姝抿嘴笑著有些不好意思。「這衣服到時候我給妳送過來。」

「送什麼，就是準備給妳和紫語表姊的，妳穿著正好，也省得再改了。」楚亦瑤把送給邢紫語的一套衣服給了楊氏。「近日我忙得很，等忙過了這些時候再去找妳們。」

「亦瑤啊，妳二哥的事我聽妳舅舅說了。」楊氏猶豫了一下開始開口勸了一句。「這都是一家人，也別鬧得這麼難堪，妳外祖母當年威脅妳娘走就斷絕母女關係，如今妳娘走了這麼些年，妳外祖母雖沒說出來，心裡可悔得很。」都是嫡親得很，不要現在逞一時之氣，將來後悔可來不及了。

「舅母您就放心吧，我心裡有數。」楚亦瑤點點頭送她們出門，二舅母說的她如何會不明白，就是爹娘也不希望這樣，可如今沒得選。

送走了所有客人，楚亦瑤這才有空和淮山說話，大叔一個人坐在亭子裡好不寂寥。「怎麼來得這麼晚，不是早就和您說了嗎？」

「我回了一趟南疆，趕回來有些急。」淮山笑了笑，給楚亦瑤配好了藥，他就即刻趕回去了，馬不停蹄地來回。

「回南疆給大嫂準備賀禮？」楚亦瑤在他對面坐了下來。

淮山點點頭，阿靈什麼都不缺，唯獨缺了五年的記憶，所以他特別回了一趟南疆，把留在那裡保存完好的東西都帶過來了。

也許他是自私了些，當人找到了就想要更多，想讓她回憶起過去的事情。

「大叔，那您就沒給我帶什麼東西嗎？」楚亦瑤手一攤向他要東西。

淮山失笑了一聲。「等妳滿十五歲了，我就送妳一份大禮！就像妳們這兒的及笄禮，在南疆，姑娘家滿十五歲的日子也很重要。」

話音剛落，走廊那頭就跑來一個身影，楚應竹看到淮山可高興了，口中喊著大鬍子叔叔，很快跑到亭子裡，仰頭看著他那濃厚的鬍子，伸手要他抱。

淮山「呵」了一聲，把他給舉到了自己懷裡，楚應竹格格地笑著，小手在他的鬍子上又摸又抓。

楚亦瑤看著他們互動，忽然發現其實這樣也很不錯，起碼對應竹的成長很好，侄子是個男孩子，將來這楚家肯定是要交到他手上的，若是一直跟著大嫂和她，勢必會少了男子氣概，他的身邊必須要有一個像父親一樣的存在時刻陪伴著他，教導他一些她和大嫂不能教導給他的東西，這樣才算完整。

第三十章

入夜，熱鬧了一個白天的楚家如今安靜許多，亭蘭院中，喬從安哄睡了兒子，看著他懷裡抱著淮山送的東西，有些無奈。

拉下了帷帳，喬從安回到了自己屋子裡，青兒給她端了洗漱的水進來，喬從安看著近處的架子緩緩道：「替我把那盒子拿來。」

青兒很快把大盒子抱過來了，喬從安淨面漱口後在臥榻上坐下，這偌大的盒子顯得有些古舊，上面的鎖片都泛了斑駁印記，打開來，裡面放了滿滿一盒子零碎的東西。

喬從安伸手拿了一樣出來，那是一本不大的冊子，一邊用線穿孔紮起來的，紙張有些泛黃，翻開來看，那上面是一個一個已經淡下去的圖畫，像是幾歲孩子描畫後裝成的冊子，花朵，小貓，有幾頁只寫了幾個字，筆劃彎彎扭扭。

喬從安把這冊子放在了一旁，看了一下盒子，伸手把放在角落裡的一個小盒子拿了出來，那不是木製也不是錦布，而是純銀做的盒子，很沈。

上面勾畫著奇怪的圖案，喬從安似乎在哪裡見過，卻又沒什麼印象，打開來，裡面安靜地躺著一個銀鐲子。

鐲子的尺寸不算小，上面還鑲嵌著紅紅綠綠的寶石，看起來十分貴重，銀盒子中還有一封信，信上的字很少——十五歲生日禮物，阿曼。

腦海中像是有什麼蜂擁而至，喬從安聽到一個稚嫩的聲音在那兒撒嬌著，接著一個溫柔的聲音響起——

「阿靈乖，等阿靈十五歲了，阿曼就給妳準備一個漂亮的鐲子，當作阿靈的成人禮好不好？」

可這樣的片段一閃而過就沒了蹤跡，喬從安放下鐲子開始看大盒子裡的其他東西，一件一件拿出來看，若是什麼都不記得也就罷了，可若是記得了一點就會忍不住地想要知道更多，想知道她空白的那些年裡到底發生過什麼。

最終喬從安的手中出現了一小張紙，紙上畫著一只狗尾巴草做的戒指，草毛茸茸的那一頭還翹在那兒，紙張右下角寫著一對名字——淮山，淮靈。

「淮山哥哥，隔壁的大阿奇家姊姊手上戴了好漂亮的戒指呢！」

「那是因為阿奇姊姊嫁人了，那是她夫家送給他的，將來阿靈嫁人了也會有的。」

「可是阿靈現在也想要一個，淮山哥哥，阿靈現在不能戴嗎？」

「我給阿靈做一個，妳等著……喜歡嗎？」

「喜歡，阿靈戴了的話，是不是以後就要嫁給淮山哥哥了？」

「阿靈願意我就娶妳，若是阿靈哪天長大了不願意的話，淮山就遠遠地守著阿靈。」

忽然冒出來的回憶讓喬從安恍然失措，手中的紙落到了桌子上，喬從安低頭看著那戒指，他不是說是她的哥哥嗎？不是說是親哥哥嗎？

青兒看著自家小姐不斷地拿盒子中的東西出來看，直到最後一樣東西拿出來，呆呆地望著一桌子的東西出神。

「少奶奶？」青兒試探地叫了一聲。

喬從安沒什麼反應，只是拿起皮繩套子，嘴角微顫抖。

看著這些東西，她能夠想起來的都是些片段的東西，畫紙、鐲子、葫蘆做成的笛子，越是如此，喬從安心底那濃濃的絕望感就越強烈，那是源自記憶深處最不想被想起的東西，此刻卻不斷地鼓動，隨時好像要掙破多年來的束縛。

喬從安狠狠把桌子上的東西一推，淚水奪眶而出，她克制不住地掉眼淚，總覺得很悲傷，內心有無數的委屈需要往外發洩，那些零碎的片段越多，喬從安就越難過。

「少奶奶！」青兒趕緊扶住了她，桌子上的東西落了一地，青兒看著她失控的樣子，趕緊對外面守著的丫鬟喊道：「百香，快去請大小姐過來。」

「少奶奶，您不要嚇我。」

喬從安完全是憋著聲音哭的，一手捂著胸口，憋紅著臉、喘著氣，淚水不斷地往下落。

「少奶奶，您不要嚇青兒，您哭出來，您不要嚇我。」青兒從未見過少奶奶這樣，就算是大少爺去世的時候都沒如此失控過。

「大嫂！」楚亦瑤跑進來看到的是一地狼藉。

喬從安抬頭看了她一眼，嘴巴微張卻什麼都沒說出口，只是流著眼淚。

「妳去倒些熱水來。」楚亦瑤吩咐青兒出去，看還放在桌子上的大盒子，看來是看了這裡的東西想起什麼了。

「嫂子，妳哭出來，不要憋著。」楚亦瑤硬是掰開了她抓著胸口的手。

喬從安抬眼看了她一下，想再伸手去抓，楚亦瑤緊握不鬆手。

「喬從安，妳是要憋死自己了是不是！」楚亦瑤忽然大喊了一聲，握著的那隻手不住地顫抖。

楚亦瑤看她猛搖頭把她按在了靠墊之上，居高臨下地看著她。「過去的事情都已經過去了，難道妳打算一輩子都不去想起來？」

記憶的席捲是無法控制的，在記憶來臨之前，那如潮般的壓抑和悲傷卻讓喬從安有些喘不過氣，那是最無助的感覺，在最需要人的時候卻被拋棄的感覺，正是因為太痛苦了，所以她選擇了遺忘。

楚亦瑤死死地看著她。

喬從安咬緊的牙關終於有了一絲鬆動，紅腫的眼底有些一抹悲傷，緊接著咽嗚聲響起，僵持已久的堅持再也抵擋不住，喬從安抱著楚亦瑤哭了起來……

她在那個人山人海的地方走丟了，她大喊著哥哥也沒有人理她，那高高的糖葫蘆串越來越遠，她被人群擠散了，忽然一雙手抱住了她，很快蒙住了她的眼睛，她根本來不及出聲，沒掙扎幾下就被塞入了一個大木桶裡，蓋子蓋上，裡面一片漆黑。

任憑她怎麼喊怎麼叫都沒有用，那蓋子很沈很沈，沈到一點都推不動，她開始哭，大聲地哭，可耳邊傳來的都是嘈雜的聲音，她的聲音傳不出去。

她哭得累了，眼睛疼了喉嚨也很乾，她感覺到地下車咕嚕的聲音，她昏昏沈沈地睡過去了。

其間有人往木桶裡扔了兩個饅頭，她餓了，在黑暗中狼吞虎嚥地吃了下去，她還想喝水，拍著木桶都沒人理會。她想方便，憋了太久沒辦法在木桶中解決了，可是木桶實在太小，褲子給沾濕了，味道很奇怪，她險些熏暈過去。

不知道過了多久，她覺得自己快要渴死了，喉嚨像火燒一樣，忽然蓋子打開了，強烈的光刺激著她不能適應，那個臉色紅潤可愛的小女孩，如今臉色蒼白，嘴唇發紫地靠在木桶中奄奄一息。

耳邊傳來她聽不太懂的大梁話，她睜開眼看到了那個人捏著鼻子嫌棄的眼神，她朝著他伸手要他拉自己出來，那人卻直接伸手向她脖子上的銀項圈。

她掙扎著撓他的手不給，那人一把就把她從木桶中拎了出來扔在了地上。好疼，她整個人摔在了地上，先前在木桶中蜷縮了很久，她的腿都沒什麼知覺，因為站不起來直接趴在地上，雙手還死死地護著那銀項圈，那是阿曼給她的。

那人好凶狠，他大力地拉扯著她，把她頭上戴著的銀飾全都給拉了下來，她的頭髮被扯得好痛，銀飾上還掛著一綹綹她的頭髮，那人對著一旁的人說著什麼，旁邊的人急忙把那銀飾往嘴裡咬了一下，滿臉的欣喜。

「不要拿我的東西……」她朝著那個人撲過去，那人直接一把抓住了她，把她的手掰開來，把銀項圈摘了下來，她身上值錢的東西太多了，從頭到腳她身上都戴滿了銀飾品，鐲子、項圈、還有項鍊，其中不少還鑲嵌著寶石。

她終於看清楚了這是什麼樣的地方，破舊的院子，低矮的屋子，還有幾個小孩在屋子裡看著她被這幾個大人打，她朝著那幾個小孩伸了下手，臨空中一巴掌過來，直接把她給打暈了。

等她醒來的時候待在一個破屋子裡，旁邊只有一碗水，一個餿掉的饅頭，她身上所有的東西都被搶走了，她喝下了那碗水，顧不及奇怪的味道，她的嘴巴好痛，手都碰不得，腫起來了，至於身上的其他傷口，因為痛處太多了，也就麻木了。

黑夜很快降臨了，她蜷縮著身子，抬頭看著窗外的彎月，流著眼淚。她是不是再也見不到阿曼，再也見不到哥哥了，這裡是哪裡，她想要回家。

接下來幾天她一聲不吭，不哭不鬧，那人以為她不會逃了，就放她出來，對她說了很多話，她只能聽懂一點點，看著他朝著自己揮巴掌威脅，她忙點點頭。

她被逼著做家務，每天都有忙不完的事情，晚上又睡回那個破屋子裡，一天只吃一頓飯，他們從來不讓她出院子，總有個人看著她。

膝蓋上的傷口開始結痂了，她每天在牆壁上刻著痕跡。

直到有一天，那個打她的人回來了，他和另一個人吵起來了，於是那個人又過來抓她，想從她身上找點什麼出來，那人發現她耳朵上還戴著東西，拉過她，把她一只耳朵上的墜子扯了下來，剛要去扯另一個，一直不掙扎的她忽然一口咬在他的手臂上，他吃痛地鬆開了手，她急忙朝著門口逃去。

背後是越來越近的聲音，她摘下自己僅有的一個墜子，緊緊地握在手中，不知道跑了多久，她跑不動了，她就在巷子裡繞來繞去，她忘了背後還有什麼聲音，她只想要回家而已，忽然腳下一絆，她跌倒在了地上，眼前一黑，就這麼昏迷了過去。

淮山哥哥，你為什麼還不來找我……

喬從安病了，大夫說她這是內心積鬱，過去的事情對她造成過很大的傷害，所以人就垮下了。

即便是她睡著了，楚亦瑤守在她身邊，還是能感覺到她的不安，肯定在她回憶中的那些場景太折磨人了。

解鈴還須繫鈴人，大嫂這一些童年記憶中不可或缺的人、和被拐走的時候一直心心念念的人都是淮山，楚亦瑤決定去找他來。

楚亦瑤找到淮山的時候，淮山還在那兒期待阿靈記起小時候的事情會是什麼反應，可聽到的卻是她病了的消息，從楚亦瑤口中得知阿靈失蹤後的遭遇，淮山愣在那裡好一會兒都沒能反應過來。

回神後，他森冷著目光，看著楚亦瑤問道：「那幾個人住在哪裡？」

「大叔，大嫂已經不記得那幾個人的長相，也不記得那個地方在哪裡，難不成你現在還想去報仇不成？那麼大一個貧民窟，還是你想要大嫂為你帶路，帶著你過去找？」楚亦瑤任由他走出門外，直言道。

淮山停住了腳，再多的悔恨也彌補不了已經發生的事情，那是要多無助、多絕望，才讓她不願意想起，寧願把那所有的記憶都封存起來，而他卻是造成這些事情的最終元凶，若不是他沒照顧好她，她怎麼會被別人帶走，經歷這些？

「大叔，您不必自責。」楚亦瑤看出了他臉上的悔恨。「您的自責和悔恨彌補不了什麼，只會讓您自己更不好過，您跟著我去楚家看看大嫂，好不好？」

淮山搖搖頭，轉過身來看著她，滿臉的苦澀。「阿靈不會想要再見到我的。」

「沒去過怎麼知道？若是被趕出來了，您才能確信大嫂是真的不想見到您，在這之前，您不是應該努力讓她接受嗎？」楚亦瑤說得很平靜，任何的猜測和擔心都不如直接去面對來得好，她直覺大嫂不會把大叔趕出來，至少在那樣的當下不會。

淮山靜默了一會兒，啞聲道：「我收拾一下。」

半盞茶的時間，淮山準備好和楚亦瑤一塊兒出發去了楚府，走進亭蘭院的時候，淮山還猶豫了一下，楚亦瑤回頭看了他一眼，自顧著走了進去。

喬從安已經醒了，楚應竹趴在她旁邊陪著她，母子兩個人低聲說著什麼，喬從安的臉色好了不少。

「大嫂，我帶了個人來見妳。」楚亦瑤走進去，從床上把楚應竹抱了起來哄道：「應竹乖，姑姑帶你出去走一圈，等會兒我們再回來，陪你娘吃飯，好不好？」

楚應竹朝喬從安揮了揮手，走到門口的時候，看到了在那裡徘徊的淮山。

楚應竹脆聲喊了大鬍子叔叔，屋子裡的喬從安神色一震，下意識地看向了門口，不過被楚亦瑤遮擋住了全部，什麼都看不見。

「我們等會兒再過來。」楚亦瑤捏捏楚應竹的鼻子，這幾天他也出奇地乖，點點頭任由楚亦瑤抱到屋子外面，還不忘朝著淮山眨眼睛。

一大一小這麼對視一下，淮山的情緒平復了不少，拉開簾子的手頓了頓，長長地吁了一口氣，走了進去。

也不過是三、四天的時間，從生辰那日見過後，喬從安消瘦了許多，淮山看著心疼，卻不知道如何開這個口，屋子裡就剩下他們兩個人，淮山就這麼站在那裡。

「坐吧。」終於還是喬從安打破了平靜，伸手指了指不遠處的凳子。

淮山坐了下來，屋子裡的氣氛再度安靜下來。

過了好一會兒，淮山才低啞著聲音開口道：「妳，身體好些了沒？我帶了些藥過來。」

淮山從懷裡拿出了藥放在桌子上，見她不回應，一手放在了桌子上，不知道該說什麼。

喬從安直看著床的對側，半晌幽幽地開口。「以前的事情，很多我都不記得了。」

淮山抬眼看她，喬從安眼底帶著一抹悵然，二十年前她才五歲，即便是現在回憶起來了，小時候的記憶也早就模糊掉了，也許在她記憶深處，那些不愉快的都是要被消除掉的，剩下的那些就都是快樂。

「先前你說過，阿曼後來身體不好了，也走了？」喬從安又問道，轉過頭來看著他，這樣的稱呼她其實並不習慣，可潛意識裡這樣的稱呼卻很深刻，那個像娘親一樣的女人，總喜歡抱著自己坐在屋簷下，邊曬著太陽，邊教自己唱歌，她總是會在入夜時用她那溫柔的嗓音哄自己入睡，告訴她阿靈永遠是阿塔和阿曼心中的小寶貝。

「嗯，阿曼已經去世十年了。」淮山的聲線裡染上了一抹悲傷，十年前阿曼重病他回去，只待了短短兩個月又離開，沒多久之後，阿曼就走了，等他趕回去的時候人已經下葬了。

喬從安雙手輕輕地拽著被子，沈默不語。

「阿曼囑咐我帶上銀鐲子，一定要找到妳，那是她送給妳的成人禮。」淮山這輩子一直在對不起人，尋找阿靈的這些年，沒能陪在自己的阿塔和阿曼身邊，如今找到了阿靈，卻還是覺得對不起她，讓她受苦。

「那阿塔呢？」

帶著些鼻音的聲音再度響起，淮山想靠近她，腳步只是動了一下就沒有往前。

「阿塔身子很好。」他回道。

喬從安心裡也明白，五十多歲的人了，身子再好那也是上了年紀，身邊沒有親人陪伴，一定很孤單，她不怪淮山什麼，相反地還覺得歉疚，她的失蹤，給這個家同樣帶來了很大的變化。為了找她，淮山吃了不少苦，阿曼的身子也垮下去了，她本來就不是這個家的人，依著那淺薄的記憶，若是當年沒有從主宅被帶出來，如今她應該也不可能活在這個世上了。

那天忽然想起來的時候，她真的很難過，病著的幾天想起的事情更多，她最應該做的就是感謝淮山他們一家，而被拐走這件事，是誰都不想的。

「這些年，你去過很多地方吧。」喬從安看他那一臉濃密的大鬍子，兩個月換一個地方，二十年來，偌大的大梁國都應該走遍了。

「習慣了。」習慣了一個地方一個地方地走，只要不放棄，他就能堅持下去。

「那你今後打算怎麼辦？」冷不防地，喬從安問出這樣一句。

淮山看著她，只在她眼底看到了一抹平靜，淮山忽然語噎，不知道該如何接下去。兩個人似乎是想到了同一點上去，喬從安也不再言語了，淮山伸手碰了一下桌子上的瓶子，有些失措。

「我改天再來看妳，妳好好休息。」淮山說完，起身走向門口，還不小心絆了凳子一下。

「嗯。」喬從安看著他狼狽地離開屋子，眼眶漸漸濕潤了起來，她已經嫁人生子，可他還是孤身一人，如果她的苦是那段揮之不去的回憶，那他的苦是二十年來日日夜夜折磨他的自責……

等楚亦瑤再帶楚應竹回來的時候，淮山已經離開有一會兒了。差人把楚應竹帶出去後，楚亦瑤坐到了床邊，說了自己的想法。

「大嫂，我想讓大叔搬進楚家來住。」

喬從安幾乎是反應不過來，詫異地看著她。

楚亦瑤拉著她的手，緩緩說：「不管大嫂願不願意承認，你們始終是勝似親人的人，難道妳忍心大叔一個人住在金陵，他孤零零二十年了，肯定是不會再娶親了，大嫂妳忍心讓他繼續孤零零一輩子下去？」

「應竹年紀也不小了，孩子是應該天真，但應竹卻太過於天真，楚家的擔子很沈，以後商行還是得交給他，大叔所經歷的事情、走過的地方都多，應竹和他待在一塊，一定可以學到很多，大嫂，妳也希望將來應竹成為一個頂天立地的男子漢，能夠像大哥一樣肩負起楚家的一切。」

當很多事情接踵而至的時候，不會給你時間慢慢長大，二哥她如今指望不起，找忠叔來教導，不如找應竹喜歡的大叔來教導，更利於他成熟起來。

「那樣對他來說太不公平了。」喬從安長嘆了一口氣，她的確萌生了想讓淮山娶妻生子的念頭。

「也許對大叔來說，大嫂心裡的決定才讓他覺得不公平，亦瑤也只是提議，這件事還是要大嫂同意才行，妳好好考慮考慮。」楚亦瑤起身，淡淡說道。人生能有幾個二十年，活著的人才是最不容易的，大哥若是知道，肯定也希望大嫂過得好……

第三十一章

六月，隨著商行裡的事漸漸被楚亦瑤打理順了之後，程家又有了喜事。

不過時隔一年的時間，程家這又迎進門了一位新婦，多少人羨慕程邵鵬的福氣，這坐擁兩位妻子的好事，不是誰都能享受得到的。

對此楚妙珞還是有信心的，就相公他表妹這張臉，洞房當晚他不逃回自己這裡來就不錯了，哪有別人口中半句享福。

楚妙珞靠在床上摸著四個月的肚子，一旁伺候著的梅香欲言又止。

「去替我拿些梅子來，要酸。」楚妙珞臉上喜孜孜地滿懷期待，人說酸兒辣女，她從有身子開始就變了口味，一直喜歡吃酸的東西，越酸就越喜歡，這一胎啊，鐵定是個兒子。

她要是生了兒子，那醜八怪還有什麼好作怪的，婆婆就是再不喜，她還有相公和兒子，等婆婆百年一過，這個家還不是她作主？那女人進門就是為了提醒相公，她才是最值得的那個！

梅香匆匆出去了，到了屋外狠狠地鬆了一口氣，楊嬤嬤勒令了整個院子的人都不許說，剛剛在屋子裡她唯恐小姐問她。外面都在傳，從新房裡看新娘子出來的人都驚著了，不是因為新少奶奶人醜，而是新少奶奶變漂亮了，恢復了以前的容貌不說，還比之前更嬌媚。

第二天早上起來，楚妙珞就是頂著身孕也好好裝扮了一番，去程夫人院子的時候格外早，可她的得意沒能維持多久，程邵鵬帶著李若晴進來的時候，楚妙珞臉上的笑意漸漸地變成了錯愕。

程夫人更是高興，那些紅斑都消失了，臉還更加光滑剔透，看著李若晴臉上那含羞的樣子，程夫人這個過來人一看，便知昨夜肯定是過得甜甜蜜蜜。

程夫人心情好了，這敬茶也就格外順利，到了楚亦瑤面前，李若晴也給她敬了一杯，從進門的先後順序來說，楚妙珞這一聲「姊姊」是受得起。

「妙珞，這若晴給妳敬茶呢！」程夫人的聲音在楚妙珞耳邊響起。

楚妙珞神色複雜地看了李若晴一眼，回家兩個多月，她竟然好了，怎麼可能會好得這麼快，一點痕跡都沒有？

楚妙珞很快地回過神來，笑著從她手中接過了茶盞，語調輕柔地說：「妹妹臉上的傷好了，真是可喜可賀，姊姊為此內疚了好一陣子呢，不知道妹妹是用了什麼妙藥。」

「我爹替我找的，我也不知道。」李若晴微紅著臉，那幸福的模樣看在楚妙珞眼中刺眼得很。

她抿了一口茶放在一旁，將紅包交給她，抬頭看向程邵鵬，後者的視線卻落在正要起來的李若晴身上。

心中騰然燒起了一股無名火，楚妙珞緊握著拳頭，耳邊是程夫人的笑聲，笑著誇李若晴漂亮懂事。

「如今妙珞有著身孕，也伺候不了你，就讓若晴好好陪陪你。」這新婦迎進門也沒有不在一起的道理，當初楚妙珞進門的時候，程邵鵬在她的屋子裡待了半年才去幾個通房那裡，程夫人笑著看向程邵鵬。「你們好好的，娘也就放心了。」

「我會的。」程邵鵬點點頭，便陪著李若晴一塊兒離開了。

程老爺很快也走了，屋子裡只剩下程夫人和楚妙珞兩個人。

「妳雖早一步嫁入程家，若晴稱妳一聲姊姊，不過妳們這身分是一樣的，妳們誰也不必用身分去壓著誰，這些日子妳就好好養身子，若晴會好好照顧鵬兒的，妳也早點回去歇著吧！別太累了。」程夫人說的時候和顏悅色，楚妙珞聽了心裡卻扎刺得很。

回到自己院子裡，楚妙珞靠在床上是越想越不對，等自己生下這個孩子，相公的魂豈不是要被那女人給勾去了，但她有著身孕又不能服侍，那就只能給自己身邊的丫鬟開臉了。

楚妙珞看了梅香一眼。「去把寶蟾帶來。」

天越來越熱了，七月三伏，一早，南塘集市的鋪子終於要開張了，大紅的綢子被拉下來，牌匾上刻著兩個大字——香閨。

邢二爺拉著繩子，那燈籠也隨之掛在二樓上，燈籠的四面都貼上字，楚亦瑤站在門口一手捂著耳朵，外面滿是點燃的鞭炮飄散開來的煙霧，白茫茫中飛起紅色的碎紙。

就在這紅綢拉開之後，旁邊牌匾上的紅綢也被拉了下來，偌大的「行木」兩個字寫在上面，和香閨兩個字相稱。

圍觀的人一片譁然，這一家鋪子分兩個牌匾掛，難道還分男女不成。

等走進鋪子才發現，香閨這邊進去擺放的都是女兒家用的東西，包括所有的擺件也都是女子閨房裡才會出現的，而行木那邊則是恢宏大氣的木雕擺飾，一般為男子所用。

楚亦瑤之所以這麼分，是考慮到作為姑娘家的心理，但凡是自己要放在閨房裡的東西，誰樂意在有很多男子在場的情況下去選。

二樓上去沒有互通的門，擺放的大都是女子內室所用的東西，漂亮的燈盞，屏風的腳架，還有細緻到可以掛在腰間的小香囊，外圈是雕刻精緻的鏤空木圓球，中間可以打開，裡面是一個袋子包裹的香料。

楚亦瑤不能保證所有的姑娘們都會喜歡，但是在前世，這東西在洛陽城可是風靡一時。

許多進來的人看到楚亦瑤，先是猜測她的身分，在得知她就是楚家大小姐的時候，每個人臉上的神情都不太一樣，這傳得沸沸揚揚把自己親哥哥趕出家門占了商行的楚家大小姐，原來就是長這樣！

看起來年紀不大，也就是個丫頭片子，長的雖不是美若天仙，但清麗可人，笑起來的時候很吸引人，長相這麼無害的姑娘，怎麼會是別人口中那個做事雷厲風行的楚家商行主事，據說她帶人去討債，每一家都還了。

「二舅，三樓那還沒弄好，再等些天，這裡就先交給您了，我回商行一趟。」楚亦瑤和邢二爺說完，帶著寶笙走出了鋪子。

正要上馬車，斜對面那兒鋪子傳來一陣鞭炮的響聲，緊接著就是舞龍舞獅的聲音響起，楚亦瑤抬眼一看，被曹晉榮買下的鋪子不知道什麼時候裝修好的，門口的牌匾也早就換了，一對舞獅的人在大門口熱鬧地表演著，人群見隱約看到曹晉榮站在中間。

他還真會選日子，黃曆上開張的日子這麼多，偏偏挑了同一個，那邊熱鬧的聲音是遠遠超過了這邊，楚亦瑤笑了笑，這麼高調喧譁，也只有曹家三公子才會做。

楚亦瑤上了馬車離開，那邊的鋪子門口，曹晉榮展著一張笑靨，嘴角的笑已經很牽強，越看越覺得那舞獅實在是滑稽透了，曹晉榮直接轉身進去，一樓的大堂裡被裝修得很華麗，掌櫃那檯子後面還掛著「淺秋樓」三個字，對他來說，這用來開酒樓再合適不過了。

「少爺，老爺和大少爺來了。」一個隨從進來稟報，原本還在櫃檯旁吃東西的曹晉榮很快扔了手中的花生，一轉身，曹老爺帶著長子曹晉安走了進來，一臉的肅色。

「爹，大哥，你們怎麼過來了？」曹晉榮忙迎了上前。

曹晉安溫和笑著看他。「爹知道你的鋪子開張，過來看看。」

曹老爺瞥了他一眼，開始在大堂裡走了一圈，繼而上了二樓，三樓，回到一樓的時候，終於開口說了兩個字——

「浪費！」

一個酒樓做得跟歌姬院似的，大堂還正常些，頂多算華麗了點，二、三樓那裡居然還用著上好的幔簾子阻隔，在中間的位置做了個小平臺，大約是用來聽曲的，三樓都是包間。

「爹，三弟第一次自己出來開鋪子，我覺得這裡挺好的，三弟，這裡若是做得好，我一定把你拉去商行裡幫忙。」曹晉安在一旁替他說話。

曹老爺哼了一聲，不表示苟同。

曹晉榮低垂的頭眼底閃過一抹陰霾，他不需要父親的誇獎，反正從小到大父親也沒有誇獎過他。

曹老爺看他這樣心中更是不喜，直接走了出去。

曹晉安走到他面前，拍了拍他的肩膀安慰道：「三弟，爹只是開不了這個口，你知道的。」

「你是來看笑話的嗎？」曹晉榮甩開他的手，冷冷地看著他。「看夠了你可以滾了！」

曹晉安嘆了口氣，一臉無奈地看著他。「你是我弟弟，我為什麼要看你笑話，晉榮，你永遠都是這樣，一身的刺，不讓任何人靠近。」

「曹晉安，你永遠是這樣，笑面虎一樣，誰知道你心裡到底是怎麼想的！」曹晉榮很快反駁了回去，一臉的倔。「你走吧，我這裡不歡迎你！」說完，曹晉榮轉身朝著酒樓的後院走去，隨即傳來砰地一聲關門聲響。

曹晉安盯著那門看了一會兒，搖了搖頭轉身出了酒樓，看著屋外還在繼續表演。

來來往往的馬車不少，很多聽到這聲音都拉開簾子看，沈世軒本來是去看看楚亦瑤新開的鋪子生意如何，路過的時候首先被曹晉榮這酒樓給吸引了，偌大的燙金字掛在上面，在陽光底下閃爍得很。

沈世軒的視線正好和出來的曹晉安對上了，沈世軒微怔，即刻朝著他禮貌性地點了點頭，邊笑著對車夫說：「不必在香閨門口停，直接回家。」

沈世軒回到了馬車內。曹晉安在，他就不能在香閨前停下，若是傳到了大哥耳中，以他的性子怎麼會不查個究竟……

回到沈家，沈世軒先去了一趟關氏那裡，從昨天出去到現在才回來，先去報個平安。還沒走進屋子，遠遠地就傳來了大伯母特有的尖細嗓音，沈世軒眉頭一皺想要離開，門口大伯母的丫鬟翠喜眼尖看到他了，很快朝著屋子裡喊——

「夫人，二少爺回來了。」

沈世軒看了那丫鬟一眼，走進屋子內，嚴氏和關氏坐在一塊兒，嚴氏還拉著關氏的手，好不親切。

「世軒啊，你可算是回來了，老是這麼出去不回來，你娘可擔心你了，你這孩子啊也不懂事。」嚴氏臉上帶著一抹勸慰，這就是苦口婆心地勸導沈世軒不要老是出去瞎混，也不知道在做什麼，一點名堂都沒有。

繼而嚴氏對關氏說：「這還沒成親的孩子都這樣，我看世軒年紀也不小了，一直這樣沒個定性也不好，雖說沈家不需要他幫忙什麼，但這麼大的人了，還是讓他早早成了親、娶了媳婦，他就知道這成家啊不容易。」

嚴氏說來說去還是到了沈世軒的婚事上，上一回來提這一點消息都沒有，這一回她是親自來逮人了，非要他娶了水家大小姐不可，這好歹也是沈家的喜事，家裡熱熱鬧鬧一下，說不定自己媳婦的病就好了。

「孩子大了，他自己心裡有數，我們做爹娘的替他把關，不要走了彎路就好了。」關氏委婉地說道，她就是再中意水家的大小姐，兒子不樂意，她做娘的不可能逼著他去娶。

「什麼事都能讓他自己做主，這事哪能自己作主，這婚姻大事都是父母作主的，弟妹啊，不是我說妳，妳這娘當的也太不盡心了，這種事怎麼是世軒心裡有數就可以了！」嚴氏當即高聲詫異道，滿臉的不可思議。

嚴氏是長輩，沈世軒再不想聽、再不喜歡，也不能當著她的面說無理的話，只是要他還擺出一副笑臉來也很難，於是他神情冷淡地打斷了嚴氏的話。「大伯母，我知道您關心世軒的終身大事，不過這也是我爹和我娘會作主的，就不勞大伯母費心了。」

「我看是你主意太大了，你爹娘都管不住你了，這若芊都十五了，你還推三阻四的，難道你還看不上她了，我們世瑾要是早兩年，早就把那孩子娶回家了。」嚴氏的口氣裡充斥著濃濃的不屑，這老二家的孩子在她眼中都這麼的沒用，完全沒辦法跟她兒子比，水家的婚事多好，她要是有那機會，還會留給他們！

「大嫂，這話可不能亂說，我們世軒和水家大小姐可沒有婚事的約成。」關氏的脾氣再好也不能容忍別人連續不斷地說自己的兒子不是，再差那也是她的兒子，哪個做爹娘的樂意聽，於是關氏打斷了她的話，直接把這事給當作沒有。「這若芊畢竟是姑娘家，傳出去要受影響，大嫂，我和他爹都沒這意思。」

嚴氏是沒料到二房不想和水家做姻親，看著關氏，她的聲音更是尖銳了。「弟妹，我說妳和二弟兩個人到底是怎麼想的，這麼好的婚事說沒這意思，我也把話給妳說明白了，若不是水夫人來我那兒提過，我也懶得來妳這裡說，水家這麼好的條件，我看你們是高攀了，沒想到你們還看不上。」

關氏也有些來了脾氣，聲音漸冷地說道：「那我們是高攀不起了！」

嚴氏看了一眼一旁的沈世軒，冷哼了一聲。「這好心當成驢肝肺，我還提世軒操心這婚事，沒想到你們是瞧不上這水家了，我倒要看看你會看上誰家的姑娘。」說完就起身出去了。

明著暗著都被拒絕了，嚴氏拉不下臉，氣沖沖地回去，回到自己院子，這氣還騰騰地燒得旺呢，喝了一口茶順了氣，她對著身邊的丫鬟發洩道：「真當自己是什麼東西，生個這麼沒用的兒子還在那兒護著，這麼好的親事都不要，蠢婦！」

「夫人，您不是本來就覺得二少爺配不上水家大小姐嗎？如今是他們自己識相，若是水小姐真嫁給了二少爺，他們那不是如虎添翼了？」一旁的翠喜趕緊給她摸順著背，一面討好地說道。

「妳懂什麼，嫁給他們是如虎添翼，嫁給別人也是如虎添翼，那倒不如留在沈家，也好過便宜了別人。」嚴氏再覺得沈世軒差，對於沈家來說，和水家聯姻好處還是很大，可合適的只有沈世軒一個，所以她才氣，她這是恨不得自己能多生一個兒子出來才好呢！

「還是夫人想得周到。」翠喜聽言直誇道。

嚴氏還沒放棄這想法，想了一下開口道：「拿紙筆來，我也寫信給水夫人。」

兩天後，水若芊約了沈世軒見面，水家大小姐也是個大美人，及笄之年正是花開好時，從馬車上下來的時候就吸引了不少人的目光，款款入了茶莊內，走過了綠藤蔓的迴廊，到了約好的屋子內，沈世軒已經在了。

水若芊走了進去，丫鬟守在外面替他們關上了門，到沈世軒對面坐下，耳旁傳來幽幽的古琴聲。

沈世軒給她倒了一杯茶，水若芊接過，並不開口，沈世軒也沒有要先開口的意思，兩個人就這麼坐著喝著茶，直到那琴聲一曲畢，水若芊放下了杯子，五指輕輕地摸著光滑的杯壁，微低著頭從容道：「好久沒有見到你了，好像經常往外面跑。」

「閒來無事。」沈世軒瞥了一眼那翻滾的水。「水小姐才是好興致。」

「我認識的沈世軒可不會閒來無事就往外跑。」水若芊拿起勺子，舀了一勺熱水到一旁的壺中。

「妳找我來，有什麼事？」沈世軒盯著那水一會兒，微蹙了下眉頭，似乎是不耐這樣兩個人繼續打啞謎下去，乾脆直截了當地問。

「我娘擔心我的婚事，前些日子去了沈家提及我們的婚事，前兩天沈家大夫人捎了信給我娘，說是二夫人回絕了這婚事，我想這件事你還不知道吧。」水若芊拿起杯子，輕輕抿了一口，抬眼望著他，眼底似有流波。

「我知道。」沈世軒臉上並沒有什麼驚訝，朝著她舉了舉手中的杯子笑道：「我娘的意思，就是我的意思。」

水若芊一怔，隨即臉上一抹淡笑。「我不是說伯母的不是，我想伯母是不知道你的想法才這麼說的。」

「我娘很清楚我的想法，是我讓我娘回絕了這婚事的。」沈世軒接著說。

水若芊臉上的笑終於掛不住了，握著手的杯子微微顫抖著，水若芊輕啟了一下嘴唇。

「你，不想娶我？」

「妳與我本來就沒有婚約，大伯母她們誤會不要緊，可若是因此影響了妳的名聲和婚嫁就不太好了。」

沈世軒的話完全出乎了水若芊的預料。

他應該是不知道這件事才對，他若是知道，不應該是這樣的反應的，這怎麼會是他的主意？他的意思，他不想娶她？

水若芊很多想問的，最終都過不去心裡那個答案，她覺得不可能，所以千方百計地想為他的話找個理由，於是她抬起頭看著他，試圖去理解他的話。「你是不是還不想成親？」

「你是不是想要有所成就再談這些事，想像你大哥一樣在沈家商行裡能夠做出些事，想讓沈老爺子肯定你？」

「不是。」沈世軒看著她，看著她臉上逐漸有些慘然的神情，沒有多少的同情心。「這些都無關，娘誤會了，我就和她說清楚，還是不要耽誤了水小姐的將來。」

「沈世軒，你這是什麼意思！」良久，水若芊蒼白著臉不可置信地看著他，她會這麼認為完全是小的時候他當著大人們的面說過喜歡自己，還要和自己在一起，這麼些年下來，兩個人關係也不錯，比起那些成親當日才見面的夫妻，他們應該是幸運多了，可他現在卻說不想娶自己。

「讓水小姐誤解了是沈某的不是。」沈世軒淡淡地道歉。

「你真是太過分了！」水若芊見他這麼說，心中羞憤難當，這不就是在說一切都是她自作多情了，兒時童言無忌不作數，是她這些年來想太多了，是水家想太多了，人家根本沒那意思，虧她還想著要嫁給他。

水若芊起身打開門跑了出去，後面的丫鬟匆匆跟了上前。

屋子內的沈世軒拿著茶杯，慢慢地喝著那一杯，神情自若。

這件事很快傳到沈老爺子的耳中，本來兩家人對這件事也是樂見其成的，如今自己的孫子不願意，做祖父的倒是有些好奇其中的原委，恰逢和沈家大老爺、二老爺商量事情，沈老爺子就說起了這件事。

「小的時候還和我說，要和那丫頭在一塊兒，這轉眼就賴著說不要了。」

「我也不知道那孩子怎麼想的。」沈二爺也有些尷尬，尤其是面對沈老爺子的提問，這些年也不太管兒子，這件事上，沈二爺其實也是最後才知道的。

「我看世軒是個有主見的。」沈大爺倒是呵呵地笑著。「說不定有中意的姑娘。」

「那就讓他趕緊娶回家，整天神龍見首不見尾的，讓他多去商行裡也不願意去，還學什麼雕刻，難不成想做木工？」沈老爺子說話語氣一重就有點吹鬍子瞪眼的感覺。

沈二爺趕緊點頭，生怕他又發火。

「好了，你們回去吧！桑田那裡的地暫且擱一擱，看看別人怎麼做。」沈老爺揮手讓他們兩個出去，隨後跟在他身邊很多年的一個老管家走了進來。

沈老爺子靠在躺椅上摸了一把鬍子，臉上一抹笑，啐罵了一聲。「那臭小子！」

「二少爺常去的那莊子，有個老師傅在教人做雕刻，那老師傅不像是從金陵請的。」老管家把查到的事和沈老爺子說道。

「雕刻做了之後運去哪裡了？」沈老爺略微來了些興趣，抬頭看他。

「南塘集市最近開了一家新鋪子，左邊叫『行木』，右邊叫『香閨』，一家鋪子兩個門出入，裡面有很多這樣的雕刻品。那家莊子刻的東西，應該就是運到那鋪子裡賣了。」

「鋪子是世軒的？」

「鋪子不是二少爺的，是楚家大小姐的。」那管家繼而說道。

沈老爺子一愣。「楚家？哪個楚家？」

沈老爺子是不太清楚外頭這鬧的事情，他也沒那閒工夫，所以在聽老管家說了之後才這麼驚訝，上回聽楚家大小姐的事還是在鼎悅樓的時候，這轉眼一年多過去，自己家二小子也和那丫頭扯上關係，一聽這就是和那丫頭一起合作開的鋪子，還是以那丫頭的名義。

「你說那丫頭把她哥哥趕出去了，淨身出戶，自己去商行裡坐鎮了？」沈老爺子越聽越有趣，尤其是聽到關於楚亦瑤去討要欠款的事，終於大笑了起來。「行，行啊！那丫頭，老江啊，你要說二小子一點意思都沒有，我是不信！」

老管家臉上也浮現了一抹笑意。

沈老爺中氣十足地笑著，繼而又罵了一聲。「臭小子還想瞞著我，你去給我好好查查清楚，那小子暗地裡還做些什麼了。」

第三十二章

對水家來說，若想幾個孩子嫁得不差，其實可選擇的不多，再算算這年紀，除了沈世軒之外就是曹家的三少爺了，曹晉榮的名聲已經臭得沒有誰會把姑娘家送進去糟踐，所以沈世軒的拒絕在一定程度上卻是給水家難堪了。

外面雖然沒大的傳言，可私底下幾個夫人相聚的時候，言語之間總是會透露一些，水若芊因此大門不出，把自己關在屋子裡整整一個多月，直到水夫人實在是看不過去了，帶著她出去散散心，這已經是九月份的事情了。

而對楚亦瑤而言，這些都與她無關，從二哥離開之後她就沒閒下來過，隨著香閨生意步入了正軌，秋航又要開始了，之前還沒拿過來的一些商戶訂單，就在這幾天也紛紛送上門了，整理之餘，她還得顧著那幾家鋪子，忙得有點暈頭轉向了。

楚亦瑤是真的忙壞了，二叔和忠叔一塊兒出航去大同，商行裡的事情她就離不了身，從九月開始就是一早出門去商行，繼而去各個鋪子看一圈，忙完已經下午了。

喬從安看著她忙成這樣心疼，煲了不少補湯讓錢嬤嬤每天監督她喝下去，等商船從大同回來之後，楚亦瑤發現自己胖了。

錢嬤嬤樂呵呵著說是天冷了，衣服穿得多，看起來才顯得胖。

楚亦瑤捏了捏微肉的臉，看著那補湯愁眉苦臉地對錢嬤嬤道：「奶娘，忠叔都回來了，我不喝這個了。」

「小姐，這是補您底子的，是少奶奶尋來的藥方子，這樣喝上兩年，將來等您嫁人了，生孩子的時候您就知道好了。」錢嬤嬤在一旁勸道。哪家的小姐像自家小姐這樣忙裡忙外的，她做奶娘的還是要把她的身子照顧好。

「還要喝兩年！」楚亦瑤神情更糾結了，錢嬤嬤笑著點點頭，把藥端到了她面前。「小姐，喝完就好了，寶笙，去給小姐把蜜餞拿過來。」

楚亦瑤悶著鼻子一口喝了下去，從碟子中忙拿起一顆蜜餞送到口中，那苦澀的味道才被沖淡了一些。

孔雀匆匆走了進來說：「小姐，程家那堂小姐提早要生了，說是痛了一天了，還沒生下來。」楚亦瑤剛剛拿起第二顆蜜餞。「不是一直好好的嗎，下月才生怎麼提前了？」

「說是動了胎氣，昨夜開始痛的。」孔雀把知道的消息都說了一遍。

一旁的錢嬤嬤聽了嘆息了一聲。「那可要吃大苦頭了！」

楚亦瑤不語，連吃了三顆蜜餞之後把盤子推了推。「奶娘，把賀禮準備一下，等生下來了再送過去。」

那邊的程家楚妙珞的院子裡忙成了一鍋粥，產房裡不斷傳來楚妙珞的痛喊聲，屋子裡兩個穩婆也有些著急，晚上開始痛，到了後半夜，楚妙珞就走不動了，羊水破了後到現在這孩子都推不出來，因為是早產，這子宮口開得也不夠大，生得著實費勁。

一旁的穩婆拿起一片人蔘放在她舌頭上，提醒道：「少奶奶，您憋著氣，別張口喊掉了。」

楚妙珞疼得快聽不進去，胡亂地點點頭，順著穩婆說的憋氣用力。

不過這孩子始終是沒見頭，穩婆也沒了辦法，只能讓楚妙珞再休息一下，等會兒再用力，可那一陣一陣的痛傳來，哪裡有她想好好歇著的機會，楚妙珞滿臉的汗拽緊著被子，痛喊了一聲。「我不生了，邵鵬，我不生了。」

屋外的程邵鵬聽著那一聲聲的痛喊，心疼得厲害，走到門口想要進去，被外面的嬤嬤攔了下來。

「大少爺，這產房血腥，您是不能進去的。」

「邵鵬，你別添亂，這生孩子都是這樣的，你一個大男人怎麼可以進去！」院子中的程夫人開口道，聽著那一聲聲的痛喊不為所動。

程邵鵬走到了她身邊，臉上有些焦急。「娘，妙珞都疼成那樣了。」

「都這樣了還能不生嗎？生孩子都這樣的，娘當年生你的時候疼得比這還厲害，還不是把你給生下來了。」程夫人瞥了程邵鵬一眼。「昨晚你也在這院子裡，好好的為何會提前要生了？」

程邵鵬臉頰微不可見地紅了一下，他瞥向那裡出來的丫鬟。「我也不知道，這些天妙珞都睡不好，我就在她屋子裡陪著她睡著了再走，沒想到才剛躺下沒多久，她就開始疼了。」

「就是陪著她也不用遣散了所有的丫鬟，你不知道也就算了，她這都快要生了的人，怎麼也不知道！」

程邵鵬面對程夫人的教訓連連點頭，眼神微閃想要掩蓋什麼。

程夫人聽著那喊叫聲眉頭一皺，叫來了林嬤嬤吩咐了幾句，回頭對程邵鵬說：「你親自去一趟楚家，把楚二夫人請過來。」

程邵鵬確實想找機會離開一下，一聽程夫人這麼吩咐，轉身就出了院子，臉上越發地燒得燙。昨晚真的只是個意外，之前這麼多晚都沒事，但這些事是絕對不能告訴娘的，程邵鵬一面想著，一面出了程家……

肖氏趕到的時候已經是半個時辰之後的事了，下馬車的時候肖氏險些站不穩，這生孩子的時候沒有把娘家人請過來的道理，除非是人不好了、要去了，才會去叫娘家的人來，想到自己的女兒是要有什麼意外了，肖氏一雙腿走路都有些發軟。

到了院子內，程夫人還在，肖氏聽著屋子裡女兒的痛喊聲，和程夫人提議道：「要不讓我進去瞧瞧吧，這孩子從小就怕疼，也是頭一胎。」

程夫人點點頭，畢竟是人命關天的大事，派人帶肖氏去淨手過後送進了產房內。

也許是有娘在身邊鼓勵的緣故，半個時辰之後，產房內就傳來了穩婆的一聲——

「生了！」

程邵鵬高興地和程夫人對看了一眼，兩個人走到門口，沒多久穩婆就抱著孩子出來了，只要是順順利利生下來的，那都是喜事，所以穩婆抱著孩子對程夫人恭喜道：「恭喜程夫人，是個小千金呢，您看這水靈的。」

剛出生的孩子本來就皺巴巴的，再加上是早產，在楚妙珞肚子裡待的時間比較長，嬰兒的臉色有些微青，程夫人一聽是女兒，就只是拉開被子看了一眼，抱都沒抱就差人去拿紅包送給穩婆了。

倒是程邵鵬，從穩婆手中接過孩子抱在手中掂了掂，那嬰兒嗯了一聲，程邵鵬臉上便浮現了一股滿足，這就是做爹的感覺啊，小小軟軟的抱在手中，一刻都不敢鬆懈。

產房內楚妙珞得知耗盡所有力氣生下的是個女兒的時候，整個人癱在肖氏懷裡，流著眼淚喃喃道：「娘，不是兒子。」

「那都是妳的孩子，在妳眼裡哪有女兒、兒子之分！」肖氏擦著她的眼淚安慰道，在娘的心中都是從自己身上掉下來的肉，是男是女都得疼著。「養好了身子再懷。」

「可邵鵬會不會……」楚妙珞還是怕不是兒子綁不住丈夫的心。

肖氏摸著她的頭勸道：「你們都還年輕，生男生女都一樣，他怎麼會因此薄待妳。」

話音剛落，程邵鵬就抱著孩子走了進來，不顧門口婆子的阻攔，抱到楚妙珞面前笑著對她說：「妙珞妳看，我們的孩子。」

楚妙珞微仰頭看了一眼，襁褓中的孩子睡得很安穩，最終她對著程邵鵬露出一抹笑。

「嗯，我們的孩子。」

肖氏見此悄悄地走了出來，屋外程夫人已經離開了，她還有很多事情要忙。

梅香帶著奶娘走向這邊，對著肖氏行禮。

「去吧，好好照顧小姐。」肖氏吩咐完很快也回去了，如今孩子也生下了，該是什麼都別想地先養好身子，三日後洗三還得過來。

楚家也在受邀之列，楚亦瑤沒去，喬從安回來之後告訴她，程夫人對堂姊生的是個女兒很高興，那程府上下的人大概除了堂姊之外，誰都覺得生的是女兒好，長子出在誰肚子裡，誰今後說話才有分量，程夫人自然希望這個嫡長子是李若晴生的，親上加親。

「大嫂，這天都快冷了呢，也不知道淮大叔在金陵住不住的習慣，前些天他還跟我說，這天冷了腿腳就有些疼。」

喬從安笑看著她不語。

楚亦瑤繼而又哭喪著臉說：「明年年初忠叔他們又該去大同了，我一個人怎麼忙得過來，要是有個人能來幫幫我該有多好，我都沒時間教應竹。」邊說著還不忘記偷瞄喬從安的反應。

喬從安哭笑不得地看著她，這可不是第一回了，楚亦瑤有事沒事總會在她耳邊提起淮山的事，說他多可憐，一個人過得多難，有一回還說淮山被住在隔壁的一個掌櫃家的胖女兒看中了，天天在他家門口守著，嚇得他半個月都不敢回去。

「行了，讓他來這裡過年吧。」喬從安掐了她一把。

楚亦瑤脆生生地應了聲「噯」，叫上了寶笙跟著自己即刻出門，邊走不忘記和喬從安喊道：「這馬上要過年了，家裡事情多，可別讓大叔白吃白住，讓他過來幫忙。」說完生怕喬從安反悔，很快就消失不見了。

走到了門口，楚亦瑤心裡打著小主意，提前一月住進來，以後就不搬出去住了唄！這所有人都只知道大叔是嫂子的親哥哥，這樣住進楚家來也不會惹人非議，越想越覺得自己這主意不錯。

楚亦瑤拉開簾子要車夫先去香閨，臨近年關，這鋪子裡的貨不能斷，若是缺什麼及早告訴沈世軒，他也有時間可以去莊子裡安排。

馬車很快到了鋪子門口，楚亦瑤下了馬車走進鋪子內，上了二樓，那兒有兩個客人在挑燈罩，楚亦瑤給他們介紹了幾樣，樓下的夥計上來找她，說是隔壁好像有貴客到了。

楚亦瑤把客人交給夥計，走去行木，一個上了年紀的老人手放在後背，正站在一個大的木雕前看著，身後跟著一個老管家。

「老人家，您看的這些都是書房內的擺設，這個是我們鋪子裡賣得最好的一樣，如今應該就剩這一個了。」楚亦瑤走到他旁邊，給他介紹他面前的幾座木雕。

老人抬頭看了她一眼，眼底帶著一抹探究。「小姑娘，這做生意，賣光了可就不賺了。」

「您說得是，不過東西多了也就不值錢了。」楚亦瑤笑了笑，指著他看的木雕說：「這一共也就十座，賣完了這樣一模一樣的，至少在我們鋪子裡肯定是沒了。」

「那若是別的鋪子裡有呢？」老人低頭看了一眼那木雕，起身在這鋪子裡看了一圈，起步要走去二樓。

「老人家，這賣胭脂水粉的，一家賣完了，即便是一條街上別的鋪子也會有，這不是恰恰說明了賣完的那家東西做得比別家的要好，所以說，即使去了別家買，這木雕也不會與我們這裡的一樣。」楚亦瑤說得信心十足。

老人回首看了她一眼，忽然朗聲笑了。

「好，我這裡有一筆大生意，就是不知道你們這裡做不做得來了。」老人說完，就讓那老管事拿出了一張銀票。「這裡是五百兩銀子，我要在你們這裡訂一件雕刻，交貨之後另外支付一千兩。」

楚亦瑤起初就覺得這老人家氣質不凡，見他拿出銀子是要談生意，很快反應過來，命人沏茶，把他帶到了三樓。

剛剛裝修好的雅座，如今還沒什麼客人，楚亦瑤選了一間視野開闊的請老人進去坐。

「老人家，我該如何稱呼您？」

「妳叫我陳老就行了。」陳老坐了下來，把銀票放在了桌子上。「這是訂金。」

「陳老您先別急，銀子的事可以慢慢談，您還沒告訴我，您想要的是什麼東西。」楚亦瑤並不急著拿銀子，親自給他倒了一杯茶。

「老伴佛堂裡缺一尊佛像。」陳老見她不驕不躁的模樣，眼底閃過一抹讚賞。

楚亦瑤點點頭，命人帶上來了紙筆，抬頭對陳老說道：「是要觀音像嗎？」

楚亦瑤記好了觀音像的大小和要求之後，問過了何時需要，這才和陳老說起了關於各種木材不同的價格。

「陳老，我們這鋪子有個規矩，像您這樣私下的單子，我們要另外加兩百兩的費用，另外我還要和您說一下，我們這裡可供您選擇的木質，您是要黃花梨的還是紫檀木，我們這裡還有黃楊木，酸木這些，或者您只是需要普通的？」

陳老聽著她的介紹，隨即說：「自然是要最好的黃花梨。」

「那這一共需要兩千兩銀子，陳老您可以先付個訂金，等取貨之後再付剩下的，按照您的時間來看這是足夠的，不過若是有什麼意外，貨到晚了，您可以不要這佛像，我們會把這訂金退還給您，您看如何？」楚亦瑤邊說邊把契寫了下來，推給陳老過目。

數十行字清清楚楚地寫明陳老的要求以及這價格，陳老看著楚亦瑤那從容的笑意，這即便是用黃花梨來雕刻，他本來說的一千五百兩，他們也能賺一大筆了，沒想到這丫頭的心這麼狠，還要往上加五百兩。

「兩千兩銀子買這一尊觀音像，丫頭，妳這可是獅子大開口。」陳老拿著筆不急著簽，抬頭笑咪咪地看她。

「陳老，為您雕刻這觀音像的是我們這裡最好的師傅，您也看到了我們這鋪子裡賣價高的一些都是出自他之手，若他花三個月只為您雕塑這一座，這三個月他手上便不再會有別的東西拿到鋪子裡來，這其中所關係到的肯定不止這加上去的五百兩銀子，再說了，陳老您會來我們這裡，也是看上我們這裡的技藝，只要東西讓您滿意，相信您也不會在意這價格的高低。」

楚亦瑤說得頭頭是道，至於這裡的東西是不是都出自最好的師傅，那也都是她說了算的，而且雕刻的還是佛像，這等虔誠的事情，再講價也沒什麼意思。

「這裡是一千兩的訂金，到時候會有人來取貨。」陳老又拿出一張銀票放在桌子上，帶著老管事下去了。

楚亦瑤把他們親自送到了門口。

上了馬車，陳老看著那張紙，臉上始終掛著一抹笑意，把那紙給了一旁的老管事。「你看如何？」

老管事想了想最終開口道：「略顯莽撞。」

陳老笑著，臉上是少見的慈目。「老江啊，這就是初生牛犢不怕虎，咱們如今可不敢這麼做生意，可她敢啊。」

楚亦瑤很快派人把一筆單子的消息送去給沈世軒，剛好隔著過年，這時間還是緊湊的，上好的黃花梨若是這邊沒有的話，還要去別的地方找。她這要價是狠了些，但看那老人家一開口就是一千五百兩，而且眼睛都不眨一下，這兩千兩對他來說也絕不是什麼問題。

楚亦瑤正和掌櫃說著事，門口傳來了曹晉榮的聲音——

「楚小姐這鋪子生意可好？」

幾個還在鋪子裡看的人一見是曹晉榮，紛紛掖到了一邊去，生怕惹著這位混世魔王。

曹晉榮走進鋪子，隨意地看了兩眼，目光落在了楚亦瑤身上，嘴角揚著笑誇道：「楚小姐真會做生意。」

「多謝曹公子誇獎，曹公子隨便看。」楚亦瑤看這時間也該去淮大叔那兒了，吩咐完了事情，打算離開鋪子。

「楚小姐，妳這是瞧不起我曹晉榮了，既然來客人了，妳這做老闆的不是應該帶著本公子到處看看走走。」曹晉榮一舉扇子，攔住了楚亦瑤的去路，指了指屋子裡擺放的東西道，頗有架子。「妳還不給本公子介紹介紹。」

在楚亦瑤眼裡曹晉榮就是個十足的小人，最好還是別得罪他，否則自己哪裡來有多餘的時間去應付，於是楚亦瑤臉上浮現一抹笑。「曹公子喜歡什麼？」

「妳這裡的我都不喜歡。」曹晉榮嘖嘖了一聲，抬頭看向二樓。「妳還是帶我去樓上看看吧，楚老闆。」

楚亦瑤的眉頭微不可見地抖了一下，還是帶著他去了二樓。

曹晉榮左看看、右看看，也沒覺得哪個好，拿起一個放下一個，玩兒似的。

「楚小姐最近比本公子都要出名了，我們這酒樓裡邊，吃飯的人都會提起楚家的大小姐，巾幗女英雄啊。」

過了一會兒，曹晉榮拿起一個煙斗，對上面的雕文有了些興趣，放下之後回頭看站在樓梯口的楚亦瑤，臉上的笑意瞧不出意味。

「妳二哥被妳趕出府去了，我這小妾好像挺傷心的，我看她信也不寫了，琴也不彈了。」曹晉榮忽然朝著她走過來，手中拿著一把長長的戒尺，直接要用戒尺去挑楚亦瑤的下巴。

「曹公子，請您自重。」楚亦瑤伸手撥開了那尺子，聲音漸冷。「若是曹公子對楚暮遠有什麼意見，不如你直接去找他說來的好一些，這些話我就不替你傳達了。」

「他是妳二哥，我找不到他，只能來找妳了，妳說，妳哥哥這麼大的膽子敢和我的小妾來往，我是不是應該考慮和他妹妹多來往一下，扯平這件事呢？」曹晉榮看楚亦瑤閃避的樣子就覺得特別有趣，出言也放肆了起來。

「曹公子弄錯了吧！鴛鴦是你的妾，可不是你妹妹，按你這麼說，我可以將我哥哥院子的通房給你送過去。」楚亦瑤見他這輕挑的樣子，有些不屑地說：「這樣也如了曹公子的願，扯平了。」

「妳信不信我！」曹晉榮忽然凜起神色喊道，他就是見不得別人這麼激他，楚亦瑤求饒也好，示弱道歉也罷，就是不能這神情看著他，像看一個跳梁小丑。

「怎麼，曹公子是打算找人打斷我的腿，還是毀了我的容，還是乾脆要了我的命？有曹家在，曹公子果真是可以為所欲為，鴛鴦的事情若非有你縱容，她怎麼會送得出這信，曹公子想看戲那就有看戲的規矩，不必再到我這裡說什麼。」楚亦瑤不客氣地替他接上了話，她心中還憋著一口氣呢，自己後院不看好，回頭找別人麻煩算什麼意思。

曹晉榮先是一怔，隨即眼底染上一抹慍怒，低沈了聲威脅道：「妳說楚暮遠若是知道了這棒打鴛鴦的就是他妹妹，妳說他會是什麼反應？」

「那正好，曹公子就去找到我二哥再親口告訴他，順便也好讓我知道他是不是還活著，多謝。」楚亦瑤說得無所謂，轉身下樓，出了鋪子，上馬車去往淮山家。

等曹晉榮下來的時候，馬車已經走遠了。

站在鋪子門口，曹晉榮看著那車尾，臉色黑沈……

第三十三章

淮山終於搬進了楚家，楚亦瑤一到他那裡就催著他收拾東西，收拾完了馬上去楚家，多留一個晚上都不行，等收拾完東西到楚家，已經很晚了。

到了安排好的院子，淮山在一旁收拾東西，看著坐在那裡一臉氣鼓鼓的楚亦瑤，好笑道：「丫頭，妳在氣什麼？」

她這是越想越氣，就因為鴛鴦的事和曹晉榮扯上些關係，那傢伙就時不時拿這事來威脅自己，非得看著別人家雞犬不寧了他才高興呢！

「沒什麼，遇到一個二世祖，沒教養！」楚亦瑤哼了一聲，這才發現自己忙了一下午到現在都沒吃什麼，抬頭看淮山。「大叔，您想吃餃子嗎？我讓廚房包一些煮了送過來。」

淮山看她一會兒晴，一會兒雨的樣子，無奈地點點頭。

楚亦瑤吩咐下去，站起來在屋子裡走了一圈，看他為數不多的行李。「大叔，這些年您就這些東西？」

「這已經算多的了，以前時常要走動的，這麼多東西帶了也沒用。」那些年淮山都是一匹馬，馬上掛著行李到處走的，怎麼可能幾大箱子的來去。

楚亦瑤一面想著，一面說：「以後在這裡住下了，大叔也可以有很多東西，這個院子就給您一個人住，我想您也不習慣有人伺候，就只給您安排了一個嬤嬤、一個婆子，幫您打掃打掃。」

這就是家的感覺。

淮山看著楚亦瑤在他一些行李間看來看去，臉上浮現一抹溫和，雖然沒有見到阿靈，但是這丫頭會接他過來，肯定是得到了阿靈的應允，這樣就夠了，他求的真的不多，能夠像一家人一樣在她身邊照顧她，已經足夠了。

平兒很快把餃子送過來了，還配了幾個小菜，兩個人吃完之後，楚亦瑤回了怡風院，累了一天，孔雀早早替她準備了泡湯的水，楚亦瑤瞇著眼睛泡了一會兒，躺下之後很快就睡著了，一夜無夢……

十二月十八這日，秦滿秋出嫁，楚亦瑤因為和兩家都走得近，應了秦滿秋說的讓大嫂去秦家，自己則去王家參加喜宴。

楚亦瑤到的時候王家的迎親隊伍已經出發了，王夫人在門口迎著客人，滿臉的笑意。帶路的丫鬟把她帶到招待客人的閣樓裡，楚亦瑤意外地看到了二嬸和堂妹，肖氏正在那裡熱絡地拉著女兒給人家介紹，逢人都說這王家的孩子個個都是出色的，尤其是王家三少爺，還把自己落水的女兒給救上岸呢！

楚亦瑤想避還避不過去，肖氏很快看到了她，熱情地朝著她招手。「亦瑤啊，妳也來啦，快來二嬸這裡。」

「二嬸您也在這裡啊。」楚亦瑤和旁邊的兩位夫人打了招呼。

肖氏笑著說：「是啊，王家給我們發去的帖子呢！我就帶妙菲來了。李夫人，這就是我說起的亦瑤，我們妙菲啊，就是去她家參加侄媳婦的生辰時不小心落水的。」

肖氏三句不離王寄林英勇救了自己女兒的事，恨不得是所有人都知道王家三少爺在大五月的天，從水裡把自己閨女濕漉漉地撈起來了，這王夫人還請她們來參加婚宴呢，兩家人的關係啊，可親了。

「二嬸，您在這裡聊，我出去走走。」楚亦瑤有些待不下去了，今天這麼多人在場，王夫人要是知道二嬸這麼到處嚷嚷這件事，估計會氣得不輕，聽多了人家不就意會出一些意思來，這一救，說不準又是一段姻緣。

「唉，好好。」肖氏本來想要她帶著楚妙菲一塊兒，一想到這裡夫人多，自己女兒展示的機會多，也就笑著放楚亦瑤走了。

出了這閣樓，楚亦瑤問了花園的方向，帶著孔雀走了過去，正巧在一座亭子裡看到了王寄林。

「一個人在這裡做什麼呢？等會兒花轎可來了。」楚亦瑤走進亭子說道。

背對著的王寄林忽然身子一聳，轉身看到是她臉色才好一些，有些沮喪地坐在那裡。

「又不是我成親，做什麼每個人都覺得我應該興高采烈的。」

「不像你啊，王大哥成親當時，整個王家最高興的就是你了，比新郎官王大哥還高興。」楚亦瑤坐到他對面，石桌子上放著幾盤果子也沒見他動。「說吧，為什麼不高興？」

王寄林看著楚亦瑤，一臉不情願地開口道：「娘竟然還把她們請來了，我們家和她們家什麼關係都沒有。」

楚亦瑤一聽就明白他說的是二嬸和堂妹，不過她也好奇她們為什麼會來。

王寄林憤憤地拿起一顆核桃，往板子上一放，一旁的榔頭拿過來一砸，「喀啦」一聲，核桃四碎開來。

「娘說因為她們送了謝禮又送了年禮，二哥剛好是這日子成親，若是不請也說不過去，說是多兩雙筷子的事情，但她們也太大驚小怪了，早知道我就不跳下去救了，淹死她算了！」王寄林沒有要吃的意思，又拿起一顆要砸，一面舉著小榔頭對楚亦瑤抱怨。

楚亦瑤拿起他砸開的吃了起來，一面很不客氣地笑著。「王夫人這是知禮節，她們是感謝你的救命之恩啊。」

「誰救了不都一樣，大驚小怪，她還推我下去啊，一看就是不想被我救，現在還來感謝什麼，妳知不知道，抱起來的時候重死了。」

楚亦瑤看他動動嘴巴，知道他又要說豬一樣的人，忙在他面前放了幾顆核桃。「那可不一樣，說不準人家現在反悔了。」

「反悔什麼？」王寄林狐疑地看著她。「妳別這麼笑，妳這麼笑我覺得特別恐怖。」

楚亦瑤恨不得拿針縫了他的嘴，說話從來都不經腦子的，深吸了口氣，她手裡握著兩個核桃，頗為神秘地說：「反悔啊，你這麼見義勇為，又這麼英俊瀟灑，你說，是不是好女婿的人選……」

「妳胡說！」王寄林打斷了她的話，急道：「我娶她，開什麼玩笑，別作夢了。」

楚亦瑤憋著笑，繼續忽悠道：「本來你們是沒什麼關係，可是你想啊，你救了她啊，這五月天的，衣服本來就穿得少，一浸濕這不就更透了，人是你抱上來的，女兒家的名聲可受影響了。」

王寄林臉上的神情瞬間就不對了，他試圖在楚亦瑤臉上找出她是開玩笑的，可楚亦瑤說得一本正經，末了還有些擔憂地看著他。

「寄林哥，你沒事吧？」

「妳從來沒喊我哥哥過。」良久，王寄林喃喃地說了一句。「妳現在喊我哥哥，肯定是沒好事！」

楚亦瑤對他奇怪的分析能力實感難以理解，不過隨著王寄林臉上的擔憂越來越深，楚亦瑤想想還是不要再逗他了，否則他真的會跑去跟二嬸說點什麼。

「其實……」楚亦瑤正要說時，他們身後傳來一陣笑聲。

王寄林抬頭一看，幾個少爺結伴往這邊走來，帶頭的那個看到王寄林便高興地喊道：「王兄，我有個好消息要告訴你，你出名了！」

王寄林對此提不起興趣，不過那幾個人卻不在意他的反應，他走過來一拍王寄林的肩膀，邊笑邊說：「你猜我聽到什麼了，多日不見你成大英雄了啊，英雄救美啊，我娘都提起你了，接下來你是不是要抱得美人歸了？哈哈哈……」

王寄林直接站了起來，推了那人一把，怒氣沖沖地跑開去了，楚亦瑤站起來想攔他都攔不及。

「這不是楚家大小姐嗎？」那人見王寄林跑開了，直接看向了楚亦瑤，又對旁邊的人說：「噓，可別惹這主，哥哥都敢趕呢。」

「是啊，所以你最好別惹我，我連哥哥都敢趕走，我敢做的事可多了！」楚亦瑤哼了一聲，正打算要去追王寄林，怕他做出什麼來。

但那人被嗆得氣不過，又說：「妳這麼厲害，未婚夫都被人搶了，怎麼不去搶回來？」

「難道我被狗咬了還得去咬回來不成。李公子，勸勸你，沒曹家那個底子就別學人家曹公子，我看你現在像地痞流氓還多一些。」楚亦瑤不客氣地說，有些人看曹晉榮這二世祖出名了，也想跟著學學，可惜他沒有個曹家在後頭頂著，學了個四不像。

「妳給我站住，說誰地痞流氓！」李少爺在楚亦瑤身後大喊道。

楚亦瑤轉個彎過了走廊，朝著他忽然笑了，亮聲道：「誰答應誰就是唄！」說完，趕緊朝著王寄林跑走的方向追去。

可楚亦瑤最終還是去晚了。

王寄林本來是不信楚亦瑤說的話，她從小到大也沒少作弄，可後來李家少爺再這麼一說，王寄林就信了，這一信他就急了，一急，他就要找人說明白這事，救歸救，誰說要娶了。

於是，楚亦瑤趕到的時候，王寄林正在閣樓裡當著眾夫人的面，對已經嚇愣掉的楚妙菲大喊道：「我不會娶妳的，妳別作夢了，要是救了妳就要娶妳的話，打死我也不會跳下去的，妳煩不煩，要是乞丐妳嫁不嫁？」

王寄林的嘴巴很毒，這是楚亦瑤一直都知道的，可她很少見過他這麼大庭廣眾之下不給人面子，他是真的生氣了，他不過是做了一件舉手之勞的事情，為什麼有人是非這麼多，偏偏要拿出來說個沒完。

楚妙菲直接給嚇哭了，一旁肖氏也嚇傻了。

楚亦瑤趕緊進去拉住他，低聲喝斥道：「你幹什麼呢，這麼多人。」

王寄林掙脫她的手不滿道：「我剛才進來的時候還聽到她說我救了她女兒的事情，這有什麼好說的，張大哥還救了妳表姊呢，妳表姊年紀還比她大呢，人家怎麼一句話都沒說過。」

「那你也不能當著這麼多人的面給人家難堪啊，今天可是你二哥成親！」楚亦瑤扯了扯他的衣服提醒道。

王寄林這一通亂喊說完之後洩憤了，也開始意識到自己做得過分了，但哪裡還下得來臺面。

看著已經泣不成聲的楚妙菲，王寄林僵著臉色，甩下一句話——

「反正以後不要再提這件事了！」說完，王寄林很快走出去了。

一屋子的人，除了楚妙菲的哭聲外，維持了很長時間的安靜，最終還是楚亦瑤打破了這個安靜——

「二嬸，要不您帶妙菲出去走走吧？」

她一說完，別的夫人也開始安慰了起來。

肖氏已是滿臉尷尬，誰能想到王家的三少爺是個這麼「直」的人，這樣的話也敢跑到這裡來當著這麼多人面說，她是半句都不知道怎麼接，更何況王夫人還不在。

肖氏趕緊帶著女兒出去了，楚妙菲哭得傷心，她完全是被王寄林給嚇怕了，出了門口抽搐著，一哽一哽地說：「娘，太可怕了，我才不要嫁給他。」

楚妙菲不說還好，這話一說，很多夫人臉上的神情就有些微妙了，難不成果真如王家三少爺說的那樣，救了一下就想賴著人家不放，嫁進王家來了？

楚亦瑤看她們低語著，轉身出了閣樓，二嬸本來還指望藉此機會即便不進王家，也能給女兒好好宣傳宣傳，可現在看來，她這再找一個佳婿的想法，恐怕是要落空了……

沒多久迎親的隊伍就回來了，天色微暗下，楚亦瑤站在迴廊上，看著門口那王寄霆拿著紅綢在前，身後慢慢地走進來喜娘扶著的秦滿秋，嘴角揚起一抹笑，周圍盡是歡呼聲。

楚亦瑤往下走，走院子裡想看看喜堂，迎面忽然走過來兩個人，為首的是嚴城志……

楚亦瑤臉上的笑容一滯，袖子底下的拳頭一握，眼底還是洩漏了一抹情緒，若說她一點都不恨那也是自欺欺人，再厭惡楚妙藍，都及不上楚亦瑤對嚴城志的痛恨，他的猶豫，他的懦弱，他的背叛，還有嚴家和二叔合夥傾吞了她楚家三分之一的家產。

忽地楚亦瑤身後傳來一聲喊叫——

「找到妳了！」

楚亦瑤回頭一看，李少爺氣急敗壞地朝著她走過來。

他迎面一句話。「妳說誰地痞流氓！」

此刻楚亦瑤反倒是慶幸有人喊了她，回頭看著李少爺，楚亦瑤笑著回道：「誰應了就是說誰，李公子，你這心眼可比針尖還小。」

李少爺臉上一紅，咒道：「我心眼小，我看妳才惡毒！」

一旁傳來嚴城志的聲音，他走到了李少爺身邊笑著勸道：「李兄，和一個姑娘家這麼鬥嘴可不厚道。」

「你是不知道她剛剛說話有多過分！」李少爺不服氣地說，又覺得這麼多人自己再說也丟面子，於是朝著楚亦瑤哼了一聲。「我不和妳計較。」說完人就走了。

嚴城志見他走了，轉頭對楚亦瑤溫和地說：「楚小姐，李兄他就是這麼一個直來直往的人，妳可千萬別往心裡去。」

在外人面前永遠是一幅溫柔謙和的樣子，若不是嫁過一次，楚亦瑤根本不會知道眼前這個男人有多麼懦弱，初嫁進去那幾年兩個人關係還不錯，楚家還沒有完全倒下，她手上還有楚家三分之一家產的嫁妝。

但就因為她遲遲不孕，嚴夫人塞了一個又一個的通房，嚴城志愣是按照嚴夫人的吩咐，一月有一半的時間都在那些妾室那裡，半句話都不敢反駁嚴夫人，可那一群妾室也都遲遲不孕。

後來她懷孕生下了薇兒，楚妙藍住進嚴府，兩個人的關係就變了，楚家出問題，她不得不把手裡的家產都拿過去補救，可她沒料到的是，這一補救，竟然是補救到了二叔和嚴家手裡，幫著擴大了嚴家的產業，讓他有幸在金陵四大家中占有了一席之地。

這一切並沒有得到他的半點感激，她沒有娘家了，在嚴家孤立無援，所以他肆無忌憚地開始和楚妙藍私通，他沒有下手害她，是因為他覺得自己根本不成威脅。

若非有嚴家老夫人在，他和楚妙藍不知道還會做出些什麼事情來。

「楚小姐？妳沒事吧？」嚴城志又喊了她一聲。

楚亦瑤回神淡淡地瞥了他一眼，轉過身看向了喜堂。

身後的嚴城志對她這態度感覺有些奇怪，這楚小姐身上分明的疏遠之意好像是針對他似的，一旁同行的朋友拉了拉他，嚴城志看了她一眼，跟著朋友離開了。

良久，新人入洞房，楚亦瑤回頭看，人早就不見了，她該當這些是一場噩夢，在重生醒來的那一刻，那一切和嚴家有關的是是非非都和她無關，她是要守住楚家，而非去報復他。倘若這輩子嚴家還想要伸這手，那麼她也會毫不客氣地舉刀剁了它！

楚亦瑤去了新房看了一下秦滿秋，裡面都是王家的人，楚亦瑤站在門邊瞧了一下就離開了，到前院，還能聽到關於王寄林下午的時候那一番豪言壯語。

而這豪言壯語的主角，此刻不曉得躲哪裡去了，楚亦瑤同樣沒看到二嬸和楚妙菲。

酒宴散了之後，她坐上馬車回楚家，大街小巷中還能聽到鞭炮聲，新年的氣氛愈加濃烈。

臨近年尾楚家也忙碌得很，二十九這晚，楚亦瑤還在商行裡忙著看各個商鋪送上來的帳，今年算上討要回來的這些銀子，基本上能還清秦伯伯那兒的銀子了，楚亦瑤放下筆，揉了揉脖子，對著對面的楚忠說：「忠叔，明年是好的開始啊。」

「大小姐辛苦了。」楚忠也覺得高興，回來兩年多了，終於看著商行有起色，比起這兩年的擔憂，明年開始要好轉了。

「大家跟著一塊辛苦的。」楚亦瑤從抽屜裡拿出一個盒子，推到了楚忠面前。「忠叔，前兩年商行裡拿不出這銀子，亦瑤也就厚臉皮地賴了，這是今年的，您收好了。」

楚忠打開那盒子，裡面是十錠的銀子，放了滿滿一小盒子！

他抬頭，詫異地看著她道：「這我不能收。」

「怎麼不能收了，商行裡現在總管事是沒有定，但忠叔所做的又豈是一個總管事的頭銜可以論斷的？沒有您也就不會有今天的商行，這些東西是您應得的。」五百兩銀子又怎麼足夠表達楚亦瑤對他的感激，但就是這麼些銀子，楚忠還覺得太多了。

「大小姐，我一個人過著也用不了這麼多，這銀子您還是拿回去吧。」楚忠推說不要。

楚亦瑤搖搖頭。「忠叔，就算您不要，當初跟著您一塊來的幾個管事，他們總要養家餬口，這些銀子您多拿一些，他們少拿一些，也算是感謝他們這幾年的辛苦。」

楚忠聞此言，便也不再說什麼了。「那我就替他們收下了。」

「忠叔，這個家早晚要交給應竹，可應竹如今太小，將來等他管這些事的時候，還需要忠叔您在他身邊多指點指點。」

「小姐，二少爺他真的不回來了？」楚忠也不希望大小姐把所有的時間耗費在商行裡，難道她就不嫁人了？

「誰攔著他不讓他回來了，是他自己不想回來。」楚亦瑤淡淡地說：「王家二少爺都成親了，他就是打算在千佛寺出家了，我也不會說一個不字。」

楚忠想了下，開口說：「不少人在說楚家今後是要招婿的，這樣大小姐才能繼續在商行裡坐鎮下去。」

「不會有那個機會再讓外人進到楚家來插手楚家的事，我就算一輩子不嫁人，也不會招婿。」那些說招婿的人，還不是想讓自己兒子娶她，好理所當然地到楚家來，分一杯羹。

「大小姐，您若是不嫁人，那老爺、夫人才要急死了。」楚忠也怕楚亦瑤真為這些事斷了自己的姻緣，那他才真的是愧對老爺了。

「現在還早呢，忠叔您急什麼，您這都還沒娶親呢！」楚亦瑤起身在架子上看了一下，拿下了厚厚一本冊子，上頭還積著灰，好奇地打開來看，裡面是楚家過去那些年來所進過的瓷器種類樣式。

過了年都十四了，也不早了啊！楚忠看著她低頭找著，嘆了一口氣。

「忠叔您看這個！」楚亦瑤翻了一半，指著其中一個瓷器。「原來我們這裡也進過這種，為什麼後來就不進了？」

楚忠站起來一看，那是楚老爺還在世的時候進得比較早的瓷器了。「賣得不好，不少商行也進過這個，但都賣不出去，所以進了兩回就不進了。」

「沒道理啊……」楚亦瑤喃喃了一句，她明明記得前世這樣形狀的瓶子賣得很好，不過那時候楚家商行已經破產了，這東西還是嚴家首先進了賣的，加上從楚家撈的資金支持，地位才上升得這麼快。

腦海中忽然有什麼閃過，楚亦瑤重新翻回了封面，看著上面的幾行大字，又仔仔細細一頁一頁翻下去，爹和娘當年的眼光是很不錯的，那些老的瓷器不論是樣式和外觀都很不錯，只不過流行也是一陣一陣的，所以所進的東西才會有所更換。

足足翻了上百頁，楚亦瑤在其中看到了七、八種較為眼熟的，這些都是她出生之前楚家商行就不再進的東西，她會覺得熟悉，是因為前世這些東西又被翻出來重新流行的一番。

楚亦瑤深吸了一口氣，抬頭問楚忠：「忠叔，是不是每家商行都會有這樣的東西？」

「那也未必，這是夫人自己整理的，裡面還有一些是我們商行裡沒有進過的，但別人有的，夫人在上面都會有標記，夫人走了之後，這東西就由老爺幫忙記著，後來老爺身子不適就放在那裡沒再記了，大少爺也只是把我們商行裡進的添進去。」

楚夫人過去有這樣的喜好，喜歡去很多賣瓷器的鋪子裡逛，有什麼新的、楚家沒有的，就都買回來記上，所以這前半本的東西十分詳盡，囊括了那些年所有的瓷器種類。

這本東西在楚家商行倒閉之後，應該是落到了嚴家手中，確切地說應該是落到嚴老夫人手中，經由改良，嚴老夫人把很多年前流行的東西又拿出來賣，憑藉這冊子中的記載，嚴家商行裡的瓷器才能夠領先一籌。

可她卻全然不知。

「忠叔，這本東西二叔知不知道？」楚亦瑤略有些激動，時機一到，這些東西當初為嚴家帶來了多少的利潤，就一樣能為楚家帶來多少。

「二爺的屋子是在樓上，這裡本來是大少爺的。」楚忠想了想搖搖頭，後來二少爺坐在這裡的時候也沒對屋子裡的東西翻開過，所以他也應該是不知道的。

楚亦瑤點點頭，她想想二叔也應該是不知道的，否則當初這東西怎麼會讓嚴家拿走？

看著封面上楚夫人寫下的字，楚亦瑤伸手輕輕摸了摸——

娘，這一次亦瑤再不會辜負您的期望了……

離開商行裡的時候已經很晚了，阿川在外面等著她，楚亦瑤上了馬車。

到了楚家門口，楚亦瑤下車正要進去，瞥見阿川站在馬車邊上怔怔地望著牆沿深處，順著視線看過去，那一片黑暗什麼都沒有。

「看什麼？」楚亦瑤喊了他一聲。

「沒，沒什麼……」阿川忙低下頭，斂去眼底的驚慌。

「你也早點回去休息吧。」楚亦瑤看了他一眼，轉身走進了大門。

阿川看著她走進去，急忙朝著那黑暗處趕去，可再也找不到剛剛看到的那一抹熟悉身影……

第三十四章

新年的氣氛應該是歡樂的，那是對於絕大多數的人家而言，對沈家來說，大年初一的開端，以長房長媳婦去世的消息開始。

田氏已經病了一年多了，身子一天不如一天，看了無數的大夫，吃了無數的藥都不見好，大夫說是心鬱成疾，可田氏在沈家過得很不錯，沒人明白這其中的原因，就在大年三十團圓飯之後，田氏這一睡就再也沒能醒過來。

沈世軒在初二這日才去靈堂前祭拜，大伯母嚴氏哭得很傷心，對這個兒媳婦她還是很滿意的，儘管還沒生下嫡長孫，但為人謙和，知書達禮，家世背景又好，是自己兒子很好的賢內助。

沈世軒拜了田氏三拜，不管是前世還是今生，大嫂還是沒能熬過這個時間，留下年僅四歲的女兒走了。他只是隱隱地猜到大嫂忽然病倒和大哥有關係，不過之前大哥大嫂的感情一直都很好，所以他也猜不透其中的緣故。

田家的人也來了，來的是田氏的幾位哥哥，據說田夫人在家知道消息後都哭暈過去了，這麼年輕的一個人就這麼走了，任誰聽了都會難過。

「大哥。」沈世軒剛從靈堂裡出來，在走廊那裡就遇到了沈世瑾。

穿著一身白衣的沈世瑾面色憔悴，抬眼看了他，點了點頭，往靈堂那裡走去。

也許大家都想不到，也不是病得十分嚴重，怎麼就忽然走了。沈世軒回頭看他，在這一刻，他恨不起這個剛剛失去妻子的大哥。

出喪那日，送行的沒有長者，四歲的沈果寶手裡捧著田氏的牌位，被沈世瑾抱在懷裡走在前面，後面是長長的送葬隊伍，本應該是熱熱鬧鬧的年初，這樣的幾聲鑼聲顯得格外蕭瑟。

沈老爺子一直待在自己院子裡沒出來，出喪回來後，沈世軒去看他，沈老爺子一個人待在生前沈老夫人經常待的佛堂裡面。

門口守著江管家。

「老爺在裡面待了一天了。」江管家也擔心。

沈世軒拍了拍他的肩膀。「我進去看看。」

推門進去，沈老爺子坐在佛堂前面，手裡拿著一本佛經，也不是在看，只是怔怔地盯著。

「回來了。」沒等沈世軒出聲，沈老爺子推開了佛經，抬起頭看著沈世軒。

沈世軒點點頭。

「那丫頭也是個沒福氣的啊。」沈老爺子嘆了口氣，拿著枴杖站了起來。「大年三十都熬不過去。」

「大嫂也不想的。」沈世軒跟在他身後說：「您要保重身體。」

「看不開的是你們，我有什麼看不開的。」沈老爺子走到供著佛像的案檯前。「你祖母也走得早，不過她好歹是兒孫滿堂。」

沈老夫人走的時候，沈世軒還很小，印象中是個很和藹慈祥的人，祖父的脾氣不好，祖母生前祖父對她也沒有特別好，在她走了之後卻尤其想念，有些人、有些事，真的要等失去的時候，人才會想明白。

「就是可憐那個孩子了。」沈老爺子又嘆了口氣。「若是你祖母還在，她肯定是要心疼，才多大的孩子，娘就沒了，世瑾他又要再娶。」

「有沈家在，有這麼多人疼她，她不會受委屈的。」沈世軒安慰道。

沈老爺子搖搖頭。「這段日子我看你大哥未必有心思在商行裡，年初事情也不少，你就不要去外面了，好好待在商行裡，跟著你爹多學學，都幾歲的人了。」

「是。」沈老爺子下了鐵令，沈世軒也不能反駁。

沈老爺子想著又說：「你也不小了，不娶水家姑娘也得娶別家姑娘，趕緊把這親事給定下，都什麼年紀了！」

沈世軒對沈老爺子催自己成親有些錯愕。

沈老爺子回首瞪了他一眼，本來還有些傷感的情緒，現在蕩然無存，粗著嗓子道：「怎麼，不打算成親了？」

「不是。」沈世軒搖頭，看著沈老爺子拄著枴杖出去，臉上浮現一抹無奈，讓他現在成親，那是如何都辦不到的事情啊……

田氏去世後半個月，沈家又出了一件大事，臨了出航前，沈家商行裡忽然撤了五分之一的訂單，直接把沈老爺子也給驚動了，趕到沈家商行裡面，沈家大爺看著那些撤銷的訂單也急得很，這是從來沒有過的事情。

「到底是怎麼一回事，過幾天都要出航了，都是哪些人撤的！」沈老爺子拿過那些單子，一張張、一筆筆，金額還不小，退得也都乾脆。

「今早一過來就這樣了，我們也不知道是怎麼回事。」沈家大爺更是糊塗得很，會下訂單的都是往來密切的商戶，怎麼會忽然都撤銷了，還這麼多。

「派人去問了沒有？」沈老爺子坐了下來，拿過江管家遞過來的冊子翻看了一下，發現這幾家商戶都是四年前開始和沈家合作的，往來也不錯，沒出現過什麼意外和糾紛。

「世軒一大早就過去了。」沈二爺在一旁說道。

沈老爺子將冊子往桌子上一扔。「世瑾呢！」

「他去準備出航的事情，還沒回來。」

沈世軒很快回來了，他只打聽了幾家，可打聽出來的結果卻讓他很意外，那幾家商戶是一點遮掩都沒有，直截了當地告訴了他，因為沈家大少奶奶去世了，所以他們也就不必再和沈家合作了。

沈老爺子一聽，當下氣得直接摔了桌子上的茶盞，對著沈家二爺說：「你去，去田家給我問問，這是怎麼一回事？孫媳婦去世了就不是親家了，這麼作弄！」

可沈二爺帶回來的消息，更加出乎沈老爺子的預料，田家長子只說了這麼一句話——「回去問問你的好孫子！」

說完，就直接把沈二爺趕出來了。

這五分之一的商戶是田氏嫁入沈家之後，田家人推薦過來給沈世瑾的，這也是為什麼沈大夫人會這麼滿意兒媳婦，娘家給力，能給自己兒子很多的幫助，這樣的兒媳婦，即便是沒生下兒子，她都覺得不是大問題。

如今田家不顧撕破臉皮的局面，直接要把這些人都拉回去，不再和沈家合作，還說讓沈老爺子直接去問自己孫子。

「既然他們不願意合作了，那就算了，這次去貨就少進一些。振南，這一回你替你兒子去，世瑾留在商行裡。」沈老爺子當即命令道。

「爹，那邊的可都是世瑾在聯繫的。」

「那你就去問問你兒子，到底聯繫了哪些人。告訴世瑾，回來立刻回沈家找我。」沈老爺子直接是用吼的，說罷直接出了商行。

安靜了一會兒，沈二爺對沈大爺說：「大哥，這事是不是要再去打聽打聽到底是怎麼一回事。」

沈大爺點點頭。「去打聽一下，就算是這些商戶要撤銷，總該有個具體的理由，田家這事做得也太不厚道了！」

「大伯，爹，這件事交給我去打聽吧，你們忙。」沈世軒攔住了沈二爺。「大哥等會兒就回來了，這裡要忙的事情這麼多，還是我去吧。」

沈二爺點點頭，沈世軒轉而出了商行……

這消息傳開來得很快，也是沈家想瞞都瞞不住的，撤掉的那些商戶勢必要去找別人商行，這一傳十、十傳百，誰都知道田家因為自己嫁去沈家的女兒早逝，直接和沈家鬧翻臉了。

人們不知道具體的緣由，但也能猜個大概，肯定是沈家對她不夠好，所以人家才會病死，年紀輕輕地就走了，田家自然是氣不過，把健健康康的女兒送去沈家，還給沈家介紹了這麼多的生意，指望沈家對自家閨女好一點，可沈家呢，直接給照顧得病死了，這還怎麼做親家，做仇人還差不多！

楚亦瑤知道這事，還是因為有一個商戶直接找上門來急著下單，因為一月底就要出航了，這些商戶若是還不去找，等商船回來，他們的鋪子就只能放空架子了。

「忠叔，沈家和田家鬧翻了？」即便是女兒去世，還有外孫女在沈家的，田家也不至於做得這麼絕。

「是啊，聽外頭這麼說應該是鬧翻了，田家擁有這麼多的鋪子、田產，他們自然是有辦法讓那些商戶撤單。」這樣的事情楚忠也很少聽說。

「那沈家上下應該忙壞了吧。」楚亦瑤喃喃了一句，沈世軒應該也很忙，他那觀音雕塑不知可還來得及？

「忙是肯定的，不過也只是忙一時，這些東西根本動不了沈家的根基，沈家除了商行，別的行當多得是。」楚忠笑了笑，對於沈家而言，這些也不過是一時。

「忠叔，事情也安排得差不多了，這裡先交給您，我出去一趟。」楚亦瑤有些不放心，還是決定去一趟那莊子裡看一下。

到了那莊子，做雕刻的工人們離開吃飯還沒回來，楚亦瑤也沒在莊子裡看到白師傅，於是她繞到後院，想去沈世軒平日裡雕刻的屋子看看。

剛剛走到那屋子，楚亦瑤就聽見了削木塊的聲音，透過窗子看進去，一個人背對著門這邊，手裡拿著刻刀，身前是一尊五尺高的觀音像，觀音像的大概輪廓已經完成了。

楚亦瑤忽然笑了，嘴角微揚起，她在瞎想些什麼呢。

看沈世軒專注地拿著刻刀，楚亦瑤轉身悄悄地離開了，出院子的時候正好遇到了回來的白師傅。

白師傅笑道：「世軒昨天就過來了，一個晚上沒睡，一直待在那屋子裡，楚小姐是來勸他的吧，這孩子也太拚命了。」

楚亦瑤一怔，一旁喝得微醺的白師傅，還在那兒說這個徒弟昨天來了之後就鑽在屋裡沒出來，都是送飯進去的，末了一拍腦袋。「也不知道那小子吃沒吃午飯？」

楚亦瑤折了回去，透過窗戶仔細一瞧，沈世軒身後放著的一個盤子中，幾碟子的菜動都沒動，若是沒人打擾，他是不是就一直打算這麼廢寢忘食下去了？

楚亦瑤站了一會兒，敲了門推進去。

沈世軒回過頭來看，見到是她還愣了一下。

「妳怎麼來了？」沈世軒問道。

這一夜沒睡，穿在身上的皮衣還沾了許多的木屑，沈世軒略顯得有些狼狽，再加上他那一瞬間的不可置信的神情，楚亦瑤忍著笑意道：「我剛剛過來，還沒吃飯，你吃了嗎？」

「我也還沒。」沈世軒本來想說吃了，可一看身後放著的大盤子，臉上閃過一抹尷尬。

「我和妳一起出去吃吧。」

楚亦瑤點點頭，走了出去，到廚房旁邊的屋子，燒飯的大嬸很快又燒了兩個菜，沈世軒把之前冷掉的菜拿去廚房，重新洗漱了一番，才進到屋子裡。「今天怎麼會過來？」

「我聽說了沈家的事，怕你忙不過來，所以提前來這裡看看，若是來不及，還能和那客人說一聲。」楚亦瑤還是看到了他眼底的一抹疲倦，想說關切的話又覺得有些唐突，最終還是沒說出口。

「來得及，師傅幫了我不少，否則我是真的完不成。」這觀音像最細緻的部分，沈世軒可能自己還完成不了，傳不傳神和一個人的雕功有著至關重要的關係，還得要白師傅幫忙。

半晌，楚亦瑤說了一句。「那也別不睡覺的刻。」
沈世軒抬起頭看她，她已經低下頭去了，看不清楚神情。
空氣裡氣氛有些奇怪，說不出為什麼，楚亦瑤盯著桌子上的縫隙，感覺到他看自己，還是覺得有些怪異。
很快地大嬸把飯菜送了進來，也許是兩個人都餓了，什麼沒說，安靜地吃著飯。
楚亦瑤剛放下碗，沈世軒挾了一口菜從容地開口問道：「等會兒要去看看那觀音像嗎？」
楚亦瑤點了點頭，起身先出了屋子。
屋外的風涼多了，吹散了臉上的一抹微熱，楚亦瑤也說不清楚，心裡那一股異樣的感覺。
沈世軒吃完出來，帶著她去了後院，屋子裡的觀音雕刻已經完成得差不多了，最後的需要白師傅幫忙外，沈世軒還要再雕刻一個底座。
「沈家商船出航，你不回去真的沒事嗎？」像忠叔說的那樣，此番對沈家的打擊是不能撼動它的根基，但影響也不小，連撤這麼多的單子，現在人家關注的都是為何田家會和沈家鬧翻，沈家究竟做了什麼事情惹怒了田家。
沈世軒搖搖頭，回道：「大哥一個人也忙得過來。」
祖父的意思他明白，都是沈家的子孫，哪有一直避著的道理，但若是現在這個時候去過問商行裡的事情，難免會有閒話，到時候他這所有的一切都會被翻出來，現在還不是時候。

「若是那鋪子一直這麼好，過兩年說不定就能夠開分鋪了。」楚亦瑤預計著如今的生意，長此以往下去，要再開兩家也不是什麼問題，只要鋪子的名聲做熟、做大。

沈世軒從架子上拿下一套刀具，看著她笑道：「再過兩年，楚小姐可未必有這個精力。」

楚亦瑤意識到他說的是什麼，轉而笑了笑並不回答，嫁人的事，她還沒有想過。

「楚小姐還是先回去吧！太晚了山路不好走。」沈世軒選了幾把刻刀出來，將她送到院子門口。

「沈公子不回去？」

「我過兩天再回去，楚小姐慢走。」沈世軒目送著她上馬車，站在院子門口好一會兒才轉身，身後是站了不少時候的白師傅。

白師傅臉上帶著一抹促笑，呵呵地看著他。「小子，這楚家小姐年紀也不小了吧。」

沈世軒不置可否地笑著。

白師傅啐了一聲。「臭小子，你還不承認，我看你再不加把勁，這姑娘也是別人家的了。」

「不急。」沈世軒學著他那呵呵地笑著。

白師傅瞪了他一眼，粗著嗓子道：「你小子說不急，急的人多了去，要我說啊，娶這麼個有能耐的媳婦回去也不錯，到時候有你小子哭的！」

沈世軒哭笑不得地看著白師傅轉身進了屋子，再回頭去看，馬車已經消失看不見了……

一月底商船出海，這一回去的只有楚忠一個人。

在臨行前幾天，楚翰勤忽然病倒了，楚亦瑤不知道這是真病了，還是裝病的，在商船出海後五、六日，楚翰勤病好了，又回到了商行裡面。

楚亦瑤也落得清閒，時常有空可以去幾家鋪子裡看看，邢二爺一個人管著三間鋪子也有些吃力。

「二舅，到了今年下半年，種下的那些黑川可以收了，咱們的銷路可就大了不少。」臨近開了好幾家家像楚亦瑤一樣的鋪子，不過畢竟這調味的方子不一樣，做出來的味道也都不一樣，楚亦瑤想等著這一批黑川收了，這鋪子還可以做黑川的批發，只要產量跟得上，她這裡的就能批發給各家鋪子。

「到時候我會多雇幾個人給二舅您幫忙。」楚亦瑤早就計劃好了要置辦一些田地，屆時不論是租給農戶，還是直接用來種黑川等調味都可以。

「亦瑤，妳表姊的婚事去年底定下了，妳也不小了，該考慮了。」去年年底有一家夫人來邢家提親了，求的是邢紫語，還算是殷實小戶，有幾家鋪子，做的是平穩買賣，最重要的是那男的為人踏實勤懇，邢二爺見過幾回，算是滿意。

正說著，門外來了個夥計，說是找邢二爺的，是邢家夫人託著來找他過去，說是張家來人給二小姐說親了。

「哪個張家？」邢二爺問道。

那夥計也是一臉的迷惑，說是不知道，只說邢夫人著急要邢二爺回去。

「二舅，您去吧！這有我呢。」楚亦瑤見那夥計說得急，讓邢二爺趕緊回去。

邢二爺走了不到半個時辰，又有人找上門了，這一回找的是楚亦瑤，說是邢二爺讓她過去一趟，來說親的是那救過邢紫姝的張家。

來不及細想，楚亦瑤帶著寶笙趕過去了，剛進門，老遠就聽到了媒婆的聲音。

屋子裡楊氏和邢二爺坐在那兒，都有些無措。

楚亦瑤進去的時候，那媒婆正誇著張子陵，一看是楚亦瑤進來還愣了一下，繼而滿臉笑意地說：「想必這就是邢家的二小姐吧！喲，多水靈的小姐，一看就是個有大福氣的。」

「這不是紫姝，這是我外甥女，楚家的大小姐。」楊氏尷尬地打斷了她的話。

那媒婆笑容一滯，很快就把話給圓回來了。「原來是這邢二小姐的表妹啊，我怎麼瞧著像，難怪了，這姊妹幾個都是有福氣的人啊。」

按照那媒婆說的話，是張夫人託她前來說親的，說是嫁過去了要陪著張子陵去洛陽讀書，也許今後就留在洛陽了，又說張夫人看中的是邢家二小姐的品格，知書達禮，溫柔賢慧，性子不驕不躁，張家又不缺銀子，所以並不會覺得兩家人家世有差距。

這恐怕是上回張子陵救了邢紫姝結下的緣分，時隔大半年，張夫人竟然會上門來提親。送走了那媒人，楊氏更是難以下決定，為難地看著邢二爺。「她爹，這可如何是好，張家啊，咱們可配不上啊。」

在楊氏的直觀認知中，不論是自己閨女還是侄女，都是高攀不起張家那樣的人家，嫁得好也沒有這麼個好法的，楊氏考慮更多的是，以他們這樣的條件送了孩子嫁過去，在那樣的人家裡，是要受欺負的，那還不如找一戶普普通通過。

「要不寫封信回去和娘說一聲，紫姝的婚事還是要她爹娘做主的，我們這……」楊氏想了想又說，這麼大的事情哪能就他們說了算。

「寫回去他們肯定是說好的，你還不瞭解大哥大嫂的性子！」邢二爺搖搖頭，問了也白問，大哥和大嫂一聽是這麼好的人家，根本不會考慮別的問題。

「二舅，我看這件事還是讓表姊自己作決定吧。」楚亦瑤開口道：「這畢竟是表姊的婚事，先問問她的意見再作打算。」

「對，對，我去叫紫姝過來。」楊氏連聲說對，出去喊邢紫姝進來。

邢紫姝在隔壁，大概知道是有人上門來向她說親的，可不知道是張家，聽完楊氏說的，足足愣了好一會兒，末了才不確定地問道：「二嬸，您說的是張公子？」

「對，就是在亦瑤家裡救妳的那個張公子。」楊氏對張子陵的印象也僅止於救邢紫姝上來的那一幕。

邢紫姝有些不知所措，抬頭看向楚亦瑤，眼底有一絲疑惑，似乎是不能理解張家的人為什麼會向她來說親。

「表姊，妳之後還有和張公子見面過嗎？」張夫人不會無緣無故時隔大半年才託人來說親，楚亦瑤想來想去，應該是有人在張夫人面前提起過表姊，這個人很可能就是張子陵。

「沒有。」邢紫姝搖了搖頭，忽然想到了什麼，眼底一閃。「見過一次，不過是偶遇的，我陪姊姊去看布，在門口遇到過張公子，之前一直沒機會和他道謝，那天我就向他道謝了一下，別的也沒說什麼。」

「表姊，如今張夫人託人來說親，妳是如何想的？」楚亦瑤知道張子陵是個性子極其寡淡得很，否則上輩子怎麼會在娶了楚妙菲生下一子之後，住都不願意住在一塊兒，但不同的是，上輩子他是被迫娶的。

半晌，沈默了一會兒的邢紫姝輕聲說道：「我可以見張夫人一面嗎？」

最後，是喬從安和楊氏一起陪著邢紫姝去見了張夫人，面對這一門忽然來的親事，別說是邢家人，連喬從安都覺得有些不敢相信，但若說張夫人所圖，那是怎麼都說不出個所以然來，只可能是看中了邢紫姝這個人而已。

對張夫人來說，年前她是有意想讓兒子早點成親，起初張夫人是中意楚亦瑤的，可楚家這些事一出，張夫人覺得這楚家大小姐絕不是甘心待在自己兒子背後相夫教子的人，不是說楚亦瑤不好，只能說不適合自己的兒子，於是張夫人兜兜轉轉又開始找合適的。

可兒子從小到大都沒聽說他喜歡誰，提起誰，也沒見他和哪個姑娘家走得近一些，張夫人也偏頭疼，在過年的時候乾脆直接問張子陵，張子陵就提起了邢紫姝。

張夫人起初也考慮過這兩家人的差距，雖然不差錢，但這婚事也得講求個門當戶對，就算差張家一些，也不至於差這麼多，但兒子這麼多年來就提起過這麼一個名字，張夫人慎重考慮之後，又多方打聽了一下，最終還是請了媒人前來說親。

邢紫姝對張夫人說的緣由還是有些驚訝，張夫人就讓丫鬟帶邢紫姝出去走走，要和楊氏商量一下這婚事。

不知道是不是那丫鬟有意為之，邢紫姝在張家走了一會兒，經過走廊的時候遇到了還沒去洛陽的張子陵，一緊張，邢紫姝就站在那裡不知道怎麼辦了。

她從來沒想過會嫁到張家這樣的人家，就像當初認識了程邵鵬，儘管被吸引有所萌動，但她還是很清楚他們之間的差距，不該攀求的就不能妄想，心裡安穩比什麼都重要。

還是張子陵先出的聲，偏清冷，客氣地對邢紫姝說：「邢小姐。」

「張公子。」邢紫姝抬眼看他，還是鼓足了勇氣，自己再亂猜不如親口問得好。「我有個問題想問你。」

「邢小姐請說。」

「張公子你……為什麼會和張夫人提起想娶我？」邢紫姝說完之後已經是滿臉通紅，她緊緊地揪著手中的帕子，努力地讓自己看著他不低下頭去躲閃。

「我不是和娘提起想娶妳。」張子陵頓了頓，似乎是在想應該怎麼說，繼而說：「而是娘問起我的時候，我想到了妳。」

邢紫姝臉上閃現一抹錯愕，有些不能理解他的話。

張子陵輕咳了一聲解釋道：「若是娘不提起來，我也就不會想到妳。」

邢紫姝點點頭，心中倒沒有多少的失望，兩個人一共就見過兩次面，說了不超過十句話，她對他的印象也很淡。

末了，張子陵又添了一句。「若是邢姑娘心有所屬，那子陵也不會強求。」

邢紫姝微怔，搖了搖頭。

「若是邢姑娘不討厭子陵，那這婚事便可成，我爹娘都是隨和的人，也沒有什麼門第之見，子陵娶了妳，必當對妳好。」張子陵也說不出所以然來，只覺得眼前的邢紫姝讓他覺得很舒服，就像當初跳下池塘救她上來的時候，她只對他說了一聲謝謝，不哭不鬧，安安靜靜地離開去換衣服，那一種感覺他不討厭。

既然是要成親，不就應該找一個各自都不討厭的人在一起嗎？

這樣的答案邢紫姝還能接受一些，比較接近她心裡對這婚事的理解，且不論張子陵對她感情有多深，張家的這個舉措就是誠意十足，回去之後，邢紫姝考慮了兩天，答應了這婚事。

張夫人是急著想讓兒子成親的，不過張子陵趕著回洛陽，張夫人就讓他暑夏回來成親，日子定在七月初。

說親的比邢紫語晚，成親的確比邢紫語早，楊氏寫了信回徽州去之後，開始忙著幫兩個孩子準備成親的事。

這樣的喜事也沒什麼好隱瞞的，鄰里坊間傳開得快，這邢管事的侄女是要飛上枝頭了，鄉下來的丫頭竟然還能嫁入張家……

第三十五章

邢紫姝要嫁入張家的消息，很快也傳到肖氏的耳中，她的女兒這婚事還沒著落呢，她最初相中的金龜婿竟然要成親了！娶的還是當初救上來的姑娘，楚亦瑤的表姊。

這一樣是救上來的，憑什麼張家就娶了，王家就不肯娶，還在王家二少爺婚禮時這樣說自己女兒，這一比較，肖氏覺得自己的孩子受了太大的委屈了。

肖氏這麼想自然也有好事的人會去說，這張家娶的是救了的姑娘，是一段好姻緣，那王家三少爺也應該娶了那個救上來的姑娘，好事成雙啊！

可王家的門哪裡是這麼好進的，王夫人後來得知婚禮上鬧的事情之後，非但沒有怪兒子，反而覺得他做得好，他們王家什麼時候輪得到肖氏這樣的人來算計。

外面怎麼說，王夫人是完全不會理會，她這會兒忙著給自己的新兒媳婦準備最好的補食，嫁進王家才兩個月的秦滿秋有身孕了。

楚亦瑤知道消息後也很高興，趕緊讓錢嬤嬤準備了賀禮送過去，怕秦滿秋日子淺，見客容易累，打算過了三月再去王家看她。

「小姐，這秦小姐成親都有身子了，您這婚事可還沒定呢。」錢嬤嬤一面為秦家小姐高興，一面卻也愁自家小姐的婚事，這少奶奶和大小姐都好像忘了這事似的，誰都不提。

「奶娘，您能說點高興的事情嗎？我看要不送一對的過去，生男生女都可以用。」楚亦瑤比較手中的金飾，還沒出生，她就已經開始想著這些了。

「這小姐的婚事怎麼就不是高興的事了？我的大小姐，您就聽奶娘一句勸！」錢嬤嬤覺得再這樣下去，她首先得被大小姐氣死，還沒臉去見夫人。

「奶娘，我沒不聽您的勸啊，可您看，又沒有人前來和大嫂說要給我說親的，一個都沒有啊，不是我不想嫁，是沒人想娶我嘛！奶娘，您就別說我了。」楚亦瑤可粗的理，也沒見誰上門給她說親的，她誰也沒有攔著啊！

錢嬤嬤語塞，就小姐成天風風火火跑完了商行又跑鋪子的勁，誰聽了還敢上門說親的，個個都覺得降不住，沒有大家閨秀的模樣，誰敢娶回家。

「還要給表姊她們準備，孔雀啊，妳跟我出去一趟。」趁著錢嬤嬤還沒想好怎麼教育她，楚亦瑤趕緊帶著孔雀出門去了。

孔雀好笑地看著自家小姐一臉心有餘悸的樣子。「小姐，錢嬤嬤都是為了您好。」

「就是為了我好，我才更不能待下去了。」楚亦瑤癟了癟嘴看向馬車窗外，知道都是為她好，所以她半句都反駁不得，這惹不起，躲還不行嗎？

孔雀有時候覺得自家小姐成熟得像過去的老爺和夫人，尤其是在商行裡的時候，把那一群不服氣的管事給鎮得比大少爺還要厲害呢！可有時候覺得小姐就是個沒長大的孩子，撒嬌、耍無賴樣樣不落下，那幾個新來的小丫頭，對小姐可崇拜得很。

「停！」

孔雀正走神著，忽然聽到楚亦瑤喊停。

阿川一個拉轤繩，馬車忽然停了下來，楚亦瑤直接拉開簾子走下了車，朝著一個小巷子飛快地趕過去。

「阿川你在這裡等著。」孔雀很快也下了馬車，朝著楚亦瑤的方向追過去，走過了好幾條的巷子，幾座破舊的平房出現在她眼前，孔雀看到停在她前面的大小姐，匆匆趕了上去，正要開口，順著大小姐的視線，看到了許久不見的二少爺。

那破屋子連門都沒有，窗戶都破破爛爛的，望進去席地鋪滿了厚厚的稻草，稻草上有幾床被子，二少爺坐在上面，懷裡摟著一個女子，女子身上蓋著被子，二少爺手裡端著一個碗，拿著勺子，正低頭餵著那女子喝粥，遠遠地瞧不清楚那女子什麼模樣。

孔雀回首看大小姐，忽然發現大小姐哭了，大小姐定定地看著二少爺，孔雀趕緊拿出帕子給她擦。

屋子裡的二少爺放下碗似乎是準備出來，大小姐拉著她趕緊躲到了一邊，透過那縫隙，孔雀看到二少爺給那女的蓋上了被子，又拿一張破席子遮掩住了門口，直接走出了屋子，並沒有發現她們。

隔著一段距離，孔雀跟著大小姐悄悄跟隨著二少爺，二少爺似乎是很累，從背影看過去就消瘦了許多，都沒發現她們跟在後面。

孔雀看到大小姐一直在哭。

她們一直跟著二少爺到了一個碼頭邊上，孔雀看到二少爺去了一個工頭那裡領了牌子，然後到另外一邊的棚子裡搬起了一個很大的麻袋，二少爺弓著背的身子明顯地往下一沈，一旁負責拿袋子的人不知道說了什麼，二少爺背著那袋子走了兩步，那人又往他身上加了一袋。

二少爺的整個身子像是要被壓垮了，腳步沈重地往另外一邊的船上走去，孔雀幾次看到二少爺身子踉蹌著都要倒下了，可他還是硬撐著搬上了船，把麻袋放下之後，回來到那個拿牌子的地方記好了之後又去搬麻袋。

身旁的大小姐泣不成聲，孔雀扶著身子緩緩往下蹲的大小姐，自己也濕了眼睛，很多人都說小姐狠心，包括二少爺院子裡的嬤嬤丫鬟們，還有楚家不少下人，都說大小姐狠心趕走了二少爺，不顧念親情，可她們誰都不知道，小姐才是最傷心的那個人，比她們任何一個都要傷心難過，有幾次她守夜，小姐作夢都會喊道二少爺的，喊著讓二少爺回來。

「我們走。」楚亦瑤站了起來，任由淚水落著沒有去擦，孔雀想說什麼被她給阻攔了回去。

楚亦瑤沒有再去看小碼頭上那個身影，而是帶著孔雀回到了剛剛那個破屋子。

拉開遮蓋的席子，楚亦瑤走了進去，躺在被子裡的人被驚動了，鴛鴦忽然從被窩裡出來，緊張地看著她和孔雀，使勁地拽著被子往身上蓋，滿臉的恐懼。

「走開，妳們走開，不要靠近我，妳們走開走開！」鴛鴦不斷地朝著楚亦瑤尖叫，頭髮弄得亂七八糟也不管，把一床被子裹緊了身子還不夠，一直往角落裡縮，撿起那些稻草往她這裡扔。

「妳不記得我了？」楚亦瑤看到了她脖子下的青腫，想要伸手去拉一下她。

鴛鴦卻直接伸頭過來，一口咬在了她的手。

「小姐！」孔雀想要去抓鴛鴦，制止她的行為。

鴛鴦趕緊鬆了口又躲了回去，朝著楚亦瑤狠狠地一咧牙，嘿嘿地笑了一聲，滿不在乎地抹了一把鼻子，拉起被子繼續躲著。

楚亦瑤忘了手上的痛，怔怔地看著屋子裡的一切，再看著角落裡那個低著頭數著自己指頭的女人。

鴛鴦她瘋了。

楚亦瑤離開了這破屋子，到一旁的兩間平房內問了一下，得知二哥帶著鴛鴦住在這裡也才半個月的時間，再回到那個破屋子前，鴛鴦還在那個角落裡，旁若無人地數著手指，和昔日那個春滿樓中看到的花魁完全不一樣。

「小姐，我們不接二少爺回去？」孔雀跟在她身後離開了這個巷子，如今的天還這麼冷，二少爺待在這樣的地方肯定是要生病的，二少爺何曾受過這種苦？

「他不痾不癱，為何要我們去接他，楚家大門有關著不讓他進嗎？」楚亦瑤恢復了神色，冷冷地說道：「他自己不願意回去，不用強求。」

出了巷子口，阿川駕著馬車等在那裡，楚亦瑤看了一下四周，對阿川說：「你去曹家那附近打聽一下，曹家三公子家的小妾是不是出了什麼事，就這一個月的事情，仔仔細細地打聽。」

阿川駕車把楚亦瑤送到了南塘集市的首飾鋪子門口就離開了，楚亦瑤帶著孔雀逛了幾家，出來的時候已是傍晚，天色有些暗。

楚亦瑤微怔地看著對面推著小推車路過的人，推車上放著好幾袋子的重物，那人吃力地推著，身子彎曲。

「小姐。」孔雀擔憂地喊了一聲。

楚亦瑤回神，低下頭斂去眼底的異樣，等著車夫來接，一路回去都沒再說什麼。

三天後，阿川打聽到了些消息回來告訴楚亦瑤，大半個月前，曹晉榮的幾個妾室被趕出了曹家，那人說看到被趕出曹家的三個妾室，其中兩個被人給接走了，還有一個卻在路上晃蕩了好一會兒，那個時候正值天暗，遠遠地別人也瞧不清楚，只覺得這個妾室走路有些奇怪。

楚亦瑤點點頭。「這麼說，趕出曹家的時候就瘋了。」

阿川又說道：「趕出曹家前一天，曹公子請了些客人去曹家玩，據說是在曹家過夜了，夜裡都不見有人出來。」

往齷齪處想，楚亦瑤忽然明白了曹晉榮找這麼多妾室的原因是什麼，鴛鴦在曹府內瘋了，被趕出曹府後還能遇上二哥，她的運氣還真是好啊！

「你再去打聽看看，能不能找到那兩個被趕出去的妾室，看看從她們那裡能知道些什麼。」楚亦瑤吩咐寶笙去拿些銀子給阿川，出些錢總能買到些消息。

阿川踟躕了一下，忍不住問道：「大小姐，您是不是找到少爺了？」

「看來你早就知道二少爺回金陵了。」楚亦瑤知道阿川對二哥是忠心耿耿，主僕兩人說不定早就見面過了。

「年二十八接小姐從商行回來，在楚家門口附近看到過二少爺，之後就沒見過了。」阿川搖搖頭，他只在那天晚上看到過二少爺。

楚亦瑤揮手讓阿川下去了，沒見又如何，見過又如何，她和這個楚家在二哥心目中的地位，都沒有鴛鴦來得高，即便是她已經瘋了，他都不願意醒來，她再怎麼叫他回來又有什麼用……

三月，春暖花開，許久不曾出去的楚亦瑤，被喬從安帶著一塊兒去了一趟香山，喬從安的目的也很明確，帶著她去香山上的姻緣廟求籤，楚亦瑤推脫不過，加上錢嬤嬤在一旁勸著，只能跟著去了。

淮山駕車帶她們過去的，到了香山山腳下，不用喬從安說，楚應竹就賴上淮山，說什麼都不肯跟著她們上山去，就要在山腳下玩。

「應竹，那你就在這裡和大叔一塊玩，姑姑和你娘很快就下來。」楚亦瑤捏了捏楚應竹的臉跟著喬從安上山去了。

去香山半山腰其實也有路可以讓馬車直接上去，不過若是前來求姻緣的都講究一個虔誠，鮮少有人會直接坐馬車到半山腰再上去的。

和她們一樣一路上去的人很多，進了姻緣廟之後，喬從安帶著她拜過了三尊佛像後才讓她去求了籤文，拿到籤文後，便直接拉著她去找解籤的姻緣大師。

不管她有沒有心求，也許是緣分使然，楚亦瑤還是見到了那個姻緣大師。

喬從安恭敬地把籤文遞給他，那大師看了一下，又看了楚亦瑤一眼，始終沒有動筆寫。

「這位小姐，請您走近一些，讓貧僧看一看。」良久，姻緣大師朝著楚亦瑤招了招手，和善地示意她再靠近一些。

楚亦瑤走近了兩步，那大師抬眼在她臉上看了一下，隨即提筆在紅紙上寫下幾個字，把紅紙交給了楚亦瑤，說：「施主慢走。」

出了那亭子楚亦瑤才打開那紅紙，上面只寫了一句話——「同是有緣人」。

很多人的解籤上會寫富貴的話語，或者是昭告姻緣好壞的話語，只是楚亦瑤這一句解籤，實在是有些摸不到頭腦，她求的可是姻緣啊。

喬從安摸了摸她的手，把紅紙折好放進了寺廟裡求的錦布袋子裡，交到她手裡柔聲道：

「抽的籤文是上上籤，想來這有緣人也不是什麼壞事。」

楚亦瑤握著那袋子不語，上輩子那籤文也是上上籤，可解籤出來的話卻是——「初定姻緣變，婚嫁難守恆。」正是印證了程大哥娶了堂姊，而她嫁入嚴家不得善終，而今這有緣人，究竟又是誰……

山腳下，淮山帶著楚應竹在馬車邊上休息，小徑邊上的小山坡長出了許多嫩草，楚應竹被淮山牽著一隻手，小心地從小山坡的圍牆上踩過去，偶爾還蹲下身子去撥弄冒了尖的花草。

「這個給大叔。」也不知道楚應竹是在哪裡找來的幾顆小石頭，還沾著些泥，楚應竹拿起其中一顆，微紅著臉頰塞到了淮山的手中。

淮山愣了一下，手裡是冰涼的石塊，眼前的楚應竹張大著眼睛正看著自己，小臉紅撲撲的，還沒等他反應過來，楚應竹又示意他攤開另外一隻手，拿起其餘的石頭放到他手心中，一面說著——

「這是給姑姑的，這是給娘的，這個是給二叔的。」提到楚暮遠的時候，楚應竹的小手停在了那裡，嘟囔了一聲。「我好久沒有看到二叔了。」

「來。」淮山握緊那些石頭一把抱起了他，把他抱到了馬車上，找了帕子給他擦手。

楚應竹掙扎著先要擦乾淨那些石頭，淮山另外找了一塊替他把石頭都抱起來，楚應竹這才乖乖坐在那兒讓他擦手。

淮山看他抱著那幾顆石頭，寶貝似地數著，最後還挑出一顆塞回他手中，好笑地摸摸他的頭問道：「你想你二叔了，那你想不想你爹？」

「想。」楚應竹點了點頭，很快又搖了搖頭。「不想。」

「為什麼不想？」淮山怕他坐在車沿上冷，於是把他抱到自己懷裡，靠坐在車上輕聲問道。

楚應竹伸手摸了摸他的鬍子，臉上有一些不情願。「我不記得爹的樣子了，娘說他永遠都不會回來了，所以我不想。」

「你娘告訴你說，你爹永遠都不會回來了？」淮山略有詫異，阿靈竟把這件事這麼早就告訴了孩子。

楚應竹點點頭，回頭看著他，入眼的還是滿臉的大鬍子。「娘說，爹爹替我們去照顧祖父和祖母了。」

童真的回答更讓淮山心疼，他抱著楚應竹，摸了摸他的頭，允諾道：「大叔替你爹爹照顧你和你娘，永遠陪著你，好不好？」

楚應竹高興地點點頭，末了有些不理解他的話，問道：「大叔為什麼要替爹爹照顧我和娘？」

「因為啊，大叔就是你的大叔，是你和你娘的親人。」淮山捏了下他的鼻子笑道。

楚應竹忽然站起來，伸手環住淮山的脖子，腦袋湊過去貼在淮山的脖子上，滿臉的鬍子有些扎疼了楚應竹的額頭，楚應竹不適應地蹭了幾下，對著他耳朵輕輕說：「我和娘，還有姑姑，也是大叔的親人。」

淮山身體裡一股暖流淌過，瞬間捂熱了他的心，他有些無措地想伸手抱抱他，卻忽然間不知道要如何去做，最後只是伸出一手抱住了他，另一隻手輕輕地拍著他的背。

半晌，楚應竹才鬆開他，站在車上和他對看著，咧嘴笑了，指了指他的下巴，又摸了摸自己的額頭，不好意思地說：「大叔的鬍子扎人。」

淮山作勢要湊向他，楚應竹趕緊往馬車裡躲，淮山一把拉住了他，又把他拉到了自己懷裡抱住，低頭用滿下巴的鬍子在他臉上蹭了蹭，楚應竹一面說著不要，一面格格地笑著，好不歡樂。

下山的喬從安和楚亦瑤剛好看到了這一幕，馬車上淮山抱著楚應竹在那裡鬧，楚應竹笑得很開心，一手摟著他的脖子，另一隻手還不斷地去推開淮山湊過來的臉。

喬從安的眼底閃過一抹複雜，看著和兒子玩鬧的淮山，想起亦瑤說過的話，應竹的成長中不可或缺父親這樣一個人的存在，如今有一個人出現可以代替大哥的位置，為什麼要去阻攔？

楚亦瑤回看了她一眼，笑著挽住了她的手臂往馬車那兒走去。「大嫂，我們快點回去，我餓了！」

喬從安失笑了一聲，剛剛下山的時候走得這麼慢，如今才開始急。

「應竹，有沒有想姑姑啊？」楚亦瑤抱起楚應竹，搭了一下淮山的手，自己直接上馬車進去了，也忘了給還在車外的喬從安搭把手拉一下，在馬車內和楚應竹玩起了找石頭的遊戲。

車外的喬從安尷尬了，今天出門兩個人都沒帶丫鬟，想著來去也快，一上午的工夫，沒想到了這個節骨眼上會有這樣的難題。

喬從安窘促著拉起裙襬正準備上去，耳旁響起淮山的聲音——

「我扶妳上去。」

喬從安回頭，淮山微低著身子正看著她，眼底染著一抹笑意，伸手到她面前，示意她扶著他的手上車去。

楚亦瑤看遲遲才進來的喬從安臉上微紅，關切道：「大嫂，馬車裡太悶熱嗎？要不我把窗簾拉開著。」

喬從安看這一大一小皆是一臉無辜地看著自己，氣急反笑，乾脆坐到了窗戶邊上，任由那風把這情緒吹去了一些。

馬車很快地回到了楚家，喬從安帶著楚應竹先進去了，楚亦瑤慢悠悠地下來，笑嘻嘻地看著淮山。

「丫頭，妳笑什麼！」淮山被她看得都有些無奈了。

「大叔，我在想，您把這鬍子剃掉了，會是什麼樣子。」楚亦瑤繼續扮無辜，眨了下眼，指了指自己的下巴。「要不您把鬍子剃了吧？」

「妳又打什麼鬼主意？」認識這麼些時間了，淮山也算摸透了一些楚亦瑤的性子，但凡她這麼笑，腦袋瓜子裡肯定沒懷什麼正心思。

「大叔，您不覺得留著鬍子很顯老嗎？」楚亦瑤不置可否地哼哼了一聲，轉身走入了大門內。

淮山站在那裡好一會兒，伸手摸了摸自己厚厚的鬍子，真的有這麼顯老嗎……

楚亦瑤從香山帶回來的解籤錦袋直接讓錢嬤嬤拿去供著了，和眾多從姻緣大師手中解籤回來的人一樣，錢嬤嬤對著籤文也很重視，說是這樣供奉著才是最虔誠的。

第三十六章

到了三月底，商船回來了，碼頭上再度熱鬧了起來，年初沈家鬧的那一齣倒是給不少別的商行增添了幾筆生意。

沈家商行內，沈世軒陪著沈世瑾去碼頭看下貨，回來的時候關氏告訴他，過幾天沈老夫人的佛堂裡要請一尊佛像回來，到時候他一定要在家裡。

「老爺子怎麼會忽然想要給祖母的佛堂裡請佛像？」沈世軒奇怪祖父怎麼會忽然心血來潮給祖母的佛堂請佛像，祖母已經去世這些年了，那佛堂裡一直沒人去，空著的。

「說是作了夢，老夫人託夢給她，要在佛堂裡供奉一個觀音像，保佑沈家多子多孫。」關氏吩咐嬤嬤把廚房裡燉好的湯端上來，催他喝完。「最近看你是越來越忙，快把這個喝了。」

沈世軒端起碗把湯喝了下去，接過嬤嬤手中的帕子擦了下嘴。「除了要回來，祖父還吩咐了其他的事情沒？」

「你祖父的心思啊我們都明白，如今的沈家，世瑾成親好幾年了，就一個孩子，如今他媳婦也走了，你又沒成親，老人家心裡頭就記掛著這些事了。」說是沈老夫人託夢，不如說是沈老爺子在提醒他們，沈家如今一個嫡長孫都還沒有，這是催著自己兒子趕緊成親。

「這也不是祖父急了就能成的事情。」轉來轉去又到了他親事上面。

「我和你爹都不勸你，是不想你到時候回頭說我們決定錯了，來怪我們，但若是你還沒個準譜，你和我爹就要給你作這個主了！」關氏也沒想一直放縱兒子這麼拖著。

「娘，我心裡有數。」沈世軒點了點頭。

五天後，商行裡事情忙完，沈家一早就開始忙著請佛像的事情，沈老爺子把觀音像在建善寺裡供奉了有半個多月，還請了專門的和尚把觀音像給請到沈老夫人的佛堂裡，沈世軒他們都在，站在院子裡看那和尚做法。

觀音像用黃色的綢布蓋著，等著法事完了再揭開，沈老爺子拄著枴杖站在前面，目光落在佛堂中，輕嘆了一口氣。

等和尚法事結束，告訴可以揭開的時候，沈老爺子喊了長子前去揭開黃綢，拿下來的一剎那，沈世軒臉上的笑容凝住了。

慈眉又容顏莊嚴的觀音像，就是自己雕刻了近兩個月那座，不論是高度還是樣子，他都不可能會看錯，祖父就是楚小姐口中那個一擲千金的客人？

沈老爺子不是沒看到沈世軒臉上的神情，對著院子裡的所有人說：「希望這觀音像，能保佑我們沈家，多子多孫。」

沈世軒耳邊忽然響起沈世瑾的聲音——

「二弟，你怎麼了？」

沈世軒抬頭看起，見沈世瑾一臉關切地看著他，沈世軒搖搖頭道：「沒什麼。」

「二弟和水小姐的事情我也聽說了，真是可惜了。」沈世瑾收回了視線看向佛堂內，說得有些漫不經心。

「有什麼好可惜的。」沈世軒對他的話不甚在意，心中想的都是沈老爺子和這佛像的事情。

「二弟可是喪失了一大助力呢，這樣的機會大哥都不明白你為什麼放著不要。」沈世瑾看到的是水若芊背後的水家，若是成為姻親，這豈不是如虎添翼？

沈世軒沒有再回答他的話，因為沈老爺子提到了他們的名字。

「你們兩個都是沈家的嫡子，將來這沈家是要交給你們兩兄弟的，世瑾也好，世軒也罷，不論誰長誰幼，這商行裡的事，你們兩兄弟都要相互幫助扶持下去，把沈家發揚光大。」這也是沈老爺子頭一次提到關於沈家的這些事，之前他都是任由這些人說著長子嫡孫繼承沈家的說法。

儘管沒有人對他的話有反駁，可聽的這些人，有好幾個臉色已經變了，尤其是嚴氏，什麼叫作交給兩兄弟，她可只生了一個兒子，一直以來在商行裡幫忙的也是自己兒子，怎麼現在老爺子一句話，這老二家的孩子就能和自己兒子一樣了？

「再讓我聽到誰說沈家有長房繼承，分家之類的話，誰就給我立刻滾出沈家去！」末了，沈老爺子忽然狠狠地拿著枴杖重敲了一下地磚，對著他們吼道：「我們不是洛陽城的百年世家，靠世襲爵位和朝廷俸祿就能過活了，你們都給我牢牢記住了！」

院子裡一片安靜，沈老爺子看著這些人，目光定在沈世軒的身上。「都走吧，世軒你留下，到我書房裡來。」

沈老爺子一離開，嚴氏對著關氏陰陽怪氣地說：「這是要恭喜弟妹了啊，世軒可大出息了。」

「大嫂，這都是為了沈家，沒有恭喜不恭喜的。」關氏看了一眼跟上去的兒子，轉身對嚴氏說。

「也別這麼說，這世軒從小就不擅長這些，若是去了商行裡啊，儘管問他大哥，世瑾好歹也學了這麼多年了，還是會好好教導弟弟的。」嚴氏尖著嗓子說得怪異，處處透著刺，不饒人。

「那是要多麻煩世瑾了。」關氏也不想爭執，乾脆順著她的話說。

「有什麼麻煩的，再麻煩那也是老爺子吩咐的。世瑾啊，跟娘回去，寶寶都好些天沒見你了。」嚴氏叫上沈世瑾直接回去了。

關氏這才有些擔憂了起來。

書房內。

沈世軒跟著沈老爺子走了進去，江管家留在外面。

沈老爺子指了指一旁的椅子讓沈世軒坐，自己則走向書架上，從架子上取下一個盒子，沈世軒趕緊上前幫忙，沈老爺子擺擺手。「你去坐著。」

盒子放到書桌上，沈老爺子示意他打開。

沈世軒把這盒子打開來，裡面放著三本厚厚的書，看著上面的大字，沈世軒怔了一怔。

「這個你拿去。」沈老爺子揮揮手。「回去好好看看，是你老太祖父和太祖父他們寫的，最後我也添了一些。」

這幾本書中是沈家幾輩人的心血，是幾輩人總結起來的做生意的手段和一些見解。上一世，到他三十歲都沒得到過沈老爺子的認可拿到這幾本東西過，而這幾本東西，一直是大哥引以為傲的，連爹和大伯都不曾有。

而如今，祖父居然把這個交給他？

「別在外面晃著了，你也該安安心心地在商行裡幫忙，難不成這沈家還不如你外面這些東西來得重要？」沈老爺子就是要藉著這觀音像讓他知道，自己什麼都清楚，他私底下做的那些事情，沒能瞞得過他老人家。

「這東西應該給大哥，我哪有這資格。」沈世軒只覺得這幾本書就是燙手山芋，祖父如今是打算逼著他，要推他出去。

沈老爺子見他猶豫，拍了下桌子唬道：「你大哥早就有了，你有沒有資格我清楚得很，難道你打算一輩子就做那些事情不成？」

「商行裡有大哥在，還有大伯和爹，我實在是幫不上什麼忙。」讓祖父知道這些還不是最可怕的，只要他回去商行裡，大哥勢必會查他的底，他不想這麼快都被揭露出來，那他這些年裝著碌碌無為的樣子豈不是都白費了。

「世軒啊，祖父知道你有抱負。」沈老爺子看著他，好一會兒，忽然嘆了一口氣說：「祖父也老了，不知道還能看著這個家多久了，你年紀也不小了，難道真打算等祖父一走，帶著你爹娘離開沈家？」

「世軒不是這個意思。」沈世軒搖頭否認。

「恕其不爭，說的就是你現在這樣子，你以為你不去商行裡就沒事了？」沈老爺子忽然又提高了音量對他教育道：「想防著你的，你只要活著一天都會防著你，你躲不開的。」

沈世軒驀地抬起頭看沈老爺子。

沈老爺子指了指他身後的一排畫像。「你這就像是打仗一樣，懂得伺機而伏是好事，可這躲得太久了，敵人都到你跟前了，你之前所做的這些也都白費了。」

沈老爺子看著沈世軒，意味深長地說：「你是我沈闊的子孫，在我眼裡就沒有長子嫡孫的區別，咱們這個家靠的不是這個名分，誰有本事，誰就說了算，這是你太祖父那時候對我說的一句話。」

沈老爺子的意思也已經足夠明確了，讓沈世軒把重心遷回到沈家來，外面那些就是搭邊著當作練手，不能再花心思，可對他來說，那些東西都很重要，他有他的計劃。

看出了沈世軒的顧慮，沈老爺子退了一步說：「你先跟著你爹好好在商行裡把事情先熟悉起來，鼎悅酒樓一直沒專人去打理，等商行裡事熟悉了，你就去鼎悅。」

沈世軒點點頭，沈老爺子就讓他帶著那盒子出去了。

過了一會兒，江管家走進來對他說：「老爺，田家在桑田那兒的地，已經賣了。」

才坐下去的沈老爺子頓時又站了起來，神色凌厲地問：「賣給誰了？」

「現在還不知道，桑田那裡的莊子派人來說，田家在那兒的地已經賣了。」江管家搖搖頭，消息也就剛剛才傳回來。

「那老頑固！」沈老爺子罵了一聲，臉上的驚訝不亞於江管事聽到這消息時候的神情。

「這早就說好的事情，他怎麼說變卦就變卦了。」

「恐怕是大少奶奶病逝的事情。」江管家在一旁提醒道。

「他女兒在我沈家的時候何曾虧待過，他還鬧不夠，非要老死不相往來才開心！」沈老爺子不明白田家為什麼出爾反爾，因為田氏病逝，受不了打擊一時間撤了那些單子，沈老爺子還能理解，畢竟田氏是田家老爺老來子，田家一群兒子就這麼一個女兒，上下都疼得很。可事情過去好幾個月了，早前說好關於桑田的地買賣的事情，如今也變卦了，田家這是連生意都不想繼續做了不成？

「去查查，賣給誰了！」沈老爺子吩咐江管事下去把這桑田的事打聽清楚，那地是早就看好的，本想著早買晚買都一樣，沒想到這時候會出岔子……

沈家大房。

嚴氏帶著兒子回了院子裡，差嬤嬤去帶孫女過來，自己則拉著兒子進了屋子。「世瑾啊，老爺子這回要把世軒也叫去商行裡，你可得多留個心眼。」在嚴氏眼中的二房一直是不出挑的，所以也一直沒放在眼裡，今天老爺子這麼一說，她才開始重視。

「世軒年紀也不小了，我十二歲的時候就跟著爹在商行裡。」沈世瑾微沈著臉，說得有些不在意，可眼底透露出來的又好像不是這麼無所謂。

「你祖父可從來沒這麼提起過，如今你媳婦走了，你就寶寶一個孩子，世軒也到年紀成親了，難不成這嫡長孫還得出在他們房裡不成？」嚴氏自然是相信自己兒子的能力，她最關心的還是兒子的終身大事。

「這才去世半年都不到，娘，您這麼做會讓人覺得我們逼死了她的。」沈世瑾不贊同，如今和田家的關係已經是瀕臨決裂，他若立即再娶，這關係就永遠都沒辦法修復了，妻子已經去世，他無從得知妻子和田家說了什麼，讓他們忽然這麼做。

「又不是讓你半年後成親，親事訂下來可以明年再成親，你還年輕，總不能為她守著不娶，她又沒留下兒子，咱們沈家就不用傳宗接代了？」

在嚴氏看來，鬧翻了還怕什麼，她挑她的媳婦，想嫁入沈家的人多的是，更何況如今還沒孫子，這新進門的媳婦只要生下兒子，立刻就坐穩大少奶奶的位置了。

「娘心裡有數，你放心，娘會為你找一個和田家一樣的，比田家更好，要讓你祖父知道，這沈家，總歸還得靠你和你爹，二房那幾個，掀不起什麼風浪！」嚴氏信誓旦旦地安慰兒子。

「還是不要喧譁，田家的事，祖父已經對我不滿了。」沈世瑾皺著眉頭說，祖父說這番話讓二弟來幫忙就是對自己不滿意最直接的舉措。「等這件事過去了先。」

「娘知道，你放心。」嚴氏拍拍兒子的肩膀，看到嬤嬤帶著孫女走進來，招手過來讓沈世瑾多陪陪孩子……

楚家。

楚亦瑤數著那一大疊的地契，心滿意足地舒了一口氣，看得一旁的孔雀和寶笙兩個人都笑了。

孔雀拿來盒子讓她放地契，說：「小姐，您這樣子十足的守財奴。」

「要是妳抱著一個盒子，裡面全是銀子銀票的，妳高不高興？」這完全是意外驚喜，楚亦瑤湊了個巧，在田家和沈家鬧翻的時候，乘機會把這桑田的地買下來了，田老爺也是個說一不二的人，說不賣給沈家沈闊就不賣了，別人都還在觀望中，楚亦瑤直接插一腳，先把這地給買了。

「小姐，那您置辦這麼多的田地要做什麼？」孔雀仔細地合上了盒子，把地契鎖進了櫃子裡面，小姐可是把她所有的積蓄都拿出來買地了，不夠的還問少奶奶借了一些。

「自有用處，這件事不用和別人提起，奶娘那裡也不許說，就妳們兩個人知道。」楚亦瑤拿著手中另外一個小山頭的地契，對她們兩個告誡道：「有人問起來也別說。」

孔雀和寶笙點點頭，楚亦瑤拿著那小山頭的地契準備去找二舅，平兒走了過來，說是有人在門口找小姐，有重要的好消息和她說。

楚亦瑤到了大門口，一個身穿灰色衣服的婦人站在外面，頭上裹著毛巾，懷裡揣著一個籃子，看到她出來，臉上一喜。「楚大小姐，我有隔壁屋子的人消息。」

「什麼消息妳請說。」楚亦瑤後來讓孔雀去和二哥住的屋子附近那幾戶打了招呼，有什麼消息就可以來楚家告訴她，她會給予一定的報酬。

「今天一早，那屋子裡的人不知道為什麼吵起來了，本來就瘋瘋癲癲的那女的，忽然說要走，人都到屋子外面了，屋子裡的那個男的又把她拉了回去，兩個吵著說什麼養不活、養得活，那女的推那男的說，讓他回什麼楚家。」

楚亦瑤微瞇起眼，看著那婦人問道：「然後呢？」

「後來那女的不知道說什麼要回去，那男的就打了她一巴掌，兩個人抱在一塊兒了。」婦人把早上看到的都極盡全力地說出來了。「之後兩個人就沒什麼聲響了，說什麼也聽不清楚。」

楚亦瑤示意孔雀給了她五兩銀子，那婦人拿著銀子張口咬了一下，喜眉笑顏地對著楚亦瑤再三鞠躬，高高興興地走了。

楚亦瑤看著那婦人離去，聽她的意思，看來二哥把鴛鴦照顧得很好，人都恢復神智了，還能勸說二哥回楚家來，可惜了她那個二哥，是個癡情種卻不是個窩囊廢，要他這種情況回楚家，也是不可能的。如今才是郎情妾意，兩個人在這麼惡劣的環境下，這鴛鴦是不是還能不離不棄，陪著二哥吃苦呢？

在門口站了一會兒，馬車過來了，楚亦瑤上了馬車去鋪子裡找邢二爺。

在小碼頭附近的那破屋子內，楚暮遠出去搬貨，留下的鴛鴦此時正到處找個能照模樣的東西，只是這一覽無遺的屋子裡什麼都沒有，於是她找了個瓦罐盛了些水，仔仔細細地梳理了一遍頭髮。

四散的頭髮梳理順了之後，拿起僅有的一根簪子，她把大部分的頭髮都盤了起來，留下兩側的一綹放在身前，整理了一下衣服，又把稻草堆上的被子整理了一下，她看外面天氣好，乾脆把被子拿到外面的架子上晾起來，又在屋子裡忙碌了起來。

傍晚，楚暮遠回來，進這屋子裡的時候愣了一愣，稻草堆被好好地放在了角落處，上面的被子鋪得整整齊齊，那本來破掉的窗戶用了一塊板子遮擋了起來，另一邊燒水的地方也收拾乾淨了，屋子裡透著一股陽光曬過的香氣。

「你回來了？」彎腰在堆著柴火的鴛鴦，起身看到站在門口的楚暮遠，展開了笑靨。

她走到他面前，伸手拍了拍他肩膀上的灰塵，從他手中拿過那白布包裹的袋子，把饅頭從裡面拿了出來，又在燒火旁的一個罐子裡倒出了一些米，洗乾淨了倒進鍋子裡，放到火上慢慢地熬煮。

做完了這一切，鴛鴦見他還愣著，把他拉到了一邊坐下，柔聲說：「很快就能吃飯了，你先過來坐。我去替你要舀水洗臉。」鴛鴦看著他坐下，又要轉身去取水。

楚暮遠拉住了她，鴛鴦回頭看他，楚暮遠抬起頭，四目相對。

鴛鴦伸手摸了摸他的臉，關切道：「怎麼了？」

「妳願意跟著我一直住在這裡？」楚暮遠自然記得一早鴛鴦恢復神智後和自己爭吵的內容，同樣也不會忘記他從千佛寺回來送信去曹家的時候她回應的話，如今不過半天的工夫，眼前的人像是變了個人。

「若不是你，恐怕我早就餓死街頭了。」鴛鴦輕輕搖了搖頭，在他旁邊坐了下來，身子慢慢地倚靠在他身上。「你在這段時間的照顧我都記得，我無以為報，唯有陪在你身邊，你不願意？」

楚暮遠看著她，眼底那一抹深沈讓鴛鴦有些心慌，早上她太急，說了太多不該說的話，她怕挽回不了她在他心中的位置。

「我只是覺得自己沒用，要讓妳跟著我這麼吃苦。」楚暮遠搖搖頭，伸手抱住了她，目光靜靜地看著角落裡冒著煙的小鍋子。

「不要這麼說自己，你也是為了我，鴛鴦身處春滿樓十年，什麼樣的人沒見過，像暮遠這樣情深意重的男子實屬難得，你別這麼說自己。」鴛鴦伸手捂住了他的嘴巴，目光炙炙地看著他，轉而又俯身靠在他的胸口，喃喃道：「鴛鴦只求真心待人。」

楚暮遠的眼神柔和了幾分，兩個人靜靜地抱了會兒，直到那鍋子沸頂地動了起來，楚暮遠鬆開了她，走到角落裡，把煮好的稀飯倒進了碗裡，拿到唯一的桌子上，兩個人喝著稀粥吃著饅頭，儘管簡陋卻透著溫馨。

天色漸暗，楚暮遠洗漱過後待在屋外，等著屋子裡的鴛鴦洗完澡，喊了他才進去。

小小的屋子裡透著一股濕熱氣，鴛鴦穿著最簡樸的衣服從竹席後走了出來，到他面前拉起他的手走到床鋪邊上，要他坐下。

楚暮遠坐下之後，鴛鴦走到門邊用席子遮住了門口，回到床鋪邊脫下鞋子到鋪上，雙手放在他的肩膀上，楚暮遠身子一震。

他身後的鴛鴦嘴角揚起一抹笑。「放輕鬆，你累了一天，我給你鬆鬆肩。」她輕柔地捏了起來。

楚暮遠放在腿上的雙手卻緊握了起來，一刻都不得鬆懈。

這一切都在她的眼底，她看到他側臉上的緋紅，感覺到他僵硬身子的緊張，雙手輕柔地在他脖頸處揉捏著，從喉結處輕輕滑過，緩緩而下。

她嘴角的笑意越來越大，她的身子貼著他的後背，那雙手快要到他的胸口，忽然，楚暮遠拉住了她的手，鴛鴦臉上閃過一抹得逞，等著他把自己翻身壓倒在床鋪上，可好一會兒過去了，楚暮遠都遲遲沒有動作。

「早點睡吧，妳也累了一天。」楚暮遠斂去眼底的悸動，鬆開了她的手，起身去另外一邊拿被子鋪到稻草上，沒有要和她睡在一塊的意思。

「你……是不是嫌棄我，覺得我不乾淨了？」鴛鴦難過地看著他，他居然拒絕了她，他明明是有感覺的，為何無動於衷？

「我怎麼會嫌棄妳，等我娶妳的時候，我們再在一起，這樣不是更好嗎？」楚暮遠給自己鋪好了被子，到她面前蹲下，握住了她的手，柔聲說：「我現在還不夠好，等我賺夠了錢，我們去別的地方買一個小宅子住下來，現在這樣太委屈妳了。」

「我不介意！」鴛鴦脫口而出。

楚暮遠搖了搖頭，制止她繼續說下去，替她拉開了被子讓她躺下，又替她蓋好被子，輕輕地摸了摸她的頭髮，笑看著她。「妳別怕，我們很快就能離開這裡，到時候妳想去哪裡定居都可以，我都陪妳去。」

鴛鴦牽強地笑了笑。

楚暮遠吹熄了油燈，到旁邊的鋪子上躺下，很快就睡著了。

黑暗中鴛鴦睜著眼睛，看著那破舊的房梁如何都睡不著，聽著旁邊傳來的均勻呼吸聲，楚暮遠的拒絕和他的話時時刻刻地撓著她的心，跟著他離開金陵去別的地方，過著只夠溫飽的日子，這不是她要的，她本來想著能夠懷上他的孩子，這樣他總會帶著自己回楚家去的，可他居然不肯要她。

這樣接連一個多月，鴛鴦對楚暮遠的引誘都沒有成效，楚暮遠始終堅持分開睡，不到成親的日子不能在一起，鴛鴦漸漸開始有些不耐煩。

五月底，天漸漸熱了，楚暮遠把攢下的錢給鴛鴦，讓她做一身衣服。

楚暮遠離開後，鴛鴦拿著那僅有的二兩銀子哼笑了一聲，過去她在春滿樓，一身的衣服沒有幾十兩銀子都下不來，到了曹家之後，曹晉榮更是大方得很。這二兩銀子夠什麼，夠買一個袖子嗎？

一個多月的溫柔對待，讓鴛鴦漸漸失了耐心，她千方百計地讓楚暮遠覺得自己賢慧，跟著他吃苦，可始終沒能撼動楚暮遠的決定，怎麼勸他都不回楚家，他始終要自己養活她，不肯回去楚家，更不願意和楚家任何一個人有所聯繫。

街上人來人往，鴛鴦手裡拿著二兩銀子卻不敢進任何一家鋪子，她怕被人認出來，更怕別人看到她現在這貧困潦倒的樣子會嘲笑她，這樣的生活她完全過不下去。

走神間手中的銀子忽然被人給搶了，看著前面跑得飛快的賊，鴛鴦愣了愣才急忙追上去。「抓賊啊，那人搶我的銀子，抓賊！」

鴛鴦的速度根本跟不上那飛快竄走的賊，路人更多的是看好戲的心情。

情急之下，鴛鴦放開步子去追，看那賊穿過了路口也急著追過去，沒注意來往的馬車，忽然不遠處傳來一聲小心，側邊跑過一輛馬車，在她面前急剎停住了。

鴛鴦被嚇得即刻癱倒在地上，馬車上很快下來一個人，鴛鴦抬起頭看他，眼底閃過一抹驚慌，想要站起來，但腿軟著卻站不穩，還是那個人扶了她一把，她順直倒入了他的懷裡。

「殷公子。」鴛鴦輕輕地推了他一下。

殷長夜看她這般樸素的穿著，皺了眉。「我帶妳去醫館。」

鴛鴦應該是要拒絕的，可一想到如今的處境，她便什麼都沒說，讓他扶著自己上了馬車，微蜷著身子坐在馬車內，鴛鴦看了旁邊的殷長夜一眼，這個她在曹家只見過兩次面的男人，才是擁有她第一次的人。

這樣的一幕落入位於一家茶館二樓曹晉榮的眼底，從他家裡瘋了丟出去的人，怎麼能夠過得如此逍遙？

她恢復神志了？

那正好。

曹晉榮吩咐隨從道：「去小碼頭那裡把楚暮遠帶過來，我帶他去免費看一場好戲。」

第三十七章

殷長夜帶著鴛鴦去過了醫館之後，問她如今住在哪裡。

醫館內單獨的小屋子裡，鴛鴦本來平靜的情緒被他這麼一問，忽然神情悲傷了起來，雙手抱著膝蓋躲在床角裡，不去看殷長夜，喃喃地說起自己在不知情的情況下被趕出了曹家，而後被一個好心大嬸收留，過著食不果腹的日子。

狹小的小屋子，封閉的空間，只要人願意，什麼事情不能發生？鴛鴦抬眼望著殷長夜，哭得十分淒美，下一刻鴛鴦心中想的事情就發生了。

即便外面是醫館的大廳，即便是外面有人走來走去，她依舊順從地倒在殷長夜的身下，她要用盡渾身解數去留住眼前這個男人，楚暮遠已經沒用了，他不肯回楚家，不肯與她同床，除了再回曹家之外，眼前這個男人是她今後富貴生活的最好選擇，就算退一步，她還有楚暮遠在。

可她沒有預料到的是，這屋子裡旖旎的一切都已經在兩個人的眼底——

櫃子後的縫隙那兒，楚暮遠粗紅著脖子瞪著雙眼，盯著那屋子裡的床，那兩具交纏的身子，耳中是鴛鴦的嬌喘聲。而他動彈不得，他被兩個隨從架著身子固定在那裡，嘴巴死死地被捂住不能出聲。

身後的曹晉榮臉色陰沈，嘴角卻揚著一抹笑，聽著屋子裡的聲音漸漸高亢了起來，示意隨從拉著楚暮遠離開了醫館。

到了一個巷子裡面，曹晉榮伸手拍了拍他的臉。「嘖嘖，楚家的二少爺居然淪落到這樣的地步，怎麼樣，這滋味好不好受？

「我告訴你，你心愛的女人在我曹家過的都是這樣的日子，你不知道她有多喜歡這樣的生活，剛剛那個人，是她床上的第一個人。」

楚暮遠掙脫了他的手，對著他發狠吼道：「你這個畜生！」

「我是畜生，那你就是畜生都不如了，你看上她什麼了？你應該早點告訴我，這何必這樣躲躲藏藏，我會邀請你去曹家，你也可以好好享受享受，何必離開楚家呢？」

曹晉榮的每一句話都像是榔頭狠狠地敲擊著楚暮遠的心，揭開他最不願意承認的東西。

「你知道她是怎麼瘋了的嗎？她和幾個人玩得太瘋了，撞到了桌子，醒來就瘋了。」曹晉榮看著他臉上的神情，笑得很開心。

「我這輩子最恨別人耍我，我讓她和你書信來往，你感覺如何，是不是覺得她是被迫去曹家的？你一定很心疼吧，很想把她帶走好好照顧她，可你看，她不樂意啊，她嫌棄你現在不是楚家二少爺，轉眼就上了別人的床。」

曹晉榮在得知楚家大小姐找人在他面前說起鴛鴦後，就開始放任鴛鴦和楚暮遠通信，楚家大小姐讓他心裡不痛快，他就要讓她全家都不痛快！

本以為楚家會鬧出什麼兄妹分裂鬧場的大事，結果楚家大小姐意外出事之後，直接把楚暮遠淨身出戶，趕出楚家了，那多沒意思。

於是他就把神志不清的鴛鴦趕出了曹府，看著楚暮遠帶走了她，原本以為他會把她帶回楚家，那楚家大小姐才有得煩，可是等了兩個月都沒見楚暮遠回去，而後又得知楚暮遠想把鴛鴦帶離開金陵，曹晉榮哪能如他的願。

「對了，她的滋味如何？」曹晉榮問道。

曹晉榮的話激起了楚暮遠很大的反應，可身後兩個隨從死死地壓制著他，他仰起頭看著曹晉榮怒道：「你到底想怎麼樣！」

「我把我的小妾給你了，你也得還一個給我，不如你把你妹妹嫁給我，如何？」曹晉榮這十幾年來，從來沒有誰算計了他之後還能這麼舒坦地過著，他要楚亦瑤向他道歉求饒，要看到她在面對他的時候再無倔強的樣子。

「你作夢！」楚暮遠狠狠地掙扎了兩下，抬起頭凶狠地看著曹晉榮，亦瑤嫁給這個畜生，那不如他直接和曹晉榮拚了！

曹晉榮毫不介意他的眼神，呵呵地笑了，低頭看著他，緩緩說：「等著瞧，你看我是不是作夢。」

鴛鴦回去的時候已經是傍晚，看到曹晉榮在屋子裡，心中先是一顫，繼而收拾了神情走進去，看到楚暮遠臉上的傷時還是嚇了一跳，鴛鴦想伸手去摸，卻被楚暮遠避開來。

惡。

「怎麼了，在碼頭上和別人打架了？」鴛鴦關切道。

楚暮遠抬起頭看她，瞥到她脖子間來不及遮掩的紅痕，收回了視線，斂去眼底的那抹厭惡。

「我去替你燒些水敷一下。」

鴛鴦剛起身，楚暮遠一把拉住了她，大力把她扯到了床鋪上，鴛鴦一下摔在了上面，人有些暈，撐起身子看著他，有些惱怒地問道：「你幹什麼？」

楚暮遠不顧她的喊叫，直接一把扯開了她的衣襟，露出了肩胛和鎖骨，上面都是斑斑的紅印子，鴛鴦尖叫著要去拉回衣服，伸手就要打他，楚暮遠快她一步揮手給了她一巴掌。

四周頓時安靜了。

鴛鴦怔怔地看著這個忽然發狠的男人，臉上傳來火辣辣的痛楚。

楚暮遠鬆開了手，把她推回到了床鋪上，冷聲道：「還想怎麼裝，是要告訴我妳是被逼的？」

「你到底在說什麼？」鴛鴦很快拉回了衣領，眼神微閃。

「妳不是我認識的鴛鴦，妳走吧！」楚暮遠看了一眼自己的手，眼底閃過一抹冷漠，那一聲聲嬌喘就是對他最大的諷刺，還有曹晉榮說的每一句話，曹晉榮讓鴛鴦和自己不斷地書信往來，讓自己和亦瑤爭執不休，讓楚家不安寧。

可他呢？真傻得離開了楚家，以為是兩情相悅，能夠帶著她離開，憑藉自己的能力為她創造一個溫暖的家，不需要再寄人籬下，更不需要靠賣笑營生。

他早就應該看清楚的，從千佛寺回來，大街傳著他和楚家斷絕關係、淨身出戶的事，鴛鴦的回信就是要和他斷絕往來，一個多月前她恢復神志時候，和自己的爭執中也不斷提出要他回楚家。

自始至終都是他自以為是，而她要的一直是榮華富貴的生活，過去他給得起，所以她喜歡他，如今他給不起了，所以她很自然地轉投他人懷抱，她愛的是自己，是銀子，愛很多東西，但其中都沒有他。

他懷抱的最後一點期望破滅了，他心目中那個最美好的人已經被她毀得一乾二淨。人有時候會被一些人和事所蒙蔽，旁人怎麼勸說都沒有用，而一旦醒了，他就會比誰都看得清楚，看清楚了眼前這個女人的心思，他越覺得自己的行為愚蠢得可笑。

「你要趕我走？」鴛鴦沒反應過來，她自然不會想到那麼好的一齣戲楚暮遠全看下來了。

「難不成妳要留到等著他來接妳不成？妳走吧，我不想再看到妳。」楚暮遠見她沒動作，拿起一旁的一個包袱，扔到她懷裡。「就當我們從來沒有認識過。」

鴛鴦這才開始想到他有可能撞見殷公子送她進醫館，可就只是這樣，他也不應該會趕自己出去，忽然鴛鴦倒抽了一口氣，被自己心裡接下來的猜想嚇了一跳，他不可能撞見醫館中的那一幕啊！

「暮遠……」鴛鴦忽然覺得喉嚨堵著難出聲，她抱著那個包裹還想說什麼，人卻被楚暮遠直接拖到了外面，她急切道：「暮遠你聽我說！」

「沒什麼好說的了，鴛鴦，給自己留點最後的尊嚴，今後妳我是死是活，都不再有關係，妳自己保重。」楚暮遠說完直接進屋子取了另外一個包袱，從她身邊擦身而過，任憑她怎麼叫，都沒再回頭……

楚亦瑤很快知道了這個事情，那個婦人第二天就急著來告訴她這消息，二哥連夜走了，鴛鴦在那兒留了一夜之後，第二天也被人給接走了。

「太好了，二少爺很快就可以回來了。」孔雀在一旁高興道，只要二少爺肯回來了，小姐就不必這麼辛苦，親兄妹之間，有什麼事情不能好好說，要隔閡這麼久。

「他要回來早就回來了。」也許只有當二哥真正回到家裡，楚亦瑤才能相信是真的放下了，在這之前，所有的消息對她來說都有變數。

那婦人帶回來的僅僅是破屋子裡兩個人發生的爭執，而在這之前，讓二哥能下決斷離開，肯定還發生了什麼事。

楚亦瑤讓寶笙去找阿川，去小碼頭上打聽一下，昨天有沒有發生什麼特別的事情。

吃過了午飯，楚亦瑤去了香閨，鋪子裡的生意很穩定，過了一會兒，一個夥計進來給楚亦瑤遞送一封信，是沈世軒寫的，約她下午見面，有要事相談。

楚亦瑤巡過這幾間鋪子後，上了馬車去沈世軒說好的鋪子，那掌櫃的看到她就帶著她上了三樓，走進裡側的一間包廂，沈世軒已經在了。

「沈公子找我有什麼要事？」楚亦瑤看他面前的桌子上放著個偌大的箱子，以為又是什麼新的雕刻品，但看他這神情又不太像。

「楚小姐若肯幫忙，沈某畢生難忘。」沈世軒也不和她說什麼客套話，請她坐下後，直接打開箱子，裡面竟然都是契，還有些私人印章，用一個一個小盒子裝起來放在一旁。

「沈公子，這是何意？」楚亦瑤不解他的意思。

「這是我所有在外自己置辦的鋪子，有些租出去的，有些我自己開了鋪子，這裡還有兩個莊子的地契。」沈世軒把自己所有這幾年來在外面私下置辦的，全都拿到了她面前。「這裡的東西，我爹娘他們都不知道。」

楚亦瑤沒想到沈世軒私下竟然置辦了這麼多東西，抬頭看他，溫而不火的一個人，骨子裡透的韌勁卻是怎麼都掩蓋不去的，作為沈家的二少爺，在外自己名下的東西竟有這麼多，要讓人知道了，還真不知會怎麼看他呢。

「既然伯父、伯母都不知道，沈公子把這些給我看，又是什麼意思？」上一次沈世軒這樣類似的行為是要讓她開鋪子，自己則當個隱藏的合夥人，這一回，他又要做什麼？

「我要拜託楚小姐，替在下保管這些東西。」找任何和沈家有關的人，沈世軒都不放心，而要沒有痕跡地轉移這些東西，似乎只有眼前的人最合適了。

沈世軒看著她驚訝的樣子，苦笑了一聲。「祖父要求我回沈家幫忙，這些東西，我不想讓沈家的其他人知道。」他已經在沈家商行裡學了一些日子，但這樣也是避不開的，若他什麼都不顯示，祖父會有意見，若他在大哥面前有所施展，那大哥勢必會去查他，這也是他最不願意看到的。

「恕我冒昧，沈公子，這些是你的成果，不是你在沈家最好的證明嗎？你並非沒有能力，為何要藏起來？」又為何是交給她？

「我不是藏起來，而是現在還不是時候告訴他們。」沈世軒搖搖頭，大哥什麼性子他很清楚，若是知道他面上碌碌無為，私下做這些，就會對他警惕起來，說不準還會找人打壓這些，逼迫他放棄。

一家有一家的難事，沈世軒在沈家的位置其實說起來很尷尬，太能幹，不是長子嫡孫；不能幹，又顯得太沒出息。沈老爺子不會放任他什麼都不做這麼繼續下去，他進或者退，都有人看著。

楚亦瑤沒有再問，只是看著那麼多的東西，猶豫著不能答應他的請求。

「沈公子，亦瑤恐難擔此大任。」楚亦瑤輕輕地合上了這蓋子，她若是答應他的要求，這就直接和沈家牽扯不清了，他日若是真查起來，她和沈世軒之間就真的說不清了。

「我知道這樣的要求很為難楚小姐，這些鋪子都有人打理著，只要楚小姐做了名目上的買家就可以，不會太久。」

沈世軒知道這樣的要求過分了，他和楚亦瑤之間最多也只能算是生意上的合夥，那也遠遠沒有親密到可以交託給她這些事情，但他有這個打算的時候，第一個想到的人卻是她。

也許是兩個人都有秘密，而這樣的秘密也只有他們兩個人知道，日久形成的信任讓沈世軒覺得可以告訴楚亦瑤一些自己從未和別人說起過的東西，而正是這樣的感覺，不斷地促使他想把這一份關係維持得更久，更接近一些。

楚亦瑤犯難了，在大同的時候他就幫過自己，回來之後又數次出手相助，若只是一段時間的幫忙她應該答應，可為何她心中卻覺得十分怪異，這種本不應該對她講的事情，如今竟如此信任的託付，總讓楚亦瑤有種很奇怪的感覺。

半晌，楚亦瑤抬起頭看著他問道：「沈公子，這麼重要的東西，你為何要交給我來保管？」

「我相信楚小姐的為人，這些東西除了楚小姐之外，我沒有告訴過第二個人。」沈世軒伸手摸了摸這個盒子，從他乍然夢醒那一刻開始，他就著手準備這裡的東西，從最初的第一張契約，到如今這箱子裡厚厚的一疊，這五、六年來他所承受的這些，沒有任何人知道，他卻願意讓她知道。

「希望楚小姐能夠為我保管這些東西。」

楚亦瑤被他這灼熱的目光盯得有些不知所措，她又不笨，只是從來沒想到過男女之情上去，合作就是合作。可沈世軒這番舉動實在讓她覺得不尋常，她開始覺得，眼前的這個人是在向她示好。

用他所有的家當，最秘密的事情來換取她的信任。

「你……」一個字出口，楚亦瑤忽然不知道問什麼，放在膝蓋上的手輕顫了一下，暗自提醒著自己，她是來和他談事情的，怎麼能夠流露出女兒家的姿態。

「妳放心，事情我都安排好了，妳只要偶爾過去看一下就成了。」沈世軒怕她直接出口再拒絕，忙接上她的話。

楚亦瑤原本還有些緊張的情緒，看他比自己還不安著，倒多了幾分釋然，抬起頭看著他，笑道：「那就當沈公子再欠我一個人情。」

沈世軒見她就這麼答應了，他還愣了一下，繼而忙寫下一張清單，有關於這箱子裡所有的的東西暫交給楚亦瑤，包括所有鋪子莊子的收盈也暫交她管理，他概不過問。這些東西他想什麼時候收回，楚亦瑤就得什麼時候還給他，不容有異。

楚亦瑤看這清單還是嚇了一跳，他這暫交便直接把自己置身事外了，一身輕地回去，就連營收也不過問。

「我已經和幾個知情的管事都打過招呼了，這些鋪子莊子以後就都是楚小姐的了。」沈世軒鬆了一口氣，看著她按下手印，把另外一份貼身收了起來，見她臉上還未散去的一抹猶豫，心情忽然好了起來。

楚亦瑤把清單一折，直接放進了箱子裡，對他明說道：「若是虧了，我可不管。」

沈世軒笑著都一一應下了，這讓楚亦瑤覺得自己反倒是著了他的道。

從這鋪子離開，天色已經暗下來了，楚亦瑤抱著那箱子上了馬車。

沈世軒站在三樓的視窗目送著她離開，過了一會兒，一個隨從推門進來。

「二少爺，老爺子派人來通知您回府。」

沈世軒擺擺手，低頭看街市上熙熙攘攘來往的人，嘴角勾起一抹笑，他怎麼不明白自己的心了，就是太明白了，所以他急不得……

第三十八章

回到了楚家，楚亦瑤剛把這箱子放下，喬從安院子裡的青兒就來找她，說是楚二夫人過來了，有事情相說。

楚亦瑤把箱子鎖好了後，便去喬從安那裡。

楚二夫人正一把鼻涕、一把眼淚地在那兒說著，一看楚亦瑤進來，哭得更是傷心，拉著喬從安的一隻手，另一隻手不斷地抹著眼淚。

肖氏說的是楚妙菲的事情，楚妙菲如今也十四了，眼看著邢紫姝就要嫁進張家，楚妙菲在王家被王寄林這麼羞辱後，這親事卻難了，起碼對肖氏來說，肯定是找不到一家她滿意的。

「妳說這孩子怎麼就這麼可憐，從王家回來人都瘦了一大圈，吃得也少，再這麼下去可怎麼辦？」即便是這樣，肖氏還是不願意把楚妙菲嫁給那些管事夫人的兒子，於是她想到了找喬從安幫忙，如今楚家漸漸恢復元氣，侄媳婦的好口碑一定能替自己女兒找到個好的。

「二嬸，您把妙菲送回徽州去就可以了，徽州可沒人知道金陵發生的事，您也好找一個中意的。」楚亦瑤得知她是為了楚妙菲的婚事，直言打斷了她的哭訴。

「那怎麼可以，她一個人在徽州，都沒個娘家可以照應。」本來就是從徽州出來的，怎麼可能再回去。

「二嬸您可以跟著一塊回去啊，這樣就能照應到了。」楚亦瑤笑著繼續建議道：「比起金陵這裡，徽州應該也有不少好人家，畢竟那裡是二嬸的家，肯定比這認識的人要多一些。」

肖氏被她這說話的口氣有些衝到，意識到自己今天是有所求的，瞪了楚亦瑤一眼，繼而看喬從安說：「侄媳啊，我聽說妳和那陳家夫人自小就認識，陳夫人的兒子今年不是剛滿十五，妳替我去說說，我們家妙菲也是個知書達禮的人，性子也沈穩，兩個人這年紀也相配。」

楚亦瑤一聽直接笑出了聲，眼底閃過一抹嘲諷，和喬從安對看了一眼，不留情地說：「二嬸，金陵知府家的兒子您都敢想，那您還真是不知天高地厚。」

肖氏當下就有些掛不住了，沈著臉喝斥道：「妳這孩子怎麼說話的，怎麼這麼不懂禮數！」

「我再不懂禮數，也不會有二嬸這麼沒有自知之明，您還妄想把女兒嫁入金陵知府家，想想也就算了，您還真敢說，還想讓大嫂去替您做這個人情，您不嫌丟臉，我們還怕失了臉面。」上回在王家的時候肖氏那一齣，多少夫人看在眼裡，根本不用傳，人家就都知道了這母女倆懷的是什麼心思，如今這要求更高了，居然想和知府大人做親家，真是越來越有出息了！

「妳一個姑娘家整天往外跑不說，還在這裡和長輩頂嘴，亦瑤妳真是越來越無法無天了，這麼說妳堂妹，她過得好了會有妳差嗎？妳怎麼整天就見不得別人好。」肖氏氣紅了臉，她女兒好了，對楚家不是也有好處嗎？

「我就是想見著陳家好才這麼說的，二嬸，您還是別一門心思把妙菲往那樣的人家送了，別禍害了人家。」楚亦瑤真心誠意地說道。

肖氏氣的胸口猛地起伏，雙目騰突地瞪著楚亦瑤張口正要說什麼，門口那傳來了楚妙藍急切的聲音——

「不好了，娘，二姊落水了。」

肖氏即刻站了起來，楚妙藍氣喘吁吁地到她身邊。「有人……來家裡說，二姊她在湖邊落水了。」

「快去看看！」肖氏拉起女兒再也顧不得別的，馬上往門口那兒快步走去。

屋子裡喬從安和楚亦瑤對看了一眼，也站了起來。「我們也過去看看吧。」

楚亦瑤點點頭，和她跟著走了出去。

幾個人趕到湖邊，楚妙菲已經給撈上來了，整個人還昏迷不醒，靠在丫鬟懷裡，周圍圍了不少人。

肖氏擠了進去，看到楚妙菲這不省人事的樣子，抱著她要送去醫館裡，一旁傳來了一聲叫喊——

「等等，我剛剛替她推氣了，湖水已經吐出來了，過會兒就醒了。」一個腳上穿著皮靴子的人走了過來，滿臉的鬍渣子，頭髮全濕透著，身上還掛著一塊擦的布。

「你是誰！」肖氏一聽「推氣」兩個字就尖聲叫了出來，她女兒昏迷不醒，這個人還占了她便宜了，這邊這麼多人看著，這要怎麼活啊。

一旁有人看不慣肖氏這作態，開口替那漁夫說話。「大嬸，人家可是跳下湖救了妳女兒上來，妳還問人家是誰。」

肖氏這才打量這個人，不看不打緊，一看她就險些暈過去了，這五大三粗的大漢怎麼會是救她女兒的人，還給她推了氣，這豈不是把她身子都給摸了！

楚亦瑤到的時候，楚妙菲正幽幽地醒過來，一看是肖氏，直接放聲音大哭了起來，她以為她要死了，這輩子再也見不到爹和娘了。

往人群中一看，楚亦瑤居然看到了王寄林的身影，王寄林也看到她了，忙對她做了個噓聲的手勢，指了指身後的酒樓，楚亦瑤和喬從安說了一聲，轉身朝著酒樓走去。

一進包廂，楚亦瑤就問道：「你不要告訴我，楚妙菲的落水和你一點關係都沒有。」

站在窗戶邊看下面的王寄林可委屈了，回頭見她一臉不信，解釋道：「真的沒關係，我也不知道她為什麼會落水，今天和幾個朋友來這裡打算坐小船遊湖的，結果才在湖邊亭子裡坐一會兒，我就看到她也過來了。」

王寄林才覺得莫名其妙，楚妙菲朝著他們亭子這邊走過來，直接和他打了個招呼。

上回的事，王寄林知道是自己話說得太過分了，這回也就什麼都沒說，打完招呼後，楚妙菲在他們亭子附近的湖岸走著，他也沒注意。

才隔了那麼一小會兒的工夫就聽到有人落水的喊叫聲，幾個人轉過頭去看，楚妙菲的丫鬟在岸邊喊救命，而楚妙菲落水的地方，就在他們亭子的不遠處，王寄林當下警惕心就上來了，又來！

「上次落水一回還不夠啊，這次說什麼我都不會去救了。」王寄林癟了癟嘴說，已經吃了一次虧了，天知道救上來她又會打什麼主意。

「你就這麼看著她掉水裡什麼都沒做？」楚亦瑤聽著都有些無語了，這麼老是往水裡掉，真的是不要命。

「沒有啊，我還讓幾個朋友都不要去救她，萬一救上來了，這麼多人看著，她要他們娶她怎麼辦？」王寄林很是理所當然地說，他見識過之後，怎麼能夠眼見著這樣的事情在別人身上再發生，所以他直接告訴他們不要救了，裝作沒看到就好了。

楚亦瑤沒忍住直接笑出了聲。「所以，你們就看著她在水裡撲騰，誰都沒下去。」

王寄林點點頭，他這麼一說，朋友幾個就都沒下去救人，岸邊人也不少，總會有人看到的吧，這不，過了一會兒，一個在湖裡網魚的漁民看到有人落水就跳下去救了。

「人救上來的時候已經昏過去了，那漁民就給她推了水，吐出來之後她娘就過來了，妳可別說我在這裡，等會兒她誣賴我什麼。」王寄林忙和楚亦瑤說道，神情還有些緊張，生怕肖氏知道他在這裡，會拖著不讓他走。

楚亦瑤看了一下窗外，肖氏抱著女兒正準備上馬車，四周圍有人說話，卻也聽不清楚說什麼，那漁夫站在一旁，不遠處的湖邊靠著一艘無人的小船，楚亦瑤想起了肖氏口中誰救了就要嫁給他，就算是乞丐也沒辦法的話語，嘴角揚起一抹笑……

不出半天，也不需要多大的宣傳，很多人都知道這湖邊的一幕，一個二十幾歲的捕魚漢子救了一個落水的少女，眾目睽睽之下還替那昏迷的少女推了水，六月初的天，這樣的場景實在是讓不少人覺得漁夫賺到了。

若說在楚家中落水，看到的這些人不會到處亂說，那這湖邊看到的人就不一定了，有的是人把這件事加油添醋，當作茶餘飯後的事情來說，其中還提到了亭子裡幾位包括王家三少爺，看到這小姐落水都無動於衷。

繼而還有人提到說，這不就是在王家二少爺成親的時候被王家三少爺指責過的姑娘嗎？於是，那些人就整合出了一個完成的版本，楚妙菲在被王寄林救過一次後，就想嫁去王家，未果，故技重施，結果這回王家三少爺不救了，直等到那漁夫把快淹死的人救上來。

實際情況其實和這個並沒有差太多，楚妙菲心裡不平衡的因素占了大多，促使她再度冒險在王寄林附近落水，所謂一回生、兩回熟，這掉著掉著，都能掉出水平來了，可她哪裡知道這一回人家壓根兒不救了！

回到家裡的楚妙菲，這一回想死的心都有了，上次想讓張子陵救，結果王寄林下的水，如今想讓王寄林救，結果下水的是一個漁夫，眾目睽睽之下，她真的是沒法做人了！

結果還沒等她有什麼反應，有好事者就去問那漁夫，救了這姑娘可是要娶她的，要是娶這麼一個小姐，他這輩子都不用打魚了，可以直接上門做女婿去了，吃香喝辣。

漁夫的反應出乎意料，他和王寄林的反應相同，他救就救了，哪有要娶的道理，這樣的小姐手不能提、身子纖弱的，他才不要娶回家，一點忙都幫不上。

等肖氏前去想辦法補救這個事情的時候，傳言已經變成了——另一個楚家的二小姐，不僅不得王家三少爺的喜歡，還遭到了漁夫的嫌棄，上下都沒人喜歡。

楚翰勤回來把楚妙菲狠狠地罵了一頓，她就是這麼鬧騰，若是能嫁入王家也就罷了，如今把名聲都弄臭了，還怎麼說親。「直接送回徽州好了，還在這裡丟人現眼。」

「我不要回去，大姊都嫁進程家了，我為什麼要回去，娘，我不要回去！」楚妙菲一聽楚翰勤這麼說，哭鬧著和肖氏說。

「妳大姊能嫁入程家那是她的本事，妳除了會哭還會做什麼？妳看看妳教的好女兒，妳和她一塊兒回徽州去得了！」楚翰勤想起來是一肚子的火，商行裡的幾個人都被換掉了，自己辛苦了這麼久都快撈不到什麼好處，這邊家裡還老是出事，沒給自己幫上忙，反倒老扯後腿。

肖氏看他真的發火生氣了，顧不得楚妙菲，趕緊先安撫住了楚翰勤，把他拉到屋外。

「菲兒也不是故意落的水，誰知道王家少爺連這都不肯相助。」

「妳趕緊帶她回徽州，找一戶人家嫁了，她這樣還想在金陵找，那些管事都不要她做兒媳婦了。」楚翰勤不耐煩地說。「還有妳，一天到晚包庇她，都縱容成什麼樣了。」

肖氏覺得委屈，這也不是她教女兒這麼做的啊，這丫頭人大了主意也多，上次沒和她商量，這一回更是直接去了，連小女兒都沒說。

「老爺，送回徽州去，那裡她一個人要怎麼過？我們都不在徽州，這孩子性子倔，要是在婆家受了委屈也沒處說了。」把孩子送回去，肖氏是如何都不同意的。

「那妳就跟著她一起回去，嫁了人難道還天天回娘家不成？」楚翰勤回頭冷冷地瞥了她一眼，肖氏心裡一震，牽強地一笑。「老爺你說什麼呢！我還要留在這裡照顧你和妙藍。」

「妙藍也不小了，妳要怕妙菲在那兒受委屈，就跟著回去徽州，讓兩個姨娘過來替妳照顧著。」楚翰勤盯著她說，半點沒有玩笑的意思。

肖氏此刻才真正意識到他說的都是真的，繼而忙挽著他討好笑道：「孩子大了，是該自己好好過日子，我再勸勸她，等她心情好一些了再送她回去。」

「下月就送回去，等妳把她這親事安頓好了再回金陵。」楚翰勤說完就離開了。

肖氏站在那裡，久久不能靜下心來，老爺可從來沒和自己這麼說話過，他竟然要她帶妙菲回去，把親事安頓好了再過來。

屋子裡的楚妙菲不知道和楚妙藍說了什麼，又開始大哭了起來，肖氏匆匆跑了進去，安慰之餘還要想著如何勸說女兒回徽州去……

第三十九章

七月，金陵的天最熱的時候，邢紫姝快要出嫁了，楚亦瑤去邢家送添嫁，此時的邢家滿是客人，邢老夫人攜著一家老小都過來了，包括邢大爺他們和幾個表哥。

邢家的院子住不下了，邢二爺又在旁邊租了一個小宅子，暫時讓哥哥嫂子住在那裡，對於女兒能嫁入張家這麼好的人家，邢大爺和妻子成氏都十分驕傲，更是把多年來積攢下來的銀子拿出了一大部分說是要給女兒做嫁妝，還說要把兒子也留在金陵，女兒都嫁得這麼好了，能不幫襯著娘家嗎？

「這就是亦瑤吧！喲，都這麼大了，我記得小姑子走的時候也就這麼大，一轉眼二十幾年過去了。」大舅母成氏要比二舅母能說會道多了，她一直陪著大舅在徽州做點小買賣，接觸的人也多，拉著楚亦瑤熱情地說了起來，一面對邢老夫人笑道：「娘啊，您看這孩子，和小姑子那時候有幾分相似的。」

「妳們聊，我去隔壁看看表姊。」對於成氏這忽然來的客套熱情，楚亦瑤有些不習慣，和邢老夫人打過招呼之後就去邢紫姝的屋子，姊妹三個正坐在那裡聊天，尤其是邢紫蘿，看著屋子裡準備好的新嫁衣一臉的羨煞。

「二姊，真好，妳都能嫁入這麼好的人家。」不過時隔一年多的時間，二姊居然能嫁入張家，一路來聽祖母說，這張家可是個大戶人家，二姊要嫁的還是個讀書人，將來就有可能做官家夫人，這是她們當初想都不敢想的。

「妳也能找一戶好人家的。」邢紫姝笑著安慰妹妹。

「哪能像二姊這麼好運。」邢紫蘿愛不釋手地摸了一下那做回來的嫁衣，嘟囔了一聲。

「說什麼呢？這麼開心。」楚亦瑤走進來，從寶笙手中拿過盒子，放到邢紫姝面前笑道：「這是給紫姝姊的。」

邢紫姝拿過那盒子的時候有些微怔，好沈。打開來看，嚇了一跳，她抬頭看楚亦瑤。

「這……」

「家中有姊妹出嫁，都要送這添嫁，妳也別客氣，即便是張家家世比我們的好，也得風風光光嫁進去。」楚亦瑤給邢紫姝準備了一套的首飾物件，又在盒子下一層準備一對龍鳳金鐲和兩塊羊脂玉珮。

一旁的邢紫蘿看得驚呼出聲。「二姊，這東西都趕得上娘給妳準備的。」

女兒出嫁，成氏自然也給女兒準備了東西，不過當年她嫁入邢家的時候，邢家還只是個鄉下最普通的農戶，她的嫁妝自然也好不到哪裡去，所以給女兒的還是另外再置辦拼湊，自然比不過楚亦瑤這一整套拿出手的。

「亦瑤，這實在是太貴重了，這些東西我不能要的。」爹和娘給自己準備的嫁妝也才那麼一些，楚亦瑤這一手送出來的，都抵得上那好些東西了，姊妹間的添嫁哪裡用的著這麼貴重，邢紫姝推託說不要。

楚亦瑤把她的手拉回去，看著邢紫語調侃道：「妳胡說些什麼，哪有添嫁說不要的，妳這不要，下半年大表姊成親了，我這麼送她也不敢要了。」

邢紫語隨即笑了，附和著說：「是啊，紫姝，妳要是不收，到時候我成親了，亦瑤送我的，我豈不是也不敢收了。」

「妳們這說的是哪兒話啊！」邢紫姝嗔怪地瞪了她們一眼。

邢紫蘿倒是看得開，啪地一聲合上了那盒子，挽著邢紫姝撒嬌道：「真是要羨慕死我了！」

幾個人被她這說話的樣子都給逗樂了。

在這歡愉的氣氛中，七月中旬，邢紫姝出嫁了，小小的邢家院子裡滿是客人，十分熱鬧，張子陵身穿新郎官的紅衣，一身精神地站在門口，面對這些哥哥妹妹們的刁難，他一個人都能遊刃有餘地解決掉，領了紅包大夥兒就放人進來了，大舅母成氏這還是第一回看到女婿，越看越是滿意，笑得都合不攏嘴。

邢紫姝從屋子裡被大哥邢文昂揹了出來，送上花轎之後，大舅一盆水往那迎親隊伍一潑，嫁出去的女兒，潑出去的水。

邢老夫人眼眶裡透著濕潤被楊氏扶著回屋子，她要在這裡住到邢紫語出嫁了再回徽州，邢大爺他們則在邢紫姝三日回門之後就要回去，徽州的鋪子一天沒人都不放心。

客人送走之後，楚亦瑤也準備和大嫂一塊兒走了，大舅母成氏這時候拉住了她們，先是看喬從安，可能只從二舅口中聽說這楚家的商行如今由楚亦瑤管著，繼而看向楚亦瑤。「亦瑤啊，大舅母要拜託妳個事。」

「大舅母您請說。」看那堆滿笑意的臉，楚亦瑤估摸著她是要說兩個表哥的事情，不出所料，成氏提到了兩個庶子的出路，她卻不是為了他們好，而是不想他們留在徽州，和自己長子爭這邢家的東西，所以琢磨著把他們留在金陵，最好永遠也別回去了。

「妳二舅不是在這裡幫妳的忙嗎？文宇和文治兩個人年紀也不小了，該是讓他們做些活的時候，讓他們去妳鋪子裡幫幫忙，跟著妳二舅學學。」

「大舅母，這件事恐怕不行，商行裡的夥計都是做了五、六年的，最普通的夥計那就是在碼頭上搬貨的，我看兩個表哥也吃不消做這個，至於我那幾間鋪子，本來就是小生意，用不著這麼多人。」讓他們去鋪子裡做事，那還不如給銀子讓他們回徽州提早養老，她要是答應了，就是成心給自己找事添堵。

成氏沒想到楚亦瑤回絕得這麼乾脆，臉上的笑容頓在那裡。

楚亦瑤又繼續說：「要學這些跟著大舅學最合適不過了，何必在金陵呢？人生地不熟的，有什麼事二舅他們也不好作主，我就更不好作主了。」

「妳大舅那裡都是小本生意。」成氏悻悻地笑著。「徽州那兒是個小地方。」

喬從安直接繞過了話題，對成氏笑說：「大舅和大舅母第一回來金陵，也別想著這些事了，好好玩玩，家裡忙，近日脫不開身，從安就不陪妳們了。」說完，拉著楚亦瑤去給邢老夫人道了別，兩個人出門上馬車回楚家去了。

回到家後在亭蘭院裡沒看到兒子，派丫鬟去尋，果真在淮山那裡，從淮山搬到楚家，楚應竹是越來越不黏著她了，喬從安心裡有些惆悵，同時也有欣慰，兒子身上近似小姑娘家的扭捏已經不見了，六歲的孩子如今說話老成許多，只是跟前跟後嘴巴裡都不忘記帶上一句淮大叔，她這做娘的都忍不住有些吃味。

「少奶奶，小少爺現在都會算帳了。」青兒在她身後給她捏著肩膀笑道：「小少爺很快可以跟著大小姐去商行裡，替楚家分憂。」

「還早呢，亦瑤比他還要早會。」喬從安臉上露出一抹笑意，這才剛剛會算帳而已。她記得自己剛嫁入楚家的時候，楚亦瑤才五歲，跟在楚夫人身後當時就已經算得很溜了，六、七歲的時候喜歡和相公比誰算得厲害，必須要贏，輸了就纏著相公一直不撒手。

「小少爺是沒人教，大小姐那時候還有老爺、夫人帶著，小少爺天資聰慧，很快就學上了。」

喬從安聽青兒說著，笑而不語。

傍晚，楚應竹才回亭蘭院，渾身是汗，說剛和淮山學了一套拳，不忙著吃飯，要先打給喬從安看一遍，好了才去洗澡。洗完出來和喬從安一塊兒吃飯，吃了滿滿一大碗還說不夠，讓奶娘又給他添了小半碗。

喬從安好笑地看著他狼吞虎嚥，提醒道：「慢點吃，等會兒去你姑姑那裡一趟消食。」

楚應竹放滿了吃飯的速度，想了想說：「那我去姑姑那裡回來再寫字。」

「小少爺，今天就別寫了，您都學了一天。」一旁的奶娘心疼起他來，這打拳多辛苦，淮山教得也嚴厲。

「那怎麼行，不能因為今天學了打拳就可以不練字，姑姑說的，今日事，今日畢！」楚應竹放下碗嚷道。

「不准跑，慢慢走過去。」喬從安示意奶娘給他擦嘴洗手，拍了拍他的背。

「娘，我明天想吃您做的豆糕。」楚應竹回頭抱住了她撒嬌道。

喬從安摸了摸他的頭柔聲道：「好，娘明天給你做。」

得到了喬從安的首肯，楚應竹這才走出去在花園裡逛了一圈，再去楚亦瑤那裡走了一轉，回來練字之後乖乖上床睡覺了。

第二天一早不用奶娘催，楚應竹起床吃過了早飯就去淮山那兒學打拳。

喬從安讓青兒把做好的糕點拿去給楚應竹吃，放下食盒等青兒走了，楚應竹忙拉著淮山把食盒中的碟子都拿出來，放在他面前，獻寶似地說：「大叔您快吃，這是娘親手做的。」

淮山看著這三碟子精緻的糕點，再看楚應竹一臉「您快嚐嚐」的神情，笑著拿起一塊送入口中。自己做的糕點下料總是比外面買的足一些，入口即是濃濃的豆香味，上面還澆了一層薄薄的糖漿，混在一塊兒，淮山竟吃出了一股淡淡的奶香味。

楚應竹吃了兩塊，抬頭看淮山臉上的驚訝，笑嘻嘻地問道：「好吃嗎？娘平時都不做這些的，今天做了好多。」喬從安送過來的明顯是兩個人的分量，楚應竹一個人哪裡吃得了這麼多。

淮山摸了摸他的頭笑了，這味道好熟悉，就像小的時候阿曼常常做給他們吃的米糕，在上面撒上細細的糖粉，蒸熟了之後就變成了薄薄的糖漿，再撒上蒸熟磨碎的豆粉。那時候阿靈很喜歡吃這個，每次聽到阿曼要做這個吃，就會自己搬著小板凳坐在廚房門口，眼睛直勾勾地看著冒著煙霧的灶臺，還偷偷地嚥口水。

她和他說很多東西都不記得了，可小時候最喜歡的口味卻沒忘記，不知不覺中都能做出當年吃過的口味，這是不是代表即便是忘記了，他們的過去還是在她心中有著不可磨滅的痕跡，也包括他？

這樣的想法多少讓淮山心情好了許多，再看這二人份的糕點，阿靈總是沒有忘記自己。抬眼楚應竹已經吃了很多，淮山伸手替他擦了一下嘴角的糕點粉末，楚應竹踮起身子揮手朝著他的鬍子上抹了一把，手上沾著的粉末都到了他鬍子上，楚應竹格格地笑著。

「大叔的鬍子白了。」

「應竹，大叔把鬍子剃了好不好？」淮山摸著鬍子，忽然想起了楚亦瑤說的話，低頭問起了楚應竹的主意。

楚應竹抬頭看他，摸了摸自己的下巴，又想了想，給了淮山一個很肯定的答案。

「好！」

淮山一怔。他不是很喜歡摸自己的鬍子，怎麼答應得這麼乾脆？於是把自己面前的碟子挪向他，又問道：「剃了可就和應竹一樣沒鬍子了。」

楚應竹點點頭。「嗯，想看看大叔到底是什麼樣子。」

淮山揉了揉他的頭髮，轉而走進了內室，站在洗臉盆子前，低頭看水面中映照出自己模糊的樣子，他都忘了自己剃了鬍子到底是什麼模樣了……

三日回門。

張子陵帶著邢紫姝回邢家，邢老夫人看孫女一切都好便也放心了，唯一遺憾的是邢紫姝很快就要跟著張子陵去洛陽了，張夫人已經在洛陽購置了宅子，給這對小夫妻住。

「這麼快就要過去了，妳這張家都沒住熟呢！」成氏拉著女兒在屋子裡說體己話，這麼快離開，張家上下都還陌生得很，有些什麼事都不好託付。

「娘，子陵要回書院去的，總不能我留在金陵讓他一個人回去？」

成氏一聽這麼說也沒錯，才剛新婚哪有分開的道理，可女兒這一走，她如何好意思讓張家幫忙。

邢紫姝還是看出了她的猶豫，輕聲問道：「娘，您有什麼事要說的？」

「妳兩個哥哥，我本來拜託亦瑤幫忙在她家鋪子裡安排一個差事，可亦瑤不肯幫，他們這年紀也不小了。」成氏拉著女兒的手，此刻是無比期望女兒能說點什麼。

邢紫姝聽了後卻皺起了眉頭。「娘，為什麼要讓兩個哥哥留在金陵，這裡人生地不熟的誰來照應？再者，三哥第一次來的時候就惹了不該惹的人，到時候再出什麼事怎麼辦？」曹晉榮那凶殘的手法讓邢紫姝印象深刻。

「妳這孩子，他們要跟著回去了，妳爹這點家當不是要分給他們？妳怎麼一點都不會為妳大哥著想。」成氏輕斥道：「妳就不能和姑爺說說，讓他們去張家下面做個活，妳外祖母那裡也不會不答應。」成氏想要把他們留在金陵，得過了邢老夫人這一關，若是找太差了，老夫人肯定不同意。

「子陵他對家裡這些事也不清楚，再說了，娘，我才嫁進門去，這麼說合適嗎？若是去說，他們聽了會怎麼看我們。」邢紫姝是萬萬不會答應成氏的說法，實在是太失禮了。

「妳幫襯娘家有什麼不對的，妳不去說，我去和姑爺說。」成氏打定主意不想讓他們回去，否則那女人還不得意成什麼樣子。

「娘，您這是不想讓我好過了是不是！」邢紫姝忽然高聲說道，屋外和邢文宇說話的張子陵朝著屋子那兒看了一眼。

成氏剛起來就又坐了下去，伸手在她胳膊上擰了一下罵道：「妳這死丫頭說的是什麼話，就不怕外頭聽見了！」

「娘，您就別想什麼張家幫襯的事情了，把二哥、三哥帶回徽州去。」邢紫姝有些生氣，她想安安穩穩地過日子，本來就是她高嫁了，進門才幾天就忙著要夫家幫忙，這成什麼話了。

「好好好，娘不提，妳這孩子性子怎麼這麼擰。」成氏連聲答應，繼而又埋怨道：「就妳哥哥這些事妳都不肯幫。」

「娘，我肯幫，我肯幫二哥、三哥將來在徽州開鋪子好好過日子，但在金陵，不行。」邢紫姝想到三哥那樣的事情，再來一次這命都要沒了，還不老老實實回徽州去。

成氏說服不了她也沒辦法，只能想著等過些時候再說。

吃過了午飯，下午邢紫姝就跟著張子陵回張家去了，馬車上，張子陵主動提起關於她兩個哥哥留在金陵的事。

「妳三哥和我說起想在金陵找個活，我想去張家也不合適，我有個朋友在家裡主事的，讓他們去他那裡做事倒是可以。」

邢紫姝沒想到三哥竟然還想留在金陵，抬頭看張子陵，後者眼中也沒什麼不豫，於是她推辭道：「這家裡的事都不夠人管，他們還是跟著爹回去好了，我們不在金陵也照應不到。」

張子陵止聲看著她，繼而笑了。「妳不必這般小心翼翼，小忙而已。」

邢紫姝被他看得有些不好意思，搖頭道：「我不是這個意思。」她最擔心的是三哥再闖什麼禍出來。

「是他們自己想留在金陵的，妳無需替他們擔心，若是妳硬阻攔，反倒是妳這個做妹妹的不對了。」看出了她的擔心，張子陵勸道：「小舅子們也不小了，會有分寸的。」

邢紫姝也只能點點頭笑著，她也只能希望他們自己有分寸了。

兩天後邢紫姝就跟著張子陵出發去洛陽了，楚亦瑤去城門口送行，張夫人給這小倆口準備了很多東西，吃的、用的裝了滿滿兩箱子，又怕洛陽那沒有金陵這麼多的海鮮，另外裝了不少乾貨，囑咐邢紫姝這些自己吃也可以，拿去送人也成。

一一道別之後，看著馬車遠去，楚亦瑤有些感慨，上一世是楚妙菲嫁給了張子陵跟著他去洛陽的，落水救楚妙菲的確實是張子陵。這一世楚亦瑤並沒有刻意地去更改，而這結果卻隨著她讓二舅過來，表姊邢紫姝的出現產生了變化。

這一樁婚事是張家自己求的，楚亦瑤希望張子陵不會像上一世那樣，在生下一個孩子之後就和表姊分開住，沒再一起。

第四十章

送行的人都散了，上了馬車楚亦瑤去了香閨，新到的一批雕刻裡有幾樣是新品，要等楚亦瑤到了後，定了價格再擺出來賣。

和二舅商量了價格，楚亦瑤讓夥計們把東西拿出來放上去，掛了新的小牌子到牆上，忙完了這些，楚亦瑤想起要去種黑川的地裡看一下，走到門外，看到斜對面那酒樓裡曹晉榮和個男的一起走了出來。

曹晉榮也看到了楚亦瑤，見她不多看自己一眼上了馬車，眼底閃過一抹陰霾。

「你認識？」一旁的曹晉安順著他的視線看過去，只看到了楚亦瑤進馬車的背影。

良久，曹晉安看著這馬車遠離視線，忽然轉頭對曹晉安說：「大哥，我想娶親了。」

曹晉安被他這一番言語嚇到了，不確定地問：「你說什麼？」

「我說我想娶親了，爹不是說我玩心未定嗎？現在我想成家了。」曹晉榮滿臉的堅定，語氣裡卻透著些隨意。

「你想娶剛才看到的那個小姐？」曹晉安對弟弟這決定深感疑惑，從來沒有提起過要成親的人，忽然開口要求自己替他去說親。

「是的，大哥，她是楚家大小姐，叫楚亦瑤。」曹晉榮笑了，有一種說不明的意味。他就是想要讓她在自己面前臣服，他長這麼大還沒有什麼事是他想做而做不到的。

「楚家大小姐？」曹晉安默唸著這個名字，這不就是這兩年來斷過消息的楚家？又是未婚夫被搶，又是趕親哥哥出門，獨自一人霸占商行，不過再出名，以楚家的家世她怎麼配得上自己弟弟？

「此事還要請示過爹和娘才行，這說親也得由娘來安排，我總不能越過了他們替你去說。」曹晉安明智地沒有在他面前提起其中的利害關係，只說還要回家再議。

曹晉榮顯得不在意，對他來說，他們不同意也得同意……

曹晉安回家把這件事先和曹夫人說了一下，曹夫人直接去請示了曹老夫人，由她老人家為這婚事作主。

現在的曹夫人是曹老爺娶的第三個妻子，沒有生下過孩子，而曹晉榮和兩個哥哥也不是出自一個娘親。

曹晉榮的娘親是曹老爺娶的第二位夫人，在曹晉榮出生的時候就去世了，她是曹老夫人娘家哥哥的小女兒，隔著這麼雙層的關係，又因為曹晉榮從小沒了娘，曹老夫人都是往骨子裡疼他，他要什麼就給什麼，闖了禍也都替他兜過去了，捨不得他一點不高興。

所以曹夫人這麼一提起來，曹老夫人首先想到的不是楚家配不配得上，而是自己孫子喜歡不喜歡，遂問曹夫人道：「這幾年也沒聽晉榮提起誰家姑娘，那楚家小姐是個什麼樣的人？」

「我差人去打聽過了，這楚家老爺和夫人都去世好多年了，長子四年前出海難也去世了，有一個兒子如今六歲了，次子和這楚家大小姐吵了一架，如今不在楚家。」曹夫人把楚亦瑤和程家的事都也說了個清楚。「如今這楚家商行裡似乎都是這大小姐在管事。」

曹老夫人聽得有些皺眉。「成天在外拋頭露面的，晉榮怎麼喜歡這麼一個姑娘。」

曹夫人在一旁陪笑，她也不敢和曹老夫人說，之前一直沒給曹晉榮說親，是因為金陵中沒有誰家敢把姑娘往曹家嫁，一聽是曹三公子都給嚇跑了。

「這楚家是誰作主的。」曹老夫人差人去叫曹晉榮過來，轉而問曹夫人。

「應該是楚家大小姐和楚家少奶奶一起作主的。」曹夫人見曹老人這是要親自問孫子了，就和她建議自己再去打聽打聽，先行離開了。

回去的路上恰好碰到過來的曹晉榮，曹夫人這笑靨還沒展開呢，曹晉榮就直接和她擦身而過，招呼都不打一個。

曹夫人已經習慣了嫁入曹家十幾年來曹晉榮的無禮，她也清楚自己一直沒能生育，將來只能依靠曹晉安他們，所以她也學著曹老爺，不管不問，由他們自己作主去。

回到了自己院子裡，曹夫人命人去打聽有關楚亦瑤的事情，正巧曹老爺回來了，她就把此事和他大概說了一遍。

「他又想幹什麼？」曹老爺聽到的第一反應就是，這不省心的兒子又要做什麼讓人跟在屁股後面收拾的事了。

「晉榮的年紀也不小了，如今訂親、明年成親這也不算早的，如今他自己提起來，總比我們尋了他不滿意的好。」曹夫人和顏道。

「娘那裡怎麼說？」曹老爺坐下來看著她說。

曹晉榮從小就是養在曹老夫人院子裡的，這最後拿主意的，也不會是曹老爺他自己。

「娘說晉榮喜歡，那就去說親，也無須像晉安他媳婦這麼有能耐的娘家，只要晉榮喜歡就成了。」

曹老爺一聽這話就有些偏頭疼了，就是一句兒子喜歡，從小到大，但凡是曹晉榮喜歡的，曹老夫人都會滿足他，可萬一這親事人家不同意呢？

半晌，曹老爺問她：「這楚家是不是就是這楚家大小姐作主的？」

「老爺您也知道這楚家大小姐的事？」曹夫人有些詫異，這本該是宅內的事情，老爺他常年管理曹家生意的怎麼會知道。

「那楚家商行，沒有這楚家大小姐，現在恐怕早就倒了，妳說我怎麼會不知道。」對曹老爺來說，楚亦瑤給他的印象就是生意人之間流傳的關於討欠款的事，一個十二、三歲的小姑娘，能在一群大老爺們跟前把多年欠下的銀子都給討回來了，怎麼會沒點本事。

就是這樣曹老爺才擔心，這麼有主意的姑娘，可不是他們想娶，人家就會嫁的。

不出曹老爺所料，半月後曹老夫人請人去楚家說親，不過半日，那人回來就直接告訴她，楚家少奶奶回絕了這婚事。

曹老夫人聽那媒婆說了半天，皺起了眉頭，這楚家少奶奶一聽是曹家三少爺的親事，即刻就笑著要送媒婆出來了，也沒說為什麼，就是不應這親事。

「書琴，妳親自去一趟楚家。」曹老夫人微沈著臉對曹夫人吩咐道：「看是我們誠意不足，還是他們看不上我們曹家。」

曹夫人看曹老夫人神色不對，也不敢說什麼，應了下來。「我看還是過個三、五天再過去合適，太趕著會讓楚家以為我們這曹家非他們不可了。」

「就按妳說的辦。」曹老夫人微瞇著眼，身子稍稍往後靠了靠。

曹夫人知道她這是乏了，起身帶著媒婆離開了。

到了屋外，曹夫人的神色才有幾分為難，聽這媒婆的意思，楚家根本無心結親，自己這一趟去肯定是無果的，於是曹夫人和那媒婆問道：「妳去的時候楚家大小姐在不在？」

媒婆搖搖頭。「就楚家少奶奶在，她一聽我是替曹三公子說親去的，沒聽我說幾句，就說她們沒有結親的念頭。」媒婆和曹老夫人說的時候還是撿好聽的，否則自己這媒婆的名聲都要毀了，要不是因著這麼高的媒婆紅包，她才不會接這棘手的親事。

「過幾天妳與我一塊去楚家。」曹夫人點點頭，讓媒婆回去了。

楚家這裡，等楚亦瑤傍晚回來，喬從安就親自來了怡風院，和她說起了白天曹家來說親的事，楚亦瑤一口茶嚥下去，直接嗆在喉嚨裡，頓時咳得臉頰通紅。

一旁的孔雀趕緊給她拍背，好一會兒楚亦瑤才緩過勁來，看著喬從安滿眼的詫異。

「大嫂，妳說曹家的人請媒婆來替曹晉榮向我說親？」

「別說妳了，我聽到的時候也嚇了一跳。」喬從安聽完那媒婆的來意都覺得吃驚，她們和曹家是八竿子打不著關係的，曹家怎麼會向楚家說親。

「那妳怎麼回絕的？」楚亦瑤喝兩口茶順了氣，坐在榻上。

「就說我們從沒想過和曹家結這親事。亦瑤，曹三公子不是和妳表哥他們有些過節？」喬從安對曹晉榮的印象除了紈袴子弟之外，那就是狼藉一片的名聲，金陵城這些年，十件公子哥的事情中，曹晉榮一個人都能占六成以上。這樣的人，即便是亦瑤不說，她也不會同意這婚事。

「得罪他的人還少嗎？都過去這麼久了，他不會記得表哥的事情。」楚亦瑤搖搖頭，她和曹晉榮的過節可不是因為表哥的事，見大嫂疑惑，楚亦瑤把二哥和鴛鴦的事情從頭到尾和她說了一遍。

「妳二哥和鴛鴦的事我知道一些，沒想到這其中和曹家三公子還有這麼多的關聯。」喬從安嘆了一口氣，小叔子的這番癡情，只可惜是用錯了人、做錯了事。

「倘若因為這個原因曹三公子要娶妳，這也說不過去啊。」氣不過的那就報復，不讓別人好過，怎麼會直接請人上門來說親，婚姻大事哪裡容得了這般兒戲。

「這大概是他覺得最好的報復方法。」楚亦瑤哼笑，把她娶進門，直接可以毀了她的下半輩子，這不就直接讓她、讓楚家都不好過了？都肯犧牲自己的終生大事來報復她，楚亦瑤該覺得榮幸嗎？她這麼一個小人物，竟值得曹晉榮這麼費心思。

「都回絕一次了，他們應該不會再來了，不過亦瑤，妳這婚事不能再拖了。」喬從安擔心她的婚事，也不能因為楚家把年紀給拖大。

「大嫂，姻緣廟那師父不是說我和他同是有緣人嗎？他都還沒出現，我急什麼，那曹家三公子肯定不會是大師口中的有緣人吧，如今妳讓我上哪兒找嘛！」提及自己的婚事，楚亦瑤又開始在喬從安面前撒嬌耍賴。

喬從安好笑地掐了她一把。「妳啊，現在拿這籤文來搪塞我了，即便那曹三公子不是，下一個來說親的，妳就能確定人家是不是？」

「那當然了。」楚亦瑤點點頭，統統都說不是唄，這也是確定呢！

「盡耍嘴皮子。」喬從安被她磨得沒法。

門口那兒青兒喊道：「少奶奶，大小姐，二少爺回來了！」

喬從安和楚亦瑤趕到前廳，楚暮遠就像一個客人一樣站在前廳，衣著很樸素，人也顯得憔悴了很多，看到楚亦瑤的時候眼底閃過一抹愧疚，隨即又躲閃過去，滿下巴的鬍渣都來不及清理，像是經歷了許多滄桑。

幾個人站在那裡都不出聲，直到楚應竹跑過來，進門找了一圈，確定中央那個是楚暮遠，跑上來就抱住了他，高喊了一聲。「二叔，您可想死我了！」

「二叔，您去哪裡去了，怎麼去了怎麼久，為什麼不回家？您怎麼也長鬍子了，和大叔一樣，二叔，我好想您，您到底去哪裡了？」楚應竹連聲的問話在前廳中響起。

楚暮遠蹲下了身子，他真的離開了很久，侄子都長高了這麼多。

「二叔，您怎麼現在才回來？」楚應竹嘟囔著摸摸他的下巴，鬍子有些扎手。

楚暮遠伸手摸摸他的頭，開口那聲音有些低啞。「二叔去了一個很遠的地方，不小心迷路了，好不容易才回來的。」

站在那裡的楚亦瑤聽言，身子一震，心底湧起一股酸楚，很迅速地占領了她的感知，在眼底蓄積起了熱霧。

楚應竹小大人一樣拍了拍楚暮遠的肩膀，裝著老成的口氣，一臉理解地說：「二叔不認得路，下回就不要去這麼遠的地方了，迷路了回來就好，我們都擔心死您了。」

楚應竹懵懂的話就像是告訴楚暮遠，迷了路還有家，回來就好，找到了回家的路，知道回來都不算晚。

「嗯，下一回二叔不走這麼遠的地方了。」楚暮遠把楚應竹抱在了懷裡，有些哽咽。

楚應竹安慰地拍拍他的背，抬頭正好看到了喬從安，喬從安朝著他點了點頭。

楚應竹從楚暮遠懷裡掙脫出來，要他站起來，拉著他的手，走到了楚亦瑤面前，仰起頭問楚亦瑤。「姑姑，二叔回來了，您不高興嗎？」

楚亦瑤怔著不知道怎麼回答，半晌，她輕輕地搖搖頭，揚起一抹笑看著他說：「姑姑高興的。」說完抬起頭看楚暮遠，像是回答楚應竹的話，又像是說給楚暮遠聽。「你二叔他知道回家的路了，姑姑自然高興，迷路了這麼久，我想他今後是不會再犯這樣的錯了。」

楚應竹像個小和事佬一樣，轉頭看楚暮遠。「二叔，那您今後還迷路嗎？」

楚暮遠直直地看著楚亦瑤，保證道：「二叔這麼大了，以後肯定不會了。」

「好了，出去這麼久剛回來，趕緊去洗洗塵，有什麼話要說的，有的是時間。」喬從安適時地出來圓場，拉過楚暮遠讓他跟著青兒回去，繼而去拉楚亦瑤。「剛回來妳也沒休息，去換一身衣服再吃飯吧。」

等楚亦瑤也走了，楚應竹這才跑到喬從安面前，笑嘻嘻地看著她。「娘，您說我說得好不好？」

「你說得很好，快去洗手，準備吃飯。」喬從安摸摸他的頭，讓嬤嬤帶他下去洗手，抬頭看淮山，眼底的那一抹溫柔還沒散去，笑著說：「一起吃吧。」

有楚應竹在，這一頓團圓飯吃得並不沈悶，席間楚應竹時不時問楚暮遠在外面都做了些什麼，楚暮遠一度啞口不知道怎麼回答，喬從安也不阻止，到了最後就是楚應竹忙不迭填飽肚子，之前別人吃的時候，他都忙著問呢。

「好好休息，有什麼事明天再說。」等到快結束的時候，喬從安一句話把他們都給勸回去了。

楚亦瑤回到了怡風院，大嫂意思她清楚，怕自己和二哥又再起爭執，不如過些天平靜一些，可她卻翻來覆去睡不著。

屏風外的寶笙聽到她這裡的動靜，試探地喊了她一聲，楚亦瑤從床上坐起來。「陪我去外面走走。」

寶笙起來拉開帷帳，給她披了外套，楚亦瑤走到院子裡，站了一會兒，朝著花園裡走去。

夜風涼絲絲地吹著，四周安靜得很，楚亦瑤走近花園裡，遠處月光映著池塘裡泛著一抹微光，還站著一個人影。

「妳留在這裡。」看清楚了是誰，楚亦瑤讓寶笙留在原地，自己走了過去。

楚暮遠站在假山旁，轉頭看向這邊。

兩個人站在那裡也不說話，抬頭看著天空，月靜人安。

半晌，楚暮遠開口。「我錯過了很多事。」

「也不算很多。」楚亦瑤低頭看腳下的石子路，語氣很平靜。

又是長長的靜謐，楚暮遠側頭看了她一眼，從他離開到回來，一年多的時間，亦瑤已經長成亭亭玉立的大姑娘，他真的錯過了太多的東西，院子裡新添的丫鬟他不認識，侄子口中大叔、大叔叫個不停的人他也不認識。

「亦瑤，二哥錯了。」

長長的嘆息聲中，楚亦瑤聽出楚暮遠的悔恨，她微抬起腳踢了一下腳邊的石頭，那石頭滾了幾圈落進了草叢。

「知道她現在在哪裡嗎？」避不可及要談論到鴛鴦這個人，這是橫在兄妹兩之間的一根刺，一直互相傷害著，楚亦瑤抬起頭看著他。「二哥是真的放下了嗎？」

「如果沒有錯的話，她應該在殷家，離開金陵後，我就沒有她的消息了。」楚暮遠五月離開金陵，那小破屋她怎麼會待得下去？肯定會去找殷長夜才對。

「放下了。」楚暮遠又說，從拿起包裹離開他就放下了，拔掉了毒瘤是痛，但痛一時總好過讓它在心裡滋長痛一世。

「既然放下了，那二哥也該成家立業，畢竟二哥的年紀也不小了。」楚亦瑤直直地看著他，語氣不容置否。

「亦瑤，妳就這麼不相信二哥？」楚暮遠嘴角揚起一抹苦澀，伸手摸了下她的頭，有些無奈。

「就像這石頭，踢遠了，它自己是不會回來的，你要想它回來，你就要自己去撿。」楚亦瑤輕踢了腳下的石頭，看著它滾遠，她對楚暮遠的信任被他一次一次地給推遠出去了，若想要她再像過去那樣信任他，他就要自己去將它們一一撿回來。

良久，楚亦瑤的耳邊響起了楚暮遠的聲音——

「好，那就成家立業。對不起，讓妳為我操心了這麼久，二哥不懂事，今後就換二哥來照顧你們。」

楚亦瑤說不出那是怎麼樣一種感覺，有些釋然，又像是鬆了一口氣，整整積壓了三年，擔心了三年的事情終於告一段落。從此以後，鴛鴦這個人就真的再也不會出現在二哥的生命中了，她不用擔心曹晉榮的威脅，不用擔心二哥知道這些事，前世那樣的結果，這輩子終於不會再發生了。

「很晚了，妳該回去睡覺了，明天我會去商行，妳多睡會兒。」楚暮遠見她發愣，拍了拍她的背讓她回去睡覺。

這一夜，她睡得格外安穩。

第四十一章

第二天一大早醒來，窗外的天大亮，一問時辰竟然已經巳時了，楚亦瑤趕緊叫寶笙，衣服穿到一半才想起昨晚楚暮遠說過的話，抬起頭不確定地看寶笙。「二少爺是不是回來了？」

「二少爺去商行裡，這會兒應該還沒回來。」寶笙走過來替她扣好了衣服。「小姐，您要去商行？」

「不去了。」楚亦瑤怕只是作了個夢而已。

吃過了早飯，楚亦瑤忽然發覺沒事情做了，這一年來她都是一早起來吃過飯去商行裡，在那裡待到快吃午飯了回家，下午的時候要麼去鋪子裡轉轉，要麼看看帳本，如今忽然空下的這些時間，楚亦瑤竟不知道要做什麼。

孔雀進來見她無聊，把切好的水果端到桌子上，建議道：「小姐，不如去淮先生那兒坐坐，小少爺最近一直和淮先生學打拳呢。」

「準備些吃的，一併帶過去。」楚亦瑤點點頭，讓孔雀拿著食盒跟自己去了淮山的院子。

楚應竹剛剛打過了一套拳，正坐在院子裡休息，一看楚亦瑤進來，又說要打給她看看。

楚亦瑤拿出帕子替他擦了擦汗。「急什麼，先吃些東西，你淮大叔呢？」楚亦瑤看了一圈都沒看到淮山的身影，那竹籤叉起水果遞給楚應竹。

「大叔有事出去了，讓我在這裡練三遍就可以回去休息。」楚應竹是餓了，不一會兒那碟子就見底了，吃完之後，楚應竹在她面前打了一遍淮山教的拳法，想起了什麼，高興地對楚亦瑤說：「姑姑，大叔說要教我騎馬，妳也去好不好？只要姑姑去了，娘也會去的。」

楚亦瑤捏了一把他的臉，後半句才是他想說的吧！「你就這麼喜歡大叔，還想讓你娘也一起去。」

「我更喜歡姑姑。」楚應竹抱牢大腿不撒手，嘿嘿笑著解釋。「我也想娘和我一起出去。」末了又補充一句。「最好二叔姑姑和娘都去！」

楚應竹的心思很簡單，就是要一家人都出去玩。

兩個人正玩鬧著，平兒走了進來通報——

「小姐，曹家夫人來了，還帶著媒婆一塊兒來的，如今正在前廳。」

楚亦瑤一怔，讓楚應竹自己去玩，轉而出了院子。

前廳中曹夫人說明了來意，對喬從安笑著說：「晉榮這孩子從前也沒說起過喜歡誰，直接和我們說要娶楚小姐的時候，我和老爺也嚇了一跳，見那孩子肯定，我今天也就親自過來把這事說一下。」

「曹夫人，前些天媒婆來的時候我已經說了，這一門親事我們是不會結的。」一回拒絕，第二回又來，以曹家的身分還拉得下這個臉，喬從安都覺得奇怪。

「楚夫人，我們晉榮模樣人品也不差，為何妳這麼直接就回絕了？不是我自誇，這曹家如何都是配得上你們楚家的才是。」曹夫人有些拉不下臉，雖明知結果，但楚家這麼不給面子，沒說兩句又回絕，心裡頭總歸不太舒坦。

「曹夫人，我們本就無心與你們結為親家，這和曹三公子的人品模樣沒什麼關係，也無關配不上配得上的問題。」以曹家金陵四大家之一的地位，又是別人傳言中的皇商，這樣的家世想進他們家門的人多得是，若真要算，楚家才是配不上的那個。

「這畢竟是孩子們的終生大事，楚夫人是不是應該問問楚大小姐的意見，說不定兩個孩子早前是認識的，否則我們晉榮也不會主動來提。」這一口一個回絕，曹夫人根本沒法往下說，只能提到楚亦瑤。

「大嫂的意見就是我的意見，曹夫人，這婚事我不會答應。」門口傳來楚亦瑤的聲音，曹夫人回頭看，楚亦瑤走了進來先朝著她行禮，繼而坐在她們對面。

曹夫人著實尷尬得很，若她是什麼貧民百姓來高攀的，那被拒絕也是情有可原的，可現在她是曹家夫人，被楚家這樣拒絕，面子上都說不過去。

「楚小姐，這婚姻大事都是這樣的，嫁入曹家不僅對妳、對楚家來說，都有著莫大的好處，誰家說親去的是早就預料到的，再者你們之前還相識，多少人這婚事都是父母作主，直接婚嫁，哪有說同不同意的。」曹夫人也沒覺得這楚家好，長輩們都去世了，一個還沒出閣的大小姐要為自己的婚事作主，聽上去就是兒戲。

「曹夫人說得是，若是不相識還好說，可我和曹三公子已經認識了，我並不喜歡他，試問這樣的婚事我要如何答應，總不能要讓自己和不喜歡的人過一輩子吧。」楚亦瑤笑著搖頭。「以曹三公子的條件，遠可以找一個比我更好的女子。曹夫人，這件事我大嫂也已經說了，我們無心結親，你們還是請回吧。」

曹家兩次說親被拒的事很快就傳了開來，曹家看上楚家已經夠讓人覺得驚訝的了，楚家這兩次拒絕才是讓他們覺得不可思議，這楚家大小姐是美若天仙還是家財萬貫，讓曹三公子非她不娶。

但也有很多人覺得這楚家做得對，就是曹晉榮這名聲，他們也不敢把自己的女兒往曹家嫁。沒看沈家的長孫媳婦是怎麼死的嗎？說是久臥病床，好好的沒事怎麼會病了一年多，去世之後這娘家還直接老死不相往來了，那沈家嫡長孫還沒什麼壞名聲都鬧成這樣，若是去曹家還得了？

楚亦瑤無所謂別人怎麼傳，在她看來，都拒絕兩回了，曹家肯定不會再來說了，可她低估了曹晉榮，過了兩天她出門去一趟鋪子裡，曹晉榮就直接跑到香閨來質問她為什麼不嫁了。

「我為什麼要嫁，是你想娶我就要嫁了，這全天下你想娶的女人是不是都得嫁給你了？」楚亦瑤覺得可笑至極，什麼時候這金陵的婚嫁都成了只要男方想娶，女方就一定得嫁了，這和逼婚有什麼區別。

「楚亦瑤，妳別不識好歹，本公子要娶妳是妳的運氣，妳兩次拒絕是什麼意思？」曹晉榮自然氣不過，他曹晉榮什麼身分，她楚亦瑤什麼身分，他要明媒正娶，她有什麼理由不答應。

「不想嫁的意思，這樣的運氣還是留給別人吧，我消受不起。」

楚亦瑤想離開，曹晉榮不讓，抓住了她的手，當眾把她拉了回來，楚亦瑤痛呼了一聲。

「你放開我！」

曹晉榮眼底盡是怒意，他低著頭看著楚亦瑤，一字一句地重複道：「我再說一遍，妳別不識好歹！」

楚亦瑤倔強地回瞪了去，朝著他喊道：「我也再說一遍，我不會嫁給你，你放開我，曹晉榮，你耍什麼流氓無賴！」

「我不放，妳又能如何？」曹晉榮看她掙扎，手裡的力道越抓越緊，嘴角揚起一抹嗤笑，看著她掙扎，周圍都沒人敢幫忙。

就在這時，門口那裡的人群中忽然傳來一聲喝斥——

「放開她！」

曹晉榮也不是人家喊著讓他放他就鬆手的人，回頭看了一眼，手上的力道絲毫未減輕。

沈世軒走了進來，見他還不鬆手，直接抓著他的手腕勒令他鬆開，喝斥道：「你一個大男人就是這麼欺負一個女子的？」

「把你的手從我手上拿開。」曹晉榮低頭看了一眼手腕，聲音略低著，有幾分威脅之意。

「怎麼，想叫你的那幾個隨從來打我是不是？」沈世軒笑了，直接手下一用勁掐了曹晉榮的手腕。

曹晉榮吃痛地鬆開了手，楚亦瑤隨即將手抽回去，後退了幾步。

曹晉榮身邊那幾個隨從就要上前來抓沈世軒，人群中很快衝上前來三、四個人，直接擋在那幾個隨從面前，不讓他們靠近沈世軒，隨時要打起來。

「妳沒事吧？」沈世軒才伸手一碰楚亦瑤的手，她就痛得皺起了眉頭，「沒事」兩個字都沒說出口，沈世軒顧不得男女禮節，撩起她的袖子一看，手腕那被曹晉榮掐得都發紫了。

「你怎麼來了？」楚亦瑤放下了袖子，看這門周邊這麼多人，到了明天都不知道會被傳成什麼樣了。

「我過來看看。」沈世軒沒說自己是擔心她特地過來香閨這裡看看，沒想到真撞上事了。

他們這兩、三句話的低語在曹晉榮眼中卻成了容不得的刺，沒有誰這麼對他之後還能安然無恙的，可沈世軒帶來的人一點都沒比他少，他肯定是不會親自動手的，這就僵持在那裡了。

「你是什麼人？」曹晉榮渾身上下的不痛快，自己怎麼可能在眾目睽睽之下拿這個人沒辦法。

「在下沈世軒。曹公子，楚小姐已經言明不允婚嫁，這本就是你情我願的，亦沒有強迫的道理。」沈世軒回頭看著他。

曹晉榮不知道他是誰也正常，曹沈兩家生意上的事，曹晉榮從不過問，沈世軒為人低調，自然沒見過。

「原來是沈家二少爺。」曹晉榮笑了，放在身後的手拳頭緊握了起來。

「曹公子，你請回吧。」楚亦瑤哪裡擺得出好臉色給他看，命夥計把門口的人驅散，示意曹晉榮走人。

她不願意嫁給他，不但對自己沒有和顏悅色，居然在他面前和沈世軒好言好氣地說話，曹晉榮眼底的狠意越來越濃。趕他走是嗎？她不想嫁是嗎？到時候他就要她哭著求自己娶她！

「走！」曹晉榮一聲令下，幾個隨從跟在他身後離開了香閨。

楚亦瑤請沈世軒上了三樓的雅座，鋪子裡的掌櫃命夥計把買來的傷藥送了上來，楚亦瑤打開罐子要自己塗，被坐在對面的沈世軒拿了過去。

「手放上來。」沈世軒示意她把手放在桌子上，楚亦瑤猶豫了一下，想說自己來，沈世軒卻一臉堅持地看著她。「還愣著做什麼？」

楚亦瑤眼底閃過一抹詫異，伸出手去。

沈世軒沒再看她，從罐子裡挑出一些藥膏塗在了烏青處。「忍著點，可能有點疼。」話剛說完，楚亦瑤的神情就不對了，沈世軒只是輕輕地按摩幾下，想把藥膏推開來，楚亦瑤就已經疼得厲害。

「不行，得去醫館看看，別傷到了筋骨。」沈世軒當即放下藥膏要送她去醫館。

楚亦瑤推託著說：「我的丫鬟去別的鋪子了，我等她回來再去吧，就不麻煩沈公子了，今天多謝你的幫忙。」

「妳是怕牽連到我嗎？」沈世軒忽然看著她。

楚亦瑤一怔。

他伸手把她捲起來的袖子拉下來，手指一不小心觸到了她的手心。

一股異樣從手心傳遞到了心間，楚亦瑤慌亂地把手抽回去，用力過猛，疼得咧了嘴。

對面的沈世軒也有些發愣，本是不小心，可看她這樣的反應，心口沒由來地快了一拍。

雅座中的氣氛顯得有些曖昧。

良久，沈世軒先站了起來。「走吧，我送妳去醫館。」

楚亦瑤很快也跟著站了起來，幾乎是奪門而出，回頭看了他一眼，滿臉通紅地說：「沈公子，我還是自己過去吧，就不勞煩你了。」說完，楚亦瑤直接往樓下走去。

沈世軒無奈地看著她逃一樣的離開，他一點都不怕被牽連，若是因為這件事讓他們兩個牽扯不開，他反而還有些高興……

醫館內，大夫給楚亦瑤敷好草藥、包好傷，囑咐她不要沾水，也不能用力握東西使勁，曹晉榮下手太狠，直接把脈絡給掐傷了。

寶笙扶著她出來，楚暮遠在門口等她，扶著她上了馬車。

「二哥，我傷的是手，又不是人，不用這麼小心翼翼。」楚亦瑤有些哭笑不得。

「下回派人去商行裡先通知我，妳怎麼能獨自一個人和他起爭執。」楚暮遠還是後來才知道她這裡出事了，匆匆趕過來，她已經在醫館了。

「哪裡還能有下回。」曹晉榮若再這麼來一回，楚亦瑤要直接報官了，這一傷，她很多天不能動筆。

回到了楚家，把喬從安都嚇壞了，她這還是頭一次聽說當眾逼婚的，看著楚亦瑤手上的傷，心疼道：「這曹家怎麼能這麼縱容他。」

「不縱容他哪裡來這麼囂張。」楚亦瑤也不是第一回被他威脅了，從鴛鴦的事情開始就沒完沒了，到現在竟然非要自己嫁給他，她真懷疑他是不是撞壞腦子了。

「好了，妳就好好在家休息，這些日子別出門去了。」喬從安命人去燉些補食，囑咐她好好休息……

第二天，這南塘集市香閨鋪子的這一幕就給傳遍了金陵，尤其是沈世軒後來英雄救美這一幕，直接讓別人傳成了曹沈兩家公子鍾情於楚家大小姐，楚家大小姐究竟花落誰家。

其中的一個版本則是曹家三少爺要奪人所愛，楚家大小姐不從，沈家二公子及時出現，曹家三少爺氣憤離去。大家傳著傳著都覺得後面的版本比較可靠，畢竟奪人所愛確實是曹家三少爺會做出來的事情。

沈家，沈老爺子也聽說了這件事，對於孫子會出手相助他是一點都不意外，只是曹家類似逼婚這行徑，卻讓他搖頭不已。

「這曹堪怎麼養出這麼一個兒子來。」就是個混世魔王，成天不幹好事，現在都能直接逼婚了。

「曹家三少爺一直是由曹老夫人養著的。」一旁的江管家把聽到的都複述了一遍。

沈老爺嘆了一口氣。「當年曹家爭家產的時候，曹老夫人多狠的一個人，能擋著這麼多人，保住那時候才八歲的曹堪繼承曹家，怎麼現在到了是非不分的地步。」能把一個孫子寵到這番地步，這就是在害他。

「那地確定是在那丫頭手裡？」感慨完，沈老爺子問起了正事。

江管家點點頭。「田家在桑田的那些地，都被楚家大小姐買走了，她是託人去買的，找了好幾通才查到是她。」

「是個聰明的丫頭啊。」沈老爺子這誇獎是由衷的，能讓老江繞了這麼多彎才查到，這丫頭買這些地可真是保密。

「老爺，這地要不要從楚家大小姐手中買過來？」

沈老爺子擺擺手，笑了。「那丫頭這麼死守著不願意讓別人知道，這地她哪裡肯賣，我這大把年紀了，難道還和一個小丫頭搶不成？」

「老江啊，我看那曹家三少爺未必肯甘休。」沈老爺子話題又轉到了這上面。

江管家也點了點頭。「可能曹家會出面。」

沈老爺神情一轉，哼笑了一聲。「那老小兒，要是為了兒子逼得楚家不得不嫁女，這說出去都是要笑話死人了，一大把年紀了，威脅一個小姑娘，他還真是好意思。」

不過就算這曹老爺會不好意思，曹老夫人卻不會不好意思，得知楚家兩次拒絕的時候，她就已經很不高興了，後來聽說南塘集市的事，得知自己孫子受了委屈還被傳成這樣，心疼都來不及，對曹晉榮提出的要求，想都沒想直接答應了。

很快叫來了長孫曹晉安，要他幫弟弟把楚家商行給弄垮了，逼得楚亦瑤不得不嫁。

曹老爺知道了之後直接反對，這不娶就不娶，何必要鬧成這樣，沒有人說個親不答應的要直接弄得對方家都敗了才好。

可曹老爺是個大孝子，當年曹老夫人力排眾難保他繼承曹家吃了很多的苦，他能有今天離不開曹老夫人，如今曹老夫人決心要這麼做，曹老爺再反對都沒再說什麼，這兒子，他從來都不能管教……

九月出航前，楚家出事了。

一夜之間，幾乎所有的訂單都退了，那些說要退的商戶連訂金都不要了，僅有幾家從楚老爺那時候就開始合作的商戶沒有退，可這也挽不回退掉的那些，楚亦瑤趕到商行裡的時候，那些人都走了，一干管事都愣在那裡，完全不知道該怎麼辦。

楚亦瑤即刻和楚暮遠及忠叔另外設了出航的方案，把兩艘商船減到一艘，可這只有兩、三張的訂單，還不夠來回商船的消耗費用。

事出連莊，在訂單退掉的當天下午，楚翰勤帶著楚家商行裡的六個管事和十來個夥計離開了楚家，按照當初簽下的身契，直接把這幾個管事違反契約年數的銀子付清，把帳冊全部交出，直接收拾東西走人了。

楚亦瑤氣得不輕，知道二叔遲早會待不住，可沒想到他居然會在這關頭落井下石，還帶走了這麼多人，一部分直接投奔了曹家，一部分楚翰勤帶去了他私下開的兩個鋪子中。

楚翰勤帶走的不只是管事，還有這幾個管事身後的合作商戶，而楚家在外的幾家鋪子周邊，並排著兩家都開起了一樣的買賣，楚家的鋪子賣什麼他們就賣什麼，價格還比楚家的低了一半，還有地痞流氓時不時在楚家的鋪子門前晃來晃去，逼得沒人敢進去買東西。

曹家這一路下來的手法，直接把楚家逼入了絕境……

第四十二章

楚亦瑤和楚暮遠商量過後不得不取消入秋的航海，訂單就只剩下這兩、三家，以曹家的手段，接下來到貨之後，肯定也不會有人來進貨，出海的本錢都收不回，這可不是雪上加霜嗎？

「忠叔，若是鋪子裡生意不做停關，我們這樣還能撐多少日子？」楚亦瑤算著這些管事夥計們的工錢，若是只出不進，這商行還能撐多久。

「大小姐，這樣撐不了多久。」商行去年年底才剛剛穩定下來，實際上沒有存下多少銀兩，雖然是好轉了很多，但怎麼禁得起這樣的打擊。

楚忠的臉上也滿是愁容，曹家以這樣的家世來壓制楚家，根本是一點懸念都沒有，也根本沒有這個必要，這曹家真的是太無賴了。

楚暮遠伸手一拍桌子，沈著臉開口道：「撐不住也得撐，忠叔，養不起這麼多的人那就不養這麼多，召集所有的管事夥計。」

很快楚家那些鋪子裡的掌櫃夥計都被召集起來，加上商行裡的管事，站滿了楚家商行的大堂。

楚暮遠手中一疊當初管事們簽下的契，對著這麼多人說：「大家也都看到了楚家現在的境況，如今已經養不住這麼多人了，所有人的工錢都將減半，大家另有高求的，可以拿好你們的契離開，我們會給你們一筆安家費。」

眾人面面相覷，對楚家這麼快的決定都很詫異，事出三日楚家就決定遣散大夥，難道這楚家是要關門了？

良久，人群中走出了一個年輕的管事，說道：「二少爺，我們也都是要養家餬口的人。」

楚暮遠並沒有露出什麼不滿神情，從契約中找出了他的，從楚亦瑤手中拿過五十兩銀子，連同那契約遞給了他。「大家都不容易。」

接連二三，餘下的十幾個管事中又去了一半，那些掌櫃和夥計們離開了大半，兩個時辰過去，大堂裡空了許多。

楚暮遠看著餘下的二十幾個人，臉上露出一抹感激。「感謝大家在楚家最危難的時候沒有離開，撐過了這麼難關，暮遠必將跪謝大家今天的留下。」楚暮遠對著他們深鞠躬了一次。

其中一個老管事看著大堂上掛著的牌匾，濕了眼眶。「老爺當年來到金陵就是從擺攤開始做起的，二少爺，我相信這商行不會倒下去。」

留下的都是情分深厚的人，楚暮遠也沒料到還會有這麼多人，願意拿著這麼些工錢留下來，轉頭看那牌匾，那是當年楚老爺開這商行裡的時候親自寫上去的字——「興隆昌盛」……

碼頭上，天濛濛亮，楚亦瑤和楚暮遠並排站在一起，看著楚家僅剩的一艘商船，兩個人就這麼靜靜地看著，碼頭的其他地方，許許多多的商船離岸出航，很快這裡就只剩下楚家的孤零零靠著。

兩艘船賣掉了一艘，遣散了一部分人，楚家商行縮減只剩下三分之一，但好歹是撐著。

楚暮遠轉頭看楚家報廢掉的那艘商船，開口對楚亦瑤說：「還記得三年前妳帶我來碼頭，讓我看咱們的第一艘船嗎？」

「那個時候二哥不懂妳的意思。」當時他都是聽聽過，沒有聽出楚亦瑤口中的擔憂，更沒有聽出她對自己的期盼。

「現在懂了也不晚。」楚亦瑤深吸了一口氣，入秋的清晨空氣清冷得很，灌得喉嚨都涼了，楚亦瑤指著商船上的旗子笑道：「當年爹和娘可沒有商船，比起他們，我們是不是已經多了很多東西。」

楚亦瑤的話很安慰人，可他們各自心裡都很清楚，過去楚老爺和楚夫人即便是白手起家都比現在境況要好，至少沒有人阻攔他們發展，當時的時機又很對。而現在，曹家虎視眈眈地看著，根本不容許有誰伸援手，那些和楚家交好的商戶也敵不過曹家明著暗著的作弄。

「二哥不會讓楚家商行關門的。」半晌，楚暮遠鄭重地承諾道：「二哥也不會讓妳嫁給他。」

楚亦瑤看向他，眼底多了一絲動容。

「妳別怕。」楚暮遠輕輕地摸了摸她的頭，把她攬到自己懷裡，下巴扣在她的髮頂上。

終究還是哭了，無聲地落著淚，楚亦瑤抱住了楚暮遠，她其實很怕，怕楚家就因為如此會像前世一樣又沒了，她這麼努力的所有的一切都要付諸東流，二哥才剛剛回來，楚家才剛剛好轉，憑什麼老天爺要給他們這麼多的磨難，這一切還不夠嗎？

「可算是找到你們了！」

不遠處傳來了秦滿秋的聲音，頂著九個月的身孕，腳步十分快，身後跟著王寄霆滿臉的擔憂，目光一刻不得鬆懈地盯著她，生怕她下一刻都會出什麼事。

「秦姊姊，妳怎麼來了？」楚亦瑤擦了眼淚看著她，十分驚訝。

「我說他們在這裡，你還不信？」秦滿秋手扠著腰，一臉得意地看了一眼王寄霆。

王寄霆忙附和道：「是是是，祖宗，您悠著點啊！」

秦滿秋白了他一眼，即刻轉頭罵楚亦瑤道：「臭丫頭，出了事在這裡哭，不知道來找我嗎？妳還當沒當我是妳姊姊了！」

「秦姊姊，妳慢點！」楚亦瑤哪敢和她爭半句，趕緊扶住了她，先把她帶回去了才是頭等大事，她這身子可隨時都要生的。兩人便上了馬車。

「我說妳這丫頭怎麼這麼死心眼，出了這麼大的事，船一賣就沒事了嗎？妳這是要坐吃山空等死不成，遣散了人這是要等慢慢死啊！」

馬車內不斷傳出來秦滿秋罵楚亦瑤的聲音，車外楚暮遠看了一眼王寄霆。

王寄霆無奈地給了他一個眼神。沒有錯，他的媳婦其實就是這樣的人，溫柔婉約那都是騙人的！

「秦姊姊，妳別罵我不去找妳幫忙，這件事也不是找了你們幫忙就能解決的，我不能把秦家和王家一塊拖下水去，影響了你們的生意，曹家這次擺明了衝著我們來，報官都沒有用。」楚亦瑤不是沒想過找秦家、王家幫忙，可那不是當初向秦伯伯借些銀兩這麼簡單的事，曹家這就是惡意競爭，挖你生意、搶你往來的商戶，守不住那也沒辦法。

「死腦筋，誰讓妳這麼來了，你們商船不走，我家和王家的商船要走吧？你們可以把人放我們船上，一起出海不就行了。」秦滿秋是一向都看不慣曹晉榮的，但她更看不慣曹家這樣是非不分，之前曹家做生意還謙順，只一個曹晉榮霸道，現在倒好了，整個曹家跟著他一起鬧。

「秦姊姊，那買回來的東西怎麼辦？」楚亦瑤忙給她撫背，情緒這麼激動，可別影響了身子，她都看著怕。

「放我們家裡賣啊，到時候再把銀兩給你們。」

「一時可以，那也不能一直。」楚亦瑤搖搖頭，她對曹晉榮現在唯一能確信的一點就是，他耗得起，絕不會善罷甘休。

「曹家哪裡會一直這樣，他耗著不累嗎？」時間久了也會有影響。

「對了，秦姊姊，秦家的商船還沒出航嗎？」楚亦瑤忽然想到了什麼。

秦滿秋以為她開竅了，點點頭。「我讓我爹晚幾天出發，等我找過妳先。」

「讓忠叔帶幾個人同秦家的船去一趟大同吧。」曹家阻礙得到金陵，難不成能阻礙整個大梁？

「嗯，那妳回去準備一下，我去和我爹說一聲。」秦滿秋這才滿意地點點頭，還想說什麼，嘴巴一動，神情就不對了。

車外本來慢悠悠駕著車怕震著自己媳婦的王寄霆，忽然聽到馬車內楚亦瑤一聲驚呼——

「秦姊姊，妳怎麼了？」

繼而王寄霆又聽到了自己媳婦幽幽的聲音——

「好像……要生了……」

清晨的大街上一輛馬車飛奔而過，都來不及放下楚亦瑤和楚暮遠，直接一併帶回王家了，本來還要些日子的秦滿秋，提前陣痛要生了。

王夫人這才剛剛吃過早飯，趕緊命人去把備下的穩婆請過來，燒水、備乾淨的白布，有條不紊地忙碌了起來。

楚亦瑤不放心秦滿秋，站在院子裡和王夫人她們一塊兒等，屋子裡的秦滿秋疼痛之餘還不忘記讓王寄霆跑一趟秦家，告訴秦老爺，楚家要派人一塊兒去的事。

屋外王夫人推了一把兒子。「你快去秦家告訴秦老爺，好讓滿秋放心。」

王寄霆點點頭趕著出門去了。

王夫人見楚亦瑤一臉擔憂，笑著拍拍她的手安慰道：「妳別擔心，滿秋這一胎穩當得很，上了這月分還能行動自如的也不多見，沒事，是要疼過了的。」

楚亦瑤還沒出聲，一旁的王寄林卻被屋子裡秦滿秋的痛喊聲嚇到了，朝著王夫人說：「娘，我以後可不生。」

「你都給嚇傻了啊，又不是你生。」王夫人拍了一下兒子的頭。

「那我以後也不讓我媳婦生。」王寄林依舊覺得恐怖。

王夫人此刻還能開口調侃兒子，看他一臉懼怕，笑道：「你不是說你不娶媳婦嗎？」

「那，那是因為娘您要我娶表妹！」王寄林一句話噎在喉嚨裡，頗不樂意地朝著王夫人抗議道，她小時候就這麼胖了，現在還有得看嗎？他才不要娶！

王夫人看自己兒子這反應就覺得有趣，還想開口調侃他，屋子裡秦滿秋高叫了一聲，穩婆的聲音傳來——

「生了！」

不過兩個時辰的時間，秦滿秋就把孩子給生下來了，過了一會兒穩婆把清理好的孩子抱了出來，滿臉笑靨對著王夫人恭喜道：「恭喜夫人，是個小少爺。」

知道秦滿秋順利生子後，楚亦瑤和楚暮遠離開了王家。

楚亦瑤回了商行，翻出楚夫人當年記下的這本子，找出前世忽然買得很好的幾樣瓷器，根據那記憶重新畫圖過後，交給楚忠，讓他帶上兩個管事和夥計，跟著秦家的商船去大同。

忙完這些天氣有些暗，楚亦瑤出去的時候，商行裡就只留下一個管事、兩個夥計看著，二哥也去忙了。

楚亦瑤邁腳走出這門，回頭看門口「楚商行」這幾個字，總覺得很落寞，這邊的街上不知道從什麼時候開始，人也少了許多，好長時間都沒見到有人走過。

「小姐，馬車在街尾。」寶笙抱著放著書的盒子出來。

楚亦瑤點點頭，回頭往街尾走去，阿川駕著馬車在那裡等著。

一陣冷風吹來，捲起地上的落葉朝著她這邊飛來，裙襬順著往上飄了幾分，楚亦瑤伸手遮擋了一下，扶著寶笙的手要上馬車，一旁傳來一陣馬嘯，一輛馬車很快停在她旁邊。

曹晉榮從馬車內出來，站在車上居高臨下地看著她，像是發號施令又像是施捨，那風忽然狂捲一陣過來，裡面夾雜著他的聲音——

「妳答應嫁給我，曹家會幫你們楚家。」

「曹晉榮，你憑什麼娶我？」楚亦瑤回頭瞪著他。「藉助你的曹家讓楚家商行無法經營下去，除了這個，你還能做點什麼，撇開曹家，你曹晉榮還能用點什麼法子？」

「可我就生在曹家，楚亦瑤，妳若不嫁，楚家就不能在金陵繼續做生意下去，妳是不是想，妳還能搬離金陵？」曹晉榮笑著，忽然低下頭看著她，目光直逼她的眼神，慢慢地說：

「你們到哪裡，我都會跟著妳到哪裡，妳猜我辦不辦得到？」

「你！」抓著馬車的手狠狠地握緊著，楚亦瑤滿臉怒意地瞪著他，此刻她都有了想要他死的念頭，只要他死就一了百了了。

「楚家商行要因為妳倒閉了，妳爹娘的心血要因為妳白費了，楚亦瑤，嫁給我真這麼差嗎？值得妳寧死不從。」曹晉榮忽然伸出手想要觸碰她的臉。

楚亦瑤很快身子往後一仰，眼底一抹厭惡。

曹晉榮的手頓在半空中，繼而呵呵地笑著，抬頭看灰濛濛的天。「我知道妳討厭我，可那又怎麼樣，妳還有別的選擇嗎？妳看誰敢幫妳，妳不嫁給我，就等著楚家因為妳的決定毀掉好了。」

曹晉榮低頭再看著她，嘴角勾著那一抹笑意還未散去。

「不管妳到哪裡。」不管妳到哪裡，惹了我，妳就逃不掉。

半晌，楚亦瑤恨恨地說：「你怎麼不去死?!」她扶著寶笙的手直接上了馬車，啪地一聲關上車門，阿川即刻駕車出發。

「想我死的人太多了，楚小姐，妳沒多少時間可以想了。」曹晉榮看著馬車離開笑著喊道。轉而，臉上的笑意盡散，他一個人坐在馬車上，幾個隨從誰都不敢先出聲。周圍有人走過，看到他也是避讓著過去的。

天色越來越暗，曹晉榮看那幾個很快走開的人，他真的這麼討人厭嗎？在別人眼中他看到的是懼怕，可在她的眼中，全是厭惡……

楚亦瑤回到楚家的時候情緒還難以平復，她以為曹晉榮是為了報復她拒婚才這麼對付楚家，沒想到他還是想讓她嫁給他，以此逼她為了楚家嫁給他。

「這個混蛋！」楚亦瑤越想越生氣，為了楚家，她若不嫁，今後這楚家的一切都還是她的錯了，好一個曹晉榮，這樣損人的辦法都能想出來，他還真是一點都不介意，他的一輩子要和一個恨他的人過下去，僅僅是為了出這口氣。

那她該怎麼辦？

楚亦瑤忽然不知道要怎麼做，曹晉榮說到做到，他像瘋子一樣真的會跟著他們，即便是他們離開金陵到別的地方做生意。

楚亦瑤的腦海一片混亂，她的重生，她為了守住楚家，要在這個人的一句話之間破碎，憑什麼！

她不夠強大，不足以站在這裡和曹家對抗，楚家的好轉根本敵不過曹家那樣沈重的打擊，也許曹家根本沒分多少心思在這上面。

腦海中忽然閃過那兩個字，重生以來一直糾結不斷的——嫁人。

這是楚亦瑤最不想的一件事，如今卻已經擺在眼前讓她作選擇，找一個比能和曹家旗鼓相當的人家，讓曹家放棄。

「小姐……」看到小姐臉上的神情近乎絕望，孔雀在一旁擔憂地喊了一聲。

「為什麼非得嫁人？」楚亦瑤聽到聲音，喃喃地說著轉頭看她。「孔雀，妳告訴我，為什麼非得嫁人？」

孔雀被她看得有些慌亂，結結巴巴地解釋道：「因為、因為我們女子沒有辦法一個人生活下去，要嫁人生子，將來才能有所依靠。」

要嫁人，未來才能有所依靠，她再有能力都無法自己獨撐下去，一個強而有力的夫家能助她太多太多事情。

這個念頭在楚亦瑤腦海中漸漸形成，忽然覺得很可悲……

若是像前世嚴家那樣的夫家，是不是不如不嫁，是不是不如一個人生活？即便是最終潦倒，也好過遍體鱗傷，死於非命。

可她最終還是要趨於命運。

「孔雀，妳覺得活著累不累？」一股疲憊席捲了她的全身，楚亦瑤渾身無力地癱倒在軟榻上，她重生之後的支撐點像是被瞬間擊潰，忽然覺得很累。

「小姐，您別嚇我。」孔雀急著想去找錢嬤嬤，又怕留下小姐一個人會出事，只能朝著門口張望，期望錢媽媽和寶笙出現。

「怎麼會這麼累？」楚亦瑤漸漸地蜷縮起身子，那樣的無力感，比當初掉下山坡的時候還要沈重，那時候只為了活下去，只要能活下去。

可現在，她猛然像瞎了一般迷失了，心中最堅持的那個信念越來越模糊，直到她再也看不清楚，前世的種種，嚴家的一切帶給她太大的傷害。

她對婚嫁的膽怯，終於在這一刻再也無法隱藏地爆發出來……

孔雀再也忍不住了，急著跑出去喊錢嬤嬤，很快又跑進來看著她，等錢嬤嬤到的時候，楚亦瑤已經縮在那裡哭成了淚人。

錢嬤嬤忙把她抱了起來，命孔雀去找少奶奶和二少爺，楚亦瑤死死地咬著嘴唇壓抑著哭聲，渾身顫抖著縮在錢嬤嬤的懷裡。

「我的小姐，妳可別嚇奶娘，小姐。」錢嬤嬤伸手去掰她緊緊揪著的雙手，掌心間都被指甲掐出了紅印子，可她怎麼都掰不開。

楚亦瑤的身子還在不斷發抖，淚水浸濕錢嬤嬤手中的帕子，半點哭聲都沒有。

楚暮遠先趕到的，看到錢嬤嬤懷裡縮瑟著的楚亦瑤，愣了一下，即刻幫著錢嬤嬤用力地掰開她緊握的拳頭，手心險些被指甲刺破，楚暮遠看得驚心，把她拉到懷裡，伸手擦了她的眼淚，什麼都不說，抱著她輕輕地晃動起身子。

楚暮遠的動作生疏，抱著十四歲的楚亦瑤看上去甚至有點滑稽可笑，可他臉上盡是溫柔，學著當年像楚夫人抱著小時候的楚亦瑤，身子慢慢地來回晃動，輕輕地說：「乖，沒事了，二哥在這裡。」

楚暮遠竭盡全力地給她溫柔，希望她能夠安靜下來，至少不是像這樣憋著都哭不出聲來。

喬從安走了進來，看到楚暮遠不斷地喃喃低哄著，懷裡的楚亦瑤安靜了很多，只是那充滿悲傷的眼中淚水還不斷落下。

喬從安轉而把寶笙叫了出去，寶笙把曹家三公子攔路的事情說了一遍，包括那逼婚說的話。「小姐在馬車上就氣得不輕。」

喬從安第一次看到小姑子這樣崩潰，不嫁就徹底毀了楚家，所有的壓力又彙聚在她的肩膀上，她要承受的真的太多了。

寶笙眼底有淚，微哽著說：「小姐問孔雀為什麼非要嫁人……」

喬從安走回了屋子內，楚暮遠懷裡的楚亦瑤已經安靜下來了，閉著眼睛只是低低地啜泣著，好似睡著了。

喬從安輕輕地喚了一聲都沒反應，楚暮遠抱起了她到床邊，才剛放下，楚亦瑤的手就緊揪住了他的衣服。

楚暮遠輕聲安撫了幾句，把她放在床上，楚亦瑤始終緊揪著他的衣服不放手，喬從安看著這一幕，心裡有了決定，叫來青兒低聲吩咐了幾句……

楚家大小姐病了。

楚亦瑤作了個夢，夢見娘抱著她，像小時候那樣抱著她，唱歌給她聽，哄她睡覺。

她昏昏沈沈地不願意醒過來，很想就這麼賴在娘的懷裡不離開，什麼都不用理，什麼都不用擔心。

可睡夢中一直有個聲音在叫她，半夢半醒中，楚亦瑤一直感覺有人拉過她的手，告訴她不會像上輩子那樣再嫁入嚴家，也不會像上輩子那樣傷心難過，那聲音不斷地在保證著，保證著她以後一定會過得很好……

那也許是老天爺在告訴她，安慰她，不然誰會知道她上輩子發生了什麼。

楚亦瑤想努力睜開眼睛看，卻只看到一個模糊的人影，只是那話語不斷在腦海裡響起——

這輩子她嫁的人，一定不會負了她……

——未完，待續，請看文創風179《嫡女難嫁》3

字字揪心　層層織就情意／東風醉

嫡妻說了算

全套三冊

她是龐國公府長房嫡媳，
享盡榮華富貴，看遍世間繁華。
可誰又知道，尊榮華貴的背後，她犧牲了什麼？
她明白，要在這個時代立足，愛情遠不如權勢重要，
而今，她付出多少，就要得到多少！

文創風 174 1

穿越七年，顧容盼曾有過熱情、有過執著，
卻終究消磨在高門大戶的婆媳鬥法、妻妾爭寵裡。
長長的歲月裡，她愛過、恨過，也將一切看透，
那些小妾再怎麼爭，也不可能撼動她長房嫡媳的地位，
在這府裡，一切還是得她這個當家主母說了算，
那麼，她又何須在意那些陪襯的配角呢？
現在的她一心只想著，好好照顧兩個孩子長大，
卻發現總冷靜自持的這個男人，灼灼的眼神是她未曾領略的專注。
他說，要和她好好過日子，更要她付出和他一樣的感情，
讓她平靜的心再起波瀾。若早兩年聽到這話，她必定欣喜無比，
可如今這份寵愛，她還要得起嗎？

文創風 175 2

朝堂風起雲湧，硝煙四起，詭譎局勢讓人身不由己，
被牽扯進政爭中，誰都別想安生。
顧容盼知道，不論榮寵衰敗，她和丈夫總在同一艘船上，
為了兩個兒子，為了腹中胎兒，更為了她自己，
她必須肩負起重擔，為他守住龐國公府！
可內有孀娘妯娌意欲奪權，外有反賊兵馬虎視眈眈，
她勞心勞力，吃盡苦頭，
這條邁向榮耀的血路，長得像是沒有盡頭……
生死關頭，強烈的無力感襲上心頭，
原來，她沒有自己想像的那般無所畏懼，
只是殘酷現實逼得她不得不堅強，不得不武裝自己……

文創風 176 3 完

嫁給龐晉川後，顧容盼一路爭，一路鬥，
一路走來，她只想成為能與他匹配、不讓他丟臉的嫡妻，
回首來時路，卻早已記不起從前的自己是什麼模樣。
她已經疲倦得無法再繼續，於是停在原地不肯再追逐他的身影，
想不到卻換他尋來，拉著她的手許諾再也不會放手。
這一次，她還能相信他嗎？
看他位極人臣，只為給她、給孩子留個盛世太平，
看他因為她的開心而欣喜，為了她的難過而失落，
看他仔細的把她收藏在心間，為她遮掩世事紛擾，
看他為她退讓，為她妥協，為她付出所有。
或許，她這些年的磨難，也算值得了……

愛恨嗔癡慾，信手拈來／雨久花

神醫病殃殃

全套七冊

他以為自己是因為同情她沒多少日子好活才不肯和離，
最終才發現，這根本是他自欺欺人的藉口，
原來，他早已深深愛上了這個女人，他的妻子……

文創風 158 1

她也太衰了吧？穿回古代卻碰上將軍夫婿沈鍾磬迎娶紅顏知己的熱鬧場面，
緊接著，當她還茫無頭緒之際，她丈夫就發話趕她去祖宅住了 ?!
也好，這種元配都上吊了還有閒情逸致納妾的冷血丈夫，她也不屑！
不料，到了祖宅後，她才發現這副軀殼的原主人甄十娘竟懷孕了！

文創風 159 2

甄十娘化身為簡大夫，靠著寄賣的阿膠打出名號，漸成遠近馳名的神醫，
偏偏就因這阿膠太有名，沈鍾磬也找上藥鋪，欲採買一些送給愛妾，
幸好，除了「瑞祥藥鋪」的老闆夫妻外，沒有外人曉得她就是簡大夫，
若被夫家知道她堂堂將軍夫人竟在外行醫賣藥，還不知要如何收拾她呢！

文創風 160 3

產子時血崩，之後又沒錢調養身子，還得努力工作讓一家子溫飽，
這使得甄十娘空有一身好醫術，到頭來卻落了個燈盡油枯命不久的境地，
既然她沒有時間追尋幸福了，那麼，不和離便是她目前最好的選擇，
想為兩個兒子留下一份家業，最快的辦法就是從沈鍾磬身上獲取！

文創風 161 4

她不祈求和他天長地久，也不奢望他會無可自拔地愛上她，
只希望，這份小小的平淡中的幸福，能夠這麼持續下去，
更希望，他在得知她的大夫身分、得知他有兩個兒子後，能不發火，
唉，要他不發火實在有點難，要不她先自首吧，都說坦白從寬不是？

文創風 162 5

那楚姨娘為了上位，一再對她趕盡殺絕，害她好忙，
嘖，她短命，沒時間浪費，只想專心為兩個兒子打下一番事業啊！
而他明知愛妾痛下殺手之事，卻還將之嬌養在府中主持中饋 ?!
原來，這就是愛與不愛之間的差別啊，她算是徹底看清了……

文創風 163 6

即便知道為了兩個兒子的生命著想，她該讓他絕育以絕後患，
但，她卻不忍心看他自戕，斷了後半生的幸福。
就算他另有所愛，她也希望他能保重自己，開心地活著，
只要他和兩個兒子過得好，那麼，她在泉下也會瞑目的……

文創風 164 7 完

那一日，她無意間聽見他在佛前起誓，求佛祖把他的命續給她，
他說不求永生，不求永世，只求今生能與她共白首，
結果，因為憂心她日漸孱弱衰敗的身子，他竟一夜間白了髮！
原來，佛祖竟是要他們這樣白髮相守？佛祖，祢何其殘忍……

文創風
178

嫡女難嫁 2

國家圖書館出版品預行編目資料

嫡女難嫁 / 蘇小涼著. --
初版. -- 臺北市 : 狗屋, 民103.04
冊 ; 公分. --（文創風）
ISBN 978-986-328-280-8（第2冊：平裝）. --

857.7　　103005311

著作者	蘇小涼
編輯	王佳薇
校對	黃鈺菁　曾慧柔
發行所	狗屋出版社有限公司
地址	台北市104中山區龍江路71巷15號1樓
電話	02-2776-5889～0
發行字號	局版台業字845號
法律顧問	蕭雄淋律師
總經銷	知遠文化事業有限公司
電話	02-2664-8800
初版	103年4月
國際書碼	ISBN-13　978-986-328-280-8
原著書名	《嫡女难嫁》，由北京晉江原創網絡科技有限公司授權出版

定價250元
狗屋劃撥帳號：19001626
網址：love.doghouse.com.tw　E-mail：love@doghouse.com.tw